全粵語西遊記

# 全粵語西遊記

改編　李沛聰

繪畫　李卓言

原著　吳承恩

（音頻精選版）

商務印書館

# 序　言

　　《全粵語西遊記》係繼《全粵語三國演義》之後，我同香港商務印書館合作推出嘅第二部完全用粵語文字編寫嘅古典名著。

　　此時離《全粵語三國演義》出版已經有大半年時間。喺呢段時間裏面，呢部作品一直保持唔錯嘅銷量，甚至被引進內地之後，亦頗受廣大讀者歡迎。可見無論喺香港地區抑或喺內地，讀者對於用粵語書寫嘅書籍都有相當高嘅接受程度。

　　我通過呢部作品認識咗唔少新朋友。最特別嘅係近期我居然接到一封來自香港赤柱監獄嘅讀者來信。呢位讀者提到佢喺監獄中讀到呢本書，非常喜歡，並提出唔少建議。睇完信我十分感動，因為我無諗到呢本書喺監獄圖書館亦有機會被讀到。身為古典名著嘅改編者，我好希望可以幫助該處嘅讀者對中國文化有更深了解，令佢哋有所獲益。

　　正因為第一部《全粵語三國演義》初見成效，我對於改編第二部全粵語古典名著先至更加戰戰兢兢，唯恐水平不足，有所疏漏。

　　雖然有之前一部嘅經驗，但《全粵語西遊記》嘅寫作同上一部有好大唔同。《三國演義》係一部連貫性好強嘅小說，所以整個故事幾乎一氣呵成，我只需斟酌邊啲部分需要精簡。而《西遊記》喺孫悟空大鬧天宮之後，幾乎每一回都係一個獨立嘅故事，每一回都需要講述好多來龍去脈。故此《全粵語西遊記》雖然只有四十五回，但全書嘅總體篇幅要大於《全粵語三國演義》。

　　《西遊記》幾乎係伴隨每一個中國人成長嘅故事，唐三藏師徒——尤其係孫悟空嘅形象更加係人盡皆知。大鬧天宮、三打

白骨精、真假美猴王、三借芭蕉扇等故事亦都膾炙人口。但《西遊記》原著畢竟係一部古典小說，好多行文、用語嘅習慣與現代人有好大距離，所以好少人會去閱讀《西遊記》原著，其中好多精彩故事亦都容易畀大家忽略。

有見及此，我呢次編寫《全粵語西遊記》，就尤其注重故事嘅完整性，儘可能將《西遊記》裏面嘅精彩故事都保留落嚟，而係細節描寫上則加入咗一啲現代人嘅習慣用語，令讀者更加容易接受。

今次改編呢部作品最大嘅難點，反而係在於我嘅老本行——播講。雖然我自己有多年電台播講經驗，但《西遊記》需要演繹嘅角色太多，又有好多古靈精怪嘅神仙、妖精，喺用同一個人嘅聲音演繹不同角色方面考驗甚大。播講嘅時候，我參考咗嶺南地區著名的講古大師——林兆明老前輩嘅一啲播講方式，亦都融入咗一啲我最喜愛嘅喜劇大師周星馳嘅演繹手法，希望播講嘅內容能夠令讀者，尤其係小朋友滿意啦。

自從《全粵語三國演義》推出之後，就有好多讀者同網友不斷問我幾時推出四大名著嘅其他幾部，而家《全粵語西遊記》嚟啦，後面嘅《水滸傳》、《紅樓夢》亦都喺計劃之中，請大家靜候佳音。

最後，特別提一下書中嘅插畫。插畫師李卓言今次嘅插畫喺保持一貫風格之餘，比上一部作品嘅場面更為豐富，設計亦都更加盞鬼有趣，為呢部作品增色不少，希望大小讀者都會鍾意，亦歡迎大家提出意見，等我哋下次做得更好！

李沛聰

二零二三年十月一日

# 目　錄

# 石猴降世稱猴王

　　相傳自從盤古開天，三皇五帝之後，世界分成咗四大部洲。喺東勝神州傲來國對開嘅東海上面，有座花果山，山頂上面有嚿大石頭。

　　呢嚿大石頭有三丈幾高，旁邊有好多充滿靈氣嘅花草相伴。嚿石頭每日吸收日月精華，久而久之竟然孕育咗個仙胎出嚟。經過漫長嘅歲月，有一日，呢嚿石頭忽然間裂開咗，生出一個圓球咁大嘅石蛋。個石蛋畀風一吹，竟然化成咗一隻石馬騮。呢隻石馬騮有手有腳，識行識走，同普通馬騮一模一樣。只見佢一落地，雙眼就發出兩道金光，直衝天際。呢兩道金光好犀利，竟然一路射到上天庭，驚動咗玉皇大帝。

　　玉皇大帝以為發生咗大鑊嘢，馬上叫千里眼同順風耳兩名仙將去睇下咩回事。佢兩個去天門外面睇咗一輪，就返嚟回報話：「稟玉帝，原來係東勝神州傲來國花果山上嘅仙石生咗一隻石馬騮。佢啱啱出世係威係勢，眼運金光，等一陣佢飲水食嘢之後就會平息㗎啦。」玉帝聽咗，嗽先放落心嚟。

　　果然，隻石馬騮好快就變翻普通馬騮嗽嘅樣，同其他馬騮、野獸一齊喺花果山生活，日子都過得十分逍遙。

　　過得一排，正值天時暑熱，一大班馬騮喺樹蔭下面玩，

玩玩下就玩到一條山澗附近。佢哋一路往上爬，爬到條山澗嘅源頭，發現原來係一股瀑布飛流，從山石之間飛流而下，好似一幅掛簾噉，非常壯觀。班馬騮就商量話：「邊個有本事可以捐入去搵到瀑布嘅源頭，身體又無受傷嘅，我哋就拜佢做大王！」

說話剛剛講完，只見隻石馬騮就跳出嚟大叫話：「我去！我去！」講完，佢就眯埋雙眼縱身一跳，跳咗入瀑布裏頭。

石馬騮本來以為瀑布入面一定好大水，點知跳到入去竟然一滴水都無。佢擘大眼睇清楚，原來瀑布後面係個大山窿，山窿裏面有座鐵板橋，橋下面嘅水流倒掛而出，形成咗瀑布遮住個山窿，所以班馬騮喺外面就只見到條瀑布了。

石馬騮見到嗰嘅情形好開心，跳上條鐵板橋度左望右望，一望之下就更加興奮喇！只見山窿裏面石牀、石凳、石窩、石灶、石盆、石碗咩都齊晒，簡直就係免費送大屋仲自帶精裝修，而山窿嘅當頭處就刻住一行大字：「花果山福地，水簾洞洞天。」

石馬騮見山窿裏面咁多好嘢，越睇越高興，嘩嘩聲跳返出去叫大家一齊搬晒入去住。於是，一大班馬騮就跟住石馬騮一齊入到山窿裏面。入去之後見到個咁好嘅地方，班馬騮梗係興奮到不得了啦，又搬枱又擔凳，玩到鬼咁開心。

玩得一陣，石馬騮就對大家話：「各位，大家之前講好咗，邊個搵到瀑布源頭，就拜邊個做大王。我哋馬騮牙齒當金使嘅，而家我搵到個咁好嘅地方，你哋係咪應該拜我做大

王啊？」

　　班馬騮又真係幾有口齒，一聽完石馬騮噉講，就馬上齊齊走過嚟向石馬騮行禮，大叫：「千歲大王！千歲大王！」自此之後，石馬騮就做咗馬騮大王了。佢自稱為「美猴王」，帶住大大細細各種馬騮喺花果山水簾洞生活，樂也遙遙，日子過得十分快活。

　　正所謂「快活不知時日過」，就係噉佢哋喺水簾洞裏面又過咗幾百年。呢一日，美猴王正喺度同班馬騮飲宴，忽然之間無啦啦流起眼淚上嚟。班馬騮嚇咗一跳，都問佢發生咩事。美猴王就話：「我而家雖然無憂無慮，又冇王管，確實係逍遙自在，但係將來難免年老血衰，到時就有個閻羅王管住了。一旦死咗，我就咩都冇晒啦！」

　　大家聽佢噉講，一時之間都口啞啞唔知點安慰佢，唯獨一隻通背老猿猴就跳出嚟話：「大王咁有遠慮，真係道心開發。須知道天地之間，有三種人唔歸閻羅王管，就係仙、佛同神聖喇。佢哋可以不生不滅，長生不老同天地山川同壽㗎。」

　　美猴王一聽，當堂轉悲為喜，問通背猿猴：「噉要去邊度先搵到呢三種人呢？」

　　通背猿猴答話：「呢三種人唔容易搵㗎！大王要全天下四圍探訪至得，佢哋通常都住喺啲古洞仙山裏面。」

　　美猴王聽咗，決定坐言起行，馬上出發去搵神仙學習長生不老之術。於是，佢辭別一眾馬騮，坐上一條木筏，就離

開花果山，開始四處尋仙訪道。佢一路從東勝神州搵到南贍部洲，又從南贍部洲飄洋過海去到西牛賀洲，搵咗好多年，去過好多高山大嶺，始終都未搵到神仙。不過美猴王好有決心，雖然一路艱難，佢始終都堅持唔放棄，誓要搵到神仙為止。

呢一日，美猴王嚟到一座風景秀麗、叢林幽深嘅高山。佢喺山入面行行下，遇見咗一個斬柴佬。只聽到個斬柴佬一路行一路唱：「相逢處，非仙非道，靜坐講黃庭。」

美猴王聽到呢段嘅歌詞，覺得個斬柴佬一定係神仙了，於是馬上行過去行禮話要拜師。個斬柴佬畀佢嚇咗一跳，耍手兼擰頭話：「我唔係神仙，只係聽過神仙教嘅幾句歌仔而已。喏，你一路行入山裏面，就會見到個斜月三星洞，裏面有位菩提祖師，嗰個就真係神仙喇。」

美猴王終於搵到神仙嘅蹤跡，高興到飛起，馬上拜謝過斬柴佬，就一路沿住山路前行。行得七八里，佢果然見到一個煙霞滿眼、松柏森森嘅洞府，洞口有個石碑寫住：「靈台方寸山，斜月三星洞」。美猴王知道今次搵啱地方喇，啱啱想上去敲門，就見到洞口忽然間打開，裏面走出個童子，話師父吩咐自己出嚟帶美猴王入去。

美猴王見菩提祖師未卜先知咁屬害，更加佩服。入到去，只見祖師坐喺台上講學，一副仙風道骨嘅樣子，連旁邊企住聽講嘅一個二個小仙都儀表非凡，睇到美猴王倒頭就拜，一連叩咗好多個頭，大聲話：「師父！弟子誠心禮拜，誠

心禮拜！」

　　菩提祖師見佢咁有誠意，就問佢係何方人士，美猴王一一照實回答。祖師聽講美猴王係仙石孕育而生，都十分歡喜，應承收佢做徒弟，仲幫佢起咗個名叫做「孫悟空」。

　　美猴王好開心，哈哈大笑話：「好啊好啊！從今之後，我就叫孫悟空！」

粵語知多啲

　　牙齒當金使 ── 喺呢一回裏邊講到：孫悟空發現咗水簾洞之後，要求班馬騮守信用拜佢做大王嘅時候，用咗一個俚語 ──「牙齒當金使」。

　　原來以前未有新式醫學材料嘅時候，如果你嘅牙齒出現問題，嗽無論係補牙定係裝翻副假牙，最好嘅材料就係唔容易引發炎症嘅黃金。所以舊時有唔少人口入面都會有金牙。因為黃金價值不菲，都要呢個人有一定經濟能力先可以裝得起，所以甚至有人用裝金牙嚟炫耀自己嘅財富。粵語稱守信用為「講口齒」，於是大家就從呢個講法同裝金牙聯繫埋一齊，引申出一個形容守信用嘅講法，叫做「牙齒當金使」，形容牙齒同金牙一樣咁值錢，亦就係信譽卓著嘅意思喇。

　　三皇五帝 —— 喺《西遊記》嘅開頭，提到盤古開天之後就係三皇五帝時期。嗽三皇五帝，究竟係邊幾個人呢？

　　所謂「三皇五帝」，其實係中國人對遠古帝王嘅一個統稱，至於具體係邊個，就有好多唔同講法。

　　最初「三皇」指嘅係天皇氏、地皇氏、人皇氏，後來喺唔同嘅經典著作裏面，就對應唔同嘅人物。有啲書認為「三皇」係指燧人、伏羲、神農；亦有啲書認為係伏羲、女媧、神農；或者伏羲、神農、黃帝。

　　而「五帝」亦都有幾個唔同版本。例如有著作提到「五帝」係指太昊、炎帝、黃帝、少昊、顓頊；亦有著作提到係指黃帝、顓頊、帝嚳、堯、舜等等。

　　三皇五帝，幾乎可以講係古代中國人嘅學習模範。喺同佢哋相關嘅記載中，我哋可以見到古人治國領軍、處事待人以及喺勞動中總結出各種知識嘅智慧，好多哲學思想都係從關於佢哋嘅記載中發展而來。所以佢哋喺中國人傳統文化嘅源流中，有相當高嘅地位。

聽古仔

# 第二回

# 修成本事霸一方

　　話說孫悟空拜咗菩提祖師做師父，一心想學習長生不老之術。不過學咗六七年，師父都仲係唔教佢。呢一日，菩提祖師登壇講法，孫悟空喺下面聽到手舞足蹈，菩提祖師見佢咁有心得，就問佢：「你拜我為師都有七年時間了，究竟想學啲咩呢？」

　　孫悟空答話：「師父教乜我就學乜！」

　　不過佢說話係噉講，但係菩提祖師一連提咗幾樣本事，孫悟空都嫌三嫌四，話呢啲本事唔能夠長生不老，所以唔肯學。

　　菩提祖師見佢諸多意見，就一下子從個高台度跳落嚟，用把戒尺指住孫悟空話：「你呢個猢猻，呢樣又唔學，嗰樣又唔學，究竟想點？」講完，佢用戒尺喺孫悟空頭上打咗三下，然後背住手就走咗入內堂，跟手連個中門都關埋。

　　嗰班弟子見師父發嬲，紛紛埋怨孫悟空激親師父，但係孫悟空就一味笑騎騎唔出聲，心諗：「你班懵炳識得乜？師父打咗我三下，即係三更時分嘅意思；背住手關埋中門，即係叫我行後門去搵佢，師父係要傳我道法，今次發達咯！」

　　於是，到咗半夜嘅三更時分，孫悟空就運後門去搵菩提

祖師。一入到去，發現菩提祖師果然已經喺度等緊佢。菩提祖師見孫悟空咁醒目，都十分開心，於是開始傳授佢長生不老之術。孫悟空記熟咗口訣，拜謝師父，然後偷偷哋走返寢室，嗰班師兄弟仲瞓到豬頭嗽。

孫悟空得咗師父祕密傳授之後，日日勤修苦練。菩提祖師見佢學得認真，又教埋佢七十二變嘅法術，學識之後可以變成各種唔同嘅飛禽走獸、樹木建築。

等孫悟空又修煉得一段時間，菩提祖師過嚟問佢：「孫悟空，你最近修煉成點啊？」

孫悟空好自豪嗽答話：「弟子呢排進步好快，已經可以騰雲駕霧啦！」

菩提祖師見佢咁有自信，就叫佢表演嚟睇下。只見孫悟空打個筋斗，一下子跳起五六丈咁高，然後踩住雲霞就飛咗出去，一餐飯時間來回飛咗三里路。菩提祖師睇完，哈哈大笑，話：「你呢個唔叫做騰雲，飛得咁慢，叫做爬雲仲差唔多！」

於是，菩提祖師又傳授孫悟空騰雲駕霧嘅法術。因為孫悟空出發嘅時候鍾意先打個筋斗，所以菩提祖師就幫呢種法術起咗個名，叫做「筋斗雲」，佢翻一個筋斗就可以飛十萬八千里！

孫悟空嘅本事越學越犀利，一班師兄弟梗係羨慕啦。有一日傾開偈，大家就一齊起哄要孫悟空表演。孫悟空推託唔過，於是念起咒語，搖身一變，變咗棵大松樹，睇落真係十

足十，逼真到不得了，班師兄弟齊齊拍手叫好。正係熱鬧嘅時候，忽然間菩提祖師喺裏面行出嚟，好嬲噉大鬧：「你班友仔喺度嘈喧巴閉做咩啊？！」

大家畀師父嚇咗一跳，惟有老實交代。菩提祖師就對孫悟空話：「你已經學成本事，就唔好再留喺度啦，返屋企罷啦！」

孫悟空梗係唔捨得啦，流住眼淚求師父唔好趕自己走。但菩提祖師就係都要佢走，唔畀佢再留低，仲話以後都唔准再提佢嘅名號。最後孫悟空冇辦法，惟有同師父依依惜別，一個筋斗飛上半空，架起筋斗雲就飛返去花果山喇。

孫悟空當年搵斜月三星洞搵咗十幾年，但係今次飛返去花果山就快咯，一個時辰都唔到就返到喇。佢本來以為花果山仲好似當年嘅熱熱鬧鬧，點知去到之後見到周圍空空蕩蕩，班馬騮都唔知去晒邊。

孫悟空見到噉嘅情形就心急啦，大叫話：「我嘅猴子猴孫，你哋大王返嚟啦！」

佢一連叫咗好多聲，先終於見到成千上萬隻馬騮從各個地方跳出嚟，一齊將佢圍喺中間，猛咁叩頭話：「大王，你一走走咗咁多年，我哋好慘啊！有個妖魔要嚟搶我哋嘅水簾洞，我哋雖然搏命擋住佢，但係好多猴子猴孫都畀個妖魔捉咗去。大王再唔返嚟，我哋個水簾洞都冇埋㗎啦！」

孫悟空一聽當堂把幾火，問班馬騮：「乜嘢妖魔咁無禮，等我老孫搵佢算賬！」

嗰班馬騮聽講大王要發威幫大家出頭，梗係興奮啦，嘰嘰臨答話：「我哋淨係知道佢自稱混世魔王，住喺北面。不過佢識得騰雲駕霧，我哋都唔知離呢度有幾遠啊！」

　　孫悟空笑一笑話：「冇問題，你哋玩住先，我去搞掂佢！」講完，一個筋斗就往北面飛過去。飛咗冇幾耐，就見到下面有座高山十分險峻，孫悟空飛落去一睇，只見山裏面有個五行水臟洞，正係混世魔王嘅住處。

　　孫悟空去到洞口就大聲叫罵，嗰個混世魔王聽講有人來踢竇，馬上披掛整齊，手執大刀就出嚟應戰。佢出到嚟一睇，見孫悟空生得又矮又瘦，仲要赤手空拳連件兵器都冇，忍唔住笑到下巴都跌落嚟咁滯。佢放低把大刀，話要同孫悟空空手過招。點知一嘟手，混世魔王就呻笨了。原來孫悟空雖然矮細，但係勝在身手靈活，混世魔王打來打去都打佢唔中，仲畀佢搵機會連打幾拳添。

　　混世魔王痛起上嚟，都唔顧得面子咯，捽起把大刀就向住孫悟空劈過嚟。孫悟空側身避開，喺身上搵出一把毫毛，放入口裏面嚼碎，然後噴到空中，大叫一聲：「變！」嗰啲毫毛當堂變成兩三百隻馬騮仔，圍住混世魔王就打，有啲打頭，有啲抱腳，有啲插眼，有啲扯頭髮，打到個混世魔王手忙腳亂，孫悟空趁機搶咗佢把大刀，一刀就將混世魔王斬成兩段！

　　搞掂咗混世魔王，孫悟空救翻一班猴子猴孫，就駕起雲霧一齊飛返花果山。返到之後，所有馬騮齊齊出嚟迎接，恭

賀佢得勝而回。自此之後，孫悟空又繼續喺花果山做佢嘅美猴王，再都冇人敢過嚟搵佢哋麻煩喇。

後來，孫悟空諗到日後可能要對付其他妖魔鬼怪，於是飛到去附近嘅傲來國，用法術偷咗一大批兵器返嚟發放界一眾馬騮，然後教佢哋操練武藝，演練陣法，搞到好大陣仗。附近嘅七十二洞妖王見孫悟空咁把炮，都紛紛過嚟認孫悟空做大佬，聽佢指揮。噉樣一來，孫悟空手下人馬越嚟越多，一座花果山畀佢打造到固若金湯，佢嘅聲勢亦越嚟越大了。

## 粵語知多啲

犀利 ── 呢一回講到孫悟空本事學得好「犀利」。粵語裏面呢個「犀利」係屬害、有本事的意思，同普通話裏面表示言詞尖銳、行動迅猛有所不同。據講粵語「犀利」呢個講法源自於美國著名鋼筆品牌「犀飛利」（Sheaffer），早年喺香港地區，呢個品牌嘅鋼筆價格好高，用得起嘅一般都係有錢人，所以大家就用「犀飛利」嚟形容人好屬害。後來呢個詞逐漸簡化，就變成了「犀利」，但係「犀飛利」這個講法仲係經常有人用到。

煉丹術 —— 孫悟空為咗學習長生不老之術,拜菩提老祖為師,修煉道法。我哋現代人當然知道人冇可能長生不老,不過喺中國古代,就有唔少人相信經過修煉,可以長生不老,仲由此誕生咗煉丹之術。例如秦始皇就曾經派徐福去尋找長生藥,西漢嘅淮南王劉安,就係著名嘅煉丹人士。

呢啲煉丹人士雖然冇煉出長生不老藥,但係喺煉丹嘅過程之中,因為使用大量唔同嘅材料,所以進行咗唔少化學實驗,好多煉丹嘅道士,堪稱古代化學家。例如著名嘅道士葛洪,就擅長煉丹並撰寫關於煉丹嘅著作,為中國留低好多珍貴嘅古代化學史資料。據講中國古代四大發明之一嘅火藥,亦都係喺煉丹過程之中發明嘅。

聽古仔

# 棒打龍宮鬧地府

　　話說孫悟空喺花果山日日指揮班馬騮操練武藝，練到不亦樂乎。但係佢自己淨係得把從混世魔王嗰度搶返嚟嘅大刀，覺得好唔趁手，就問幾隻老馬騮有咩好辦法。

　　其中一隻老馬騮話：「我哋水簾洞呢座鐵板橋下面嘅水路，可以通向東海龍宮。龍宮裏面咩寶貝都有，大王你可以去搵東海龍王要件兵器啊！」

　　孫悟空一聽即時跳起，跑去橋頭一跳跳落河，使個避水法術分開水路就直奔東海海底。海底嘅巡海夜叉見到孫悟空劈開海水直奔龍宮，嘩嘩聲入去通報。東海龍王敖廣見孫悟空神通廣大，唔敢怠慢，帶住一班蝦兵蟹將出嚟迎接，將孫悟空帶入龍宮裏面飲茶。

　　坐低之後，龍王就問孫悟空幾時得道成仙，有咩來意。孫悟空答話：「我係天地日月所生，修得不生不滅之體。最近喺度教班兒孫演練武藝，但係我自己就冇件趁手嘅兵器。我聽聞龍宮寶貝多，諗住大家係隔籬鄰舍，所以咪過嚟搵你幫手，揀件兵器咯。」

　　龍王聽佢嘅講，唔好推辭，於是叫人攞出一把大刀，但係孫悟空話唔鍾意用刀。於是龍王又叫人攞出一把九股叉，

孫悟空接過嚟舞咗幾下，擰晒頭話：「太輕喇，太輕喇，麻煩搵過第二件！」

龍王笑住話：「上仙，呢把叉有三千六百斤，你嗽都嫌輕？」

孫悟空仲係猛咁擰頭話輕，嚇到老龍王心驚驚。佢再叫人攞出一把方天畫戟，有七千二百斤重。孫悟空接過嚟舞咗一輪，又一嘢將畫戟插喺地上話：「仲係輕，仲係輕！」

老龍王更加緊張喇，擺手話：「我哋龍宮最重就係呢支畫戟，冇其他兵器喇。」

孫悟空邊度肯信，嘿嘿一笑話：「古人都話唔愁海龍王冇寶貝，你唔好咁孤寒啦，再去搵搵。」

龍王正喺度發愁，身邊嘅龍婆細細聲對佢話：「大王，我睇呢位仙人非同小可啊！我哋海底咪有塊神鐵嘅？呢幾日忽然霞光閃閃，瑞氣騰騰，唔通就係知道會遇到真主？」

龍王皺晒眉頭：「嗰塊係當年大禹治水嘅時候用嚟測定江海深淺嘅神鐵，得唔得㗎？」

龍婆又講：「你話知佢得唔得啊，畀咗佢咪由得佢點用囉。」

於是龍王就將孫悟空帶到海底深處。一去到，佢哋就見到前面一條鐵柱閃出萬道金光。孫悟空行近啲一睇，只見呢條鐵柱有斗口咁粗，兩丈幾長。孫悟空一見就好歡喜，自言自語話：「果然係好寶貝，不過就係太粗太長喇，如果佢短啲幼啲就好了！」

佢嘅說話啱啱講完，嗰條鐵柱竟然真係變短變幼咗少少！孫悟空見到就開心啦，繼續話：「再短啲，再幼啲！」嗰條鐵柱真係繼續變短變幼，最後變成一條丈幾長，碗口粗嘅鐵棍。

　　孫悟空將條鐵棍攞起嚟一睇，只見上面寫住「如意金箍棒」幾個字，有一萬三千五百斤重。孫悟空呢次就興奮喇，使出渾身解數，舞起條鐵棍一路舞到返去水晶宮，成座宮殿都畀佢舞到搖搖岌岌，嚇到老龍王同班龍子龍孫腳都軟埋，啲蝦兵蟹將一個二個縮晒頭。

　　孫悟空得咗件寶貝，又逼住老龍王搵其他三海龍王攞咗一身金冠金甲。之後佢就開開心心舞住條金箍棒打道回府了。

　　返到花果山之後，孫悟空用條金箍棒表演畀班馬騮睇。呢條如意金箍棒果然聽晒孫悟空指揮，變大嘅時候可以變到萬丈咁高，頂天立地，嚇到滿山妖王魂飛魄散，個個跪地叩頭；變細嘅時候可以變成支繡花針，孫悟空平時可以收喺耳仔裏面。

　　有咗呢條如意金箍棒，孫悟空更加得意。佢結識咗牛魔王、蛟魔王、獅駝王等幾個兄弟，經常同佢哋一齊講文論武，吹水飲酒，日子過得更加逍遙自在喇。

　　呢一日，孫悟空照例同班兄弟飲到酩酊大醉，喺樹蔭下面瞓着咗。矇矇鬆鬆之際，只見有兩個人攞住一張批文，上面寫住「孫悟空」三個字，行到埋嚟用條繩一套，就將孫悟空嘅魂魄拉咗出嚟，一路拖住嚟到一座城邊。

呢個時候孫悟空酒醒得差唔多，抬頭一睇，只見城頭上寫住「幽冥界」三個大字。佢當堂成個醒晒，問嗰兩個人：「喂，幽冥界係閻羅王嘅地頭，點解拉我嚟呢度啊？」

嗰兩個人答話：「你陽壽已盡，我哋兩個奉命嚟勾你魂魄。」

孫悟空一聽就發火了：「豈有此理！我老孫超出三界外，不在五行中，都唔歸閻羅王管嘅，你哋趁我飲醉酒夠膽嚟捉我？」

講完，孫悟空喺耳仔度攞出金箍棒，一棍一個將兩個鬼差打成肉醬，然後舞起條鐵棍，一路打入去幽冥城，嚇到城裏面啲牛頭馬面走都走唔切，啲鬼卒就跑入森羅殿大叫：「弊啦弊啦！有個毛面雷公打到入嚟啊！」

森羅殿裏面嘅十代冥王見勢頭唔對，即刻迎出嚟對孫悟空話：「上仙唔好心急，有說話慢慢講，請問你高姓大名啊？」

孫悟空一聽更加火滾，鬧佢哋話：「你班友連我係邊個都唔知，就敢派人嚟勾我魂魄？」

十代冥王惟有猛咁卸膊：「唔敢唔敢，一定係啲鬼差搞錯咗。」

孫悟空邊度肯信？佢大模大樣坐到森羅殿寶座上面，叫十代冥王將生死簿攞出嚟畀自己睇。揭咗幾頁，孫悟空就果然喺生死簿上面搵到自己個名，寫住：「孫悟空，天產石猴，該壽三百四十二歲，善終。」

孫悟空攞起支筆，一筆就將自己個名塗咗去，然後又

順手將見到嘅馬騮一族姓名全部勾銷。勾完之後，孫悟空一手揪低本生死簿，大大聲話：「搞掂！以後我就唔歸你哋管啦！」講完，又係一路棍棒打出幽冥城。十代冥王邊度敢攔阻，惟有走去搵地藏王菩薩告狀就係啦。

孫悟空打到出幽冥城，一唔小心跌咗一交，結果一下扎醒，原來啱先係南柯一夢。佢醒過嚟之後，同班馬騮講咗自己喺幽冥城嘅事，宣佈話自己已經將馬騮嘅姓名都勾銷晒，以後再都唔使怕閻羅王喇。班馬騮齊聲讚歎，個個都話大王神通廣大，認真開心。

粵語知多啲

卸膊 —— 呢個詞喺粵語裏面係推卸責任嘅意思。呢個詞據講源自於漕運或者碼頭嘅苦力，因為搬運重物嘅時候，需要好多人合力，每個人都分擔一部分重量。有啲人想偷懶，就會側一下膊將自己膊頭上嘅負擔卸去一部分，呢種行為後來被稱為「卸膊」，而側膊嘅動作因為比較隱蔽，所以就有「側側膊，唔多覺」嘅講法。

「十代冥王」── 呢一回講孫悟空大鬧幽冥城，提到嘅「十代冥王」（也稱為「十代閻王」）究竟係啲咩人物呢？原來，喺傳說之中地府裏面有十個大殿，每一個都有一位冥王，亦都稱為「十殿閻王」，分別係一殿秦廣王蔣子文，二殿楚江王厲溫，三殿宋帝王余懃，四殿忤官王呂岱，五殿閻羅王包拯，六殿卞城王畢元斌，七殿泰山王董和，八殿都市王黃中庸，九殿平等王陸游，十殿轉輪王薛禮。佢哋各自有自己嘅職守，掌管人間生死、刑獄、懲罰等等。

  聽古仔

# 齊天大聖旗幟揚

　　孫悟空攞咗東海龍王嘅如意金箍棒，又大鬧地府勾銷生死簿，佢自己就逍遙快活了，但卻完全唔知道自己已經搞出個大頭佛。

　　呢一日，玉皇大帝忽然間接到報告，話東海龍王嚟告狀。玉帝一問，先知原來東海龍王係告孫悟空嘅狀，告佢大鬧龍宮，強索兵器盔甲。玉皇大帝聽完之後，就叫龍王返去先，自己會處理。點知龍王前腳剛走，冥王後腳就到，又係告孫悟空嘅狀，話佢大鬧地府，勾銷生死簿，禍亂陰陽。

　　玉皇大帝見呢個孫悟空搞埋咁多事，就問一眾文武仙家：「你哋邊一路神將可以去下界收伏呢隻妖猴？」

　　只見太白金星應聲而出：「天地有好生之德，呢隻妖猴只係唔懂事，陛下可以頒落一道招安聖旨，宣佢上嚟天界，畀個官職過佢，噉就可以將佢困喺天庭。如果佢以後聽聽話話，噉就升佢職；如果佢唔聽話，就地捉拿亦都方便啊。」

　　玉帝覺得太白金星呢個建議唔錯，於是就叫文曲星官修一道詔書，畀太白金星攞去招安。

　　太白金星帶住詔書嚟到花果山，見到一大班馬騮仔，就對佢哋話：「我係天界嘅使者，有聖旨請你哋大王上天界。」

嗰班馬騮馬上跑去話畀孫悟空知，孫悟空就將太白金星請到入水簾洞，問佢有何來意。太白金星話：「我奉玉皇大帝嘅招安聖旨下凡，請你上天界，加入仙班啊！」

　　孫悟空一聽十分高興：「我呢幾日剛想上天上邊行下，咁啱你就嚟搵我喇。好！我就跟你去天上睇睇有咩好玩！」於是，佢吩咐班馬騮好好看守花果山，自己就跟住太白金星一齊駕起雲頭，飛上去天界喇。

　　孫悟空嘅筋斗雲飛得快，一下子就將太白金星撇喺後面，自己先飛到咗南天門。佢正準備入去，忽然間見到增長天王帶埋一班天兵，一個二個手執兵器攔住去路。孫悟空見到嘅嘅情形就發火了：「豈有此理你個太白金星，又話請我上天界，而家又搵班人攔路，嗰即係算點先？既然唔歡迎我，我咪走人囉！」

　　呢個時候，太白金星先至氣咇氣喘趕到，拉住孫悟空話：「大王你唔好心急，你之前未嚟過天界，又冇登記姓名，一眾天兵唔識得你，梗係唔放你入去啦。等你入去見過玉帝，登咗仙班，有咗官職，以後就可以自出自入㗎啦。」

　　孫悟空見佢咁有誠意，先至回心轉意，跟住太白金星入到天界。一入到去，只見到處金光閃閃、瑞氣騰騰，有三十三座天宮、七十二重寶殿，真係金碧輝煌，耀眼生輝，睇到孫悟空眼都大晒。

　　太白金星帶住孫悟空一路嚟到凌霄寶殿，拜見玉皇大帝，孫悟空就企喺旁邊睇住太白金星向玉帝稟報，禮都唔行

一個。玉帝隔住道簾問：「邊個係妖仙啊？」

孫悟空呢個時候先躬一躬身話：「我老孫就係啦！」

旁邊啲神仙見佢咁冇禮貌，個個都嚇咗一跳，紛紛話：「呢個妖猴噉樣同玉帝講嘢，想死定啦！」

好在玉帝唔介意，話孫悟空初上天界唔熟禮數，不知者不罪，然後就安排孫悟空做個御馬監嘅管事，叫做「弼馬溫」。

孫悟空唔知道呢個「弼馬溫」究竟係幾大嘅官，亦就高高興興多謝玉帝，去御馬監上任喇。

一去到御馬監，孫悟空就發現呢度有成千匹天馬，匹匹都神駿非常。孫悟空好興奮，又係洗刷馬匹，又係準備草料，又係操練奔跑，非常之負責任。只係半個月時間，孫悟空就將啲天馬養到膘肥體壯，匹匹見到佢都十分親熱。

呢一日，孫悟空終於得閒休息下，就搵埋一班下屬飲酒吹水。佢問班下屬：「我呢個弼馬溫，係幾品官啊？」

下屬答話：「冇品從喎。」

孫悟空又問：「冇品從，即係大到不得了啦？」

點知班下屬答話：「唔係啊，冇品從即係唔入流，係最細嘅官。噉樣嘅官，日做夜做，做得好最多都係畀人讚兩句，稍為有咩差池就分分鐘畀人燉冬菇㗎啦。」

孫悟空一聽就發火啦：「豈有此理！老孫喺花果山大晒㗎嘛，而家呃我嚟做養馬嘅奴僕？老孫唔做啦！」講完，佢喺耳仔度攞出條如意金箍棒，隨手一搖就變到碗口咁粗，一路棍棒打出去南天門。南天門嘅守將知道佢做咗仙官，呢次就

唔敢阻攔，惟有由得孫悟空打出天門而去喇。

返到花果山，一眾馬騮仲喺度操練武藝，見到孫悟空返嚟大家都好高興，紛紛問話：「大王去咗天上十幾年，係咪好好玩啊？」

孫悟空就奇怪啦：「我明明去咗半個幾月咋嘛？」

有隻老馬騮就話：「大王，天上一日，地上一年啊！」

孫悟空嗽先知道原來天界同凡間時間係唔一樣嘅。然後，佢就將自己喺天庭上嘅遭遇講翻畀班馬騮聽。大家聽咗都覺得好唔忿氣，下屬有個鬼王就建議話：「大王你使乜喺天上受氣啊？你有嗽嘅本事，做個齊天大聖都得啦！」

孫悟空聽咗好高興，連聲叫好，馬上就叫人掛起面大旗，上面寫住「齊天大聖」四個大字。自此之後，大家都稱呼佢做「齊天大聖」喇。

而喺天庭之上，好快就有人將孫悟空劈炮唔撈，打出南天門嘅事向玉皇大帝彙報。玉皇大帝今次真係佛都有火，話要出兵去降伏孫悟空。玉帝座下嘅托塔天王李靖同哪吒三太子即時自告奮勇，願意領兵出戰。

於是，玉皇大帝封李靖為降魔大元帥，封哪吒為三壇海會大神，以巨靈神為先鋒，率領大隊天兵天將，浩浩蕩蕩直奔花果山而去。

## 粵語知多啲

「咁啱得咁橋」 —— 呢一回裏面孫悟空話太白金星「咁啱得咁橋」嚟搵佢。呢個「橋」字，係「巧」字嘅變音，所以「咁啱得咁橋」就係「剛巧」、「正好」嘅意思。喺粵語裏面，仲有個俚語叫做「飛機撞紙鳶，咁啱得咁橋」，意思係飛機竟然會撞上風箏，形容實在係非常之碰巧。

## 歷史文化知多啲

太白金星 —— 呢一回上場嘅太白金星，係中國民間最著名嘅神靈之一。傳說中佢主要嘅職務係作為玉皇大帝嘅特使，負責傳達各種命令。太白金星嘅名稱同古人觀測到金星有關。所謂「太白」，亦係指金星，古人早上見到金星喺東方，稱為「啟明」；傍晚見到金星位於西方，則稱為「長庚」，所以孫悟空後來經常稱太白金星為「李長庚」。另外，仲有傳說話詩仙李白嘅娘親生佢之前，夢見太白金星入懷，所以幫佢起名叫做李白，字太白。

話說托塔天王李靖同哪吒三太子帶住天兵嚟到花果山，紮落營寨，就派先鋒巨靈神去搵孫悟空挑戰。

巨靈神生得神高神大，手執宣花斧，威武非凡。佢嚟到水簾洞外面，對門口班小妖大喝話：「你哋快啲入去通報畀個弼馬溫知，我乃係上天大將，奉玉帝旨意嚟捉拿佢，叫佢快啲出嚟乖乖投降，噉我就饒過你哋性命！」

一班小妖被嚇到雞飛狗跳，馬上入去通報畀孫悟空知。但係孫悟空就不慌不忙，戴起紫金冠，着起黃金甲，穿上步雲鞋，手執如意金箍棒，帶住一眾手下出門擺開陣勢。

巨靈神見孫悟空出嚟，就大喝話：「馬騮精！你認唔認得我？我係托塔李天王部下先鋒，巨靈天將。今日奉玉帝聖旨嚟收伏你，你仲唔快啲束手就擒？！」

孫悟空一聽到玉帝兩個字就發火喇：「你係邊一路毛神？老孫聽都未聽過！你返去話畀玉皇大帝知，老孫一身本事，佢淨係要我幫佢養馬，真係浪費人才！佢如果封我做個齊天大聖，我就唔同佢計較，若然唔係，老孫打到上去凌霄寶殿，龍牀都冇得佢坐！」

巨靈神見孫悟空咁囂張，知道講佢唔服，於是舞起大斧

就劈過嚟。孫悟空亦都不甘示弱，挺起金箍棒就打返轉頭。一神一妖你來我往，睇到人眼花繚亂，打到花果山塵土飛揚。不過打多幾個回合，巨靈神就漸漸招架唔住，畀孫悟空當頭一棍，連佢把斧頭都打斷埋，惟有擰轉頭就走。

孫悟空喺後面大笑，話：「你真係唔禁打！今日我就放你一條生路，你快啲返去報信啦！」

巨靈神返到軍營見到李靖，急急忙忙話：「呢個馬騮精真係厲害，末將打佢唔過啊。」

李靖見佢一出陣就打敗仗，就話要斬咗佢，好在哪吒跳出嚟話：「父王唔使心急，等孩兒去試一試呢個弼馬溫嘅本事啦！」

哪吒披掛整齊，話咁快就飛到水簾洞。孫悟空見佢生得細個，就走上去問佢：「喂，細路，你邊度嚟㗎？蕩失路唔識返屋企啊？」

哪吒喝佢話：「妖猴，我係托塔天王三太子哪吒，今日奉玉帝聖旨嚟捉你！」

孫悟空一聽就笑喇，指一指條旗杆話：「太子仔，你毛都未生齊，學咩人打打殺殺啊？乖乖哋返去同玉皇大帝講，叫佢封我做齊天大聖，嗽就萬事好商量，若然唔係，我打爆佢個靈霄殿！」

哪吒抬頭一睇，只見旗杆上面嘅大旗寫住「齊天大聖」四個大字，激到佢頭殼頂飆煙，大鬧話：「你個馬騮精，有咩本事，擔得起咁大嘅名頭？嚟嚟嚟，食我一劍！」

孫悟空就話：「嗽喇，我企喺度唔喐，任得你斬幾劍啦。」

只聽哪吒大喝一聲：「變！」然後就見到佢竟然變成三頭六臂，六隻手揸住六件兵器，有斬妖劍、砍妖刀、縛妖索、降妖杵、繡球、風火輪，兜口兜面就朝孫悟空打過嚟。

孫悟空畀佢嚇咗一跳，心諗：「呢個太子仔有啲料到啵！」佢唔敢再託大，搖身一變，亦都變成三頭六臂，六隻手使起三條金箍棒，同哪吒打個難分難解。

呢一場打鬥真係棋逢敵手將遇良才，打到成座花果山都山搖地動，天翻地覆，滿山妖精都嚇到縮晒入角落頭。打到三十幾個回合，哪吒見打唔贏，就再使個神通，六件兵器變成千千萬萬件，鋪天蓋地噉打過嚟；孫悟空見招拆招，亦都將金箍棒變成千千萬萬條，同哪吒繼續打個旗鼓相當。

正係一片混亂之際，孫悟空搰咗條毫毛，變成佢自己個樣，而佢自己就一個閃身去到哪吒身後，一棍向哪吒後腦枕打過去。哪吒正喺度集中精神施法，忽然聽到腦後生風，嚄嚄臨側身一閃，結果畀孫悟空一棍打中個膊頭，痛到佢牙都咬斷咁滯，惟有收起兵器，飛返去自己軍營喇。

托塔天王李靖見自己呢個最打得嘅仔都打敗仗，知道孫悟空厲害，又聽哪吒話孫悟空要玉帝封佢做齊天大聖，決定都係返去天宮班救兵，集齊人馬再嚟捉拿孫悟空。

孫悟空打咗個大勝仗，梗係開心啦，於是返去水簾洞搵埋一班兄弟一齊大排筵席慶功。另一邊，托塔天王李靖同哪吒三太子返到天庭，向玉皇大帝彙報打敗仗嘅事，玉帝聽完

大吃一驚。李靖向玉帝請求增兵，而哪吒就稟報話：「妖猴喺洞門之外樹起咗一面大旗，寫住『齊天大聖』四個字，仲話陛下封呢個官職過佢，佢先肯歸順，如果唔係就要打上嚟靈霄殿啊！」

玉皇大帝從來都冇見過噉嘅妖精，聽完哪吒嘅話又嬲又驚訝。佢正想叫多幾個神將去捉拿孫悟空嘅時候，太白金星走出嚟勸佢：「陛下，呢隻妖猴確係冇大冇細，無法無天。不過如果出兵，一時之間又未必收服到佢，反而勞師動眾。倒不如請陛下大發聖恩，招安妖猴，畀佢做個有官無職嘅齊天大聖，淨係得個頭銜，唔管事唔出糧，等佢收心養性，噉咪仲好？」

玉帝聽咗都覺得呢個建議唔錯，就叫太白金星再次去招安孫悟空喇。

太白金星又一次嚟到花果山水簾洞，呢次待遇就唔同晒囉。只見洞口啲妖精一個二個手執兵器，威風凜凜殺氣騰騰，一見到太白金星就要嘟手。

太白金星嚇咗一跳，嘷嘷臨話：「大家稍安毋躁，你哋入去話畀大聖知，我係帶住天帝嘅聖旨嚟請佢㗎！」

呢個時候孫悟空正喺度飲宴，聽講太白金星嚟到，心諗：「呢個太白金星，上次搵我上天界雖然冇啥着數，但我起碼都叫做上過一次天界，都識多咗條門路。今次又嚟，一定有好事！」於是佢穿戴整齊，帶住一眾手下出門，大張旗鼓列隊迎接太白金星。

太白金星見到孫悟空今時唔同往日，就對孫悟空話：「大聖，你上次嫌御馬監嘅官細，其實天上做官都係由細做到大㗎嘛。宜家你自稱齊天大聖，天上嗰班武將都話要嚟討伐你。不過我就猛咁幫你講好說話，終於都請到玉帝聖旨，封你做齊天大聖啊！」

孫悟空聽講今次咁着數，十分歡喜，亦就跟住太白金星上去天庭了。玉皇大帝見到孫悟空，就對佢話：「孫悟空，今次封你做個齊天大聖，係最高品位嘅官職嚟㗎，你好自為之，唔准再胡作非為啦。」

孫悟空得償所願，做咗齊天大聖，梗係開心啦。玉帝仲專門叫人幫佢建咗一座齊天大聖府，等孫悟空可以喺裏面居住。孫悟空得咗呢個齊天大聖嘅封號，心滿意足，日日喺天宮同班神仙常來常往，食飯飲酒吹水，日子過得無憂無慮，自在非常。

## 粵語知多啲

「着數」──喺粵語中，通常用「着數」嚟表示好處、利益，或者小便宜。例如喺呢一回裏面，孫悟空覺得太白金星嘅條件好「着數」，就係指有利嘅意思。所謂「着數」，是「條數計得過」、「計過數有得着」之意，而粵語裏面講「搵着數」，則係指佔人便宜，甚至賺取一啲唔合理利益。

## 歷史文化知多啲

哪吒──哪吒可以講係中國民間知名度最高嘅神話人物之一。關於佢嘅傳說同故事有好多，其中以「哪吒鬧海」嘅故事最為膾炙人口，唔少地方仲有專門供奉哪吒嘅習俗。喺傳說之中，哪吒係陳塘關總兵李靖之子，自幼拜太乙真人為師。後來因為鬧海殺龍，引致東海龍王報復。哪吒自殺後將肉身奉還父母，佢嘅師父以荷葉蓮花為幫佢脫胎換骨，後來同父親和解，成為戰神。而李靖手中嘅寶塔，其實係仙人所贈，用嚟防備個仔哪吒嘅，佢被稱為「托塔李天王」。

聽古仔

# 第六回

# 飽食蟠桃醉瑤池

話說孫悟空畀玉皇大帝封為「齊天大聖」，個頭銜夠晒大。玉帝仲幫佢建咗座齊天大聖府，有專人服侍，搞到孫悟空鬼死咁開心。孫悟空亦都唔理有冇俸祿，總之有得食有得玩，又冇王管，不知幾咁逍遙自在。佢得閒無事就去同其他神仙飲飲食食，交朋結友，一日到黑東遊西蕩，行蹤不定。

日子一長，天宮裏面又有人覺得孫悟空終日遊手好閒，無所事事，怕佢又搞出咩事，於是勸玉帝都係畀翻啲嘢過孫悟空做下。

於是，玉帝就下旨派孫悟空負責看管蟠桃園。孫悟空最中意就係食桃，一聽蟠桃兩個字，當堂雙眼放光，歡天喜地走去上任喇。

去到蟠桃園，只見裏面種咗無數咁多桃樹，一棵棵都係枝繁葉茂，果實纍纍，睇到孫悟空口水都流晒。佢將蟠桃園嘅土地神叫出嚟，問佢園裏面有幾多桃樹，土地答話：「總共有三千六百株，前面一千二百株果實比較細，三千年一結果，人食咗可以身輕體健，得道成仙；中間一千二百株果實比較大，六千年一結果，人食咗可以長生不老，騰雲駕霧；後面一千二百株最老，果實最大，九千年一結果，人食咗可以同

天地同壽啊！」

　　孫悟空聽咗更加歡喜，高高興興點算好桃樹嘅數目，自此之後就再都唔四圍遊玩喇，日日踎喺蟠桃園度，睇住啲蟠桃流口水。

　　過得一排，佢見老樹上面嘅蟠桃已經熟咗一大半，就藉口話自己要休息，將班手下趕走晒，自己就爬到樹上面大食一餐，然後至施施然落返嚟，叫班手下一齊回府。佢食開有癮，隔得幾日就爬上樹食餐飽，園裏面嗰啲成熟嘅蟠桃好快就畀佢食咗一大半。

　　呢一日，王母娘娘準備召開蟠桃勝會，吩咐七仙女去蟠桃園摘桃，用嚟款待嘉賓。七仙女去到蟠桃園，土地就帶佢哋去搵孫悟空。點知孫悟空食到飽晒，變成一個兩寸嘅人仔，正喺樹上面瞓大覺。七仙女搵來搵去都見佢唔到，惟有自己先開工摘桃了。點知佢哋摘來摘去都係得啲細桃，終於發現原來後面嘅老樹上幾乎冇晒熟桃。七仙女冇計，惟有半生唔熟嘅桃都摘住先係啦。佢哋摘得幾個，就吵醒咗喺樹上瞓覺嘅孫悟空。孫悟空見有人嚟摘自己啲桃，大喝一聲，現出原形，攞出條如意金箍棒，喝問話：「你哋係何方妖怪？竟然夠膽嚟偷老孫嘅桃？」

　　七仙女畀佢嚇到腳都軟晒，一齊跪低答話：「大聖息怒，王母娘娘要開蟠桃勝會，所以叫我哋嚟摘桃款待嘉賓。我哋搵咗好耐都搵唔到大聖，怕耽誤時辰，所以咪摘住先咯。」

　　孫悟空一聽有宴會就高興啦，叫七仙女起身，問佢哋：

「王母娘娘開蟠桃會，請啲咩人啊？請唔請老孫我啊？」

七仙女答話：「按照以前嘅規矩，西方佛老、南方觀音、東方聖帝、北方玄靈，仲有各路大大細細嘅神仙都會邀請。不過請唔請大聖你，就真係唔知啵。」

孫悟空笑一笑話：「既然係噉，等老孫去打聽下先！」於是，佢念起咒語，使出個定身法，對住七仙女叫一聲：「定！」將七仙女全部定住晒喺當場，嘟都唔嘟得。跟住孫悟空就駕起筋斗雲，直奔瑤池而去喇。

行到半路，只見有個神仙迎面而來，孫悟空定眼一睇，原來係赤腳大仙。孫悟空眼珠一轉，計上心頭，走上去拱一拱手問：「大仙走咁快去邊度啊？」

赤腳大仙答話：「王母娘娘邀請我去蟠桃會啊！」

孫悟空話：「哎呀，乜你冇聽講咩？今年蟠桃會，要先去通明殿行禮，然後再去瑤池開餐。因為老孫筋斗雲飛得快，所以王母娘娘叫我負責通知各路神仙啊！」

赤腳大仙信以為真，就轉頭飛去通明殿啦，孫悟空自己就搖身一變，變成赤腳大仙嘅樣，一路飛去瑤池。

去到瑤池，只見嗰度仙氣繚繞，富麗堂皇，枱面上擺滿晒珍饈百味、奇珍異果、瓊漿玉液、新鮮瓜果，睇到孫悟空流晒口水。

佢眼見各路神仙仲未到，淨係得一班力士、童子喺度做嘢，心諗今次仲唔得米？於是搣咗幾條毫毛，叫一聲「變！」變出幾隻眼瞓蟲，飛到去力士、童子嘅面上。過得一陣，嗰

班力士、童子一個二個打晒喊路，坐低喺地就瞓着晒。

孫悟空見班人瞓低晒，即時跳上枱去飛禽大咬，開懷暢飲，珍饈百味、奇珍異果全部攞嚟送酒，食到佢肚都漲晒。酒足飯飽之後，孫悟空飲到醉醺醺，摸住個肚皮突然諗起：「弊喇，一陣啲客人嚟到，怪我不請自來，自己開餐先嘅點算啊？我都係走為上着喇！」

於是，佢恍恍惚惚，腳步浮浮嘅就想飛返去齊天府。點知佢實在係飲得太醉，唔小心行錯咗路，一下子飛到去兜率宮。孫悟空抬頭一睇，見到兜率宮嘅牌匾，知道呢度係太上老君嘅住處，心諗既然一場嚟到，不如就入去坐下啦。

點知佢入到去，發現宮裏面一個人都冇，原來太上老君去咗登台講道，座下嘅仙童仙將仙官全部跟晒去聽講，所以人影都冇個。孫悟空左逛右逛，一路行到煉丹房，只見丹爐火光閃閃，旁邊放住五個葫蘆，裏面正係太上老君煉嘅仙丹。

孫悟空一見啲仙丹就笑喇：「呢啲仙丹係仙家至寶，今日整定我老孫好彩，咁啱遇着太上老君唔喺屋企，等我食佢幾粒試下先！」於是，佢將葫蘆裏面嘅仙丹全部倒晒出嚟，好似食花生噉就一口氣食清光！

仙丹一落肚，孫悟空當堂酒都醒晒，成個人神清氣爽。佢呢個時候頭腦清醒翻，知道自己闖咗大禍咯，心諗與其等人來捉自己，不如返去花果山稱王稱霸好過喇。於是，佢飛返去瑤池，趁住大家仲未到，夾起幾埕仙酒，就一路飛返去花果山，同班猴子猴孫一齊辦仙酒宴了。

## 粵語知多啲

「冇王管」—— 粵語裏面形容一個人自由自在，唔受管束，稱為「冇王管」，同「山高皇帝遠」嘅意思相近。喺呢度個「王」字讀粵拼第二聲，呢種升調嘅讀法喺粵語裏面十分常見，例如叫人「老王」，個「王」字都係要讀為升調。廣府地區地處嶺南，自古以來都遠離政治中心，「冇王管」呢個粵語詞用喺廣府人士身上，都十分合適。

## 歷史文化知多啲

太上老君 —— 太上老君，係道教「三清」之一嘅道德天尊，全稱為「太清道德天尊」，喺道教中嘅地位非常重要，有研究者認為佢係老子神格化後嘅形象，亦有人認為老子係太上老君嘅化身。喺《西遊記》裏面，太上老君出場嘅次數雖然唔算好多，但係作用都好大，例如孫悟空嘅如意金箍棒、豬八戒嘅九齒釘耙，都係太上老君冶煉嘅神兵。後面出場嘅妖精同寶物，有唔少都同佢有關係。

聽古仔

# 第七回

# 力敵天宮十萬兵

　　孫悟空整蠱七仙女、偷食蟠桃、搞亂蟠桃宴、偷食太上老君嘅金丹，呢幾單嘢好快就被告到玉皇大帝嗰度。玉皇大帝見孫悟空咁唔受教，亦都大發雷霆，下旨叫四大天王、托塔天王李靖、哪吒三太子，連同二十八星宿、五方揭諦等等一大班神將，統領十萬天兵，一齊下凡去到花果山，佈落天羅地網，誓要將孫悟空捉拿歸案。

　　天兵天將浩浩蕩蕩，將花果山圍個水泄不通。托塔李天王首先派九曜星官出戰。九曜星官嚟到水簾洞前，對啲小妖大喝話：「我哋係天界派落嚟嘅天神，專門嚟捉孫悟空。你哋叫佢快啲出嚟束手就擒，若然唔係，我哋就鏟平你哋花果山！」

　　看門嘅小妖嚇到面都青埋，馬上跑入去向孫悟空通報。點知孫悟空正喺度同七十二洞妖王飲酒，完全唔想理佢哋。

　　又過得一陣，門口嘅小妖跑晒入嚟大叫話：「大王大王，不得了啊！嗰幾個兇神惡煞連門口都打爛啦！」

　　孫悟空一聽就火滾了，一個箭步衝到出水簾洞門口，見到門口嘅小妖畀九曜星官打到節節敗退，正四圍咁走。

　　孫悟空見到嗰嘅情形，即刻喺耳仔度搲出條如意金箍

棒，迎風一搖變成碗口咁粗，丈二咁長，對住九曜星官大鬧話：「你幾個毛神，夠膽喺我門口耀武揚威？未見過惡人定喇！」講完，佢舞起金箍棒就打過去。九曜星官雖然九個打一個，但都係打孫悟空唔過，畀佢一輪亂棍打到手都軟埋，惟有拖住兵器，死死地氣走返去向李天王彙報。

李天王聽講九曜星官都打唔贏孫悟空，決定盡地一煲，將四大天王、二十八星宿全部派晒出去，帶住大隊天兵一齊嚟攻打。孫悟空見對方咁大陣仗，亦都帶住獨角鬼王、七十二洞妖王、四大健將等等一班手下應戰。

呢一場混戰真係不得了，雙方打到飛沙走石、地動山搖，天昏地暗、日月無光，從天光一路打到天黑，最後獨角鬼王同七十二洞妖王抵擋唔住，畀天兵天將全部捉晒，唯獨孫悟空一條金箍棒擋住四大天王、托塔天王李靖同哪吒三太子，始終打得難分難解。

呢個時候眼見天色已晚，孫悟空乾脆�))出一拃毫毛，放落口裏面嚼碎，然後一口氣噴出嚟，大叫一聲：「變！」只見嗰啲毫毛碎全部變成咗孫悟空嘅樣，有成千上萬個，個個都手執如意金箍棒，對住五大天王同哪吒就狂攻猛打，打到佢哋幾個手忙腳亂，終於頂佢唔順，敗陣而回。

孫悟空打咗場勝仗，開開心心返到水簾洞，班手下向佢報告話獨角鬼王同七十二洞妖王都畀天兵天將捉晒去，但係孫悟空就一啲都唔擔心，笑笑口話：「被捉走嘅都係啲虎豹狼蟲之類，我哋馬騮一個都冇損失，你哋使乜緊張？大家今晚

安心瞓一覺，等我聽日捉翻幾個天將報仇！」

到咗第二日，孫悟空都仲未出嚟，就聽到外面有人叫陣。佢出門一睇，只見有個神將單人匹馬喺門前挑戰。孫悟空就問佢係邊位，個神將答話：「我係李天王二太子木叉，南海觀音座下大弟子惠岸，專程嚟捉你！」

點解呢個惠岸忽然會殺到上門呢？原來，之前南海觀世音菩薩帶住弟子惠岸，去瑤池赴蟠桃宴。點知去到之後，見到現場亂七八糟，人丁稀少，個個喺度議論紛紛。一問先知原來蟠桃宴畀孫悟空搞到亂晒大龍，於是觀音菩薩就同惠岸一齊去見玉帝問個清楚明白。

見到玉帝之後，觀音菩薩聽講李天王帶住十萬天兵去捉拿孫悟空，就派惠岸去打探情況。惠岸嚟到軍營，正好遇上老頭子李靖打敗仗，於是自告奮勇，過嚟挑戰孫悟空喇。

孫悟空話知你天王二太子定係觀音大弟子，總之一律棍棒招呼，舞起金箍棒就打過去。對面嘅惠岸亦都係使一條鐵棍，奮起精神同孫悟空打個難分難解。呢場大戰雖然係一個打一個，但係打得比前一日嘅大混戰更加精彩激烈，孫悟空固然厲害，惠岸亦都十分勇猛，雙方棍來棍往，各顯神通，睇到周圍啲天兵天將、馬騮妖精眼都花埋。

不過惠岸雖然係觀音大弟子，神通廣大，但無奈孫悟空嗰條如意金箍棒實在係仙家至寶，力大棍重，終於打到惠岸手都痹晒，抵擋唔住，惟有虛晃一棍，落荒而逃，走返去見老竇喇。

李天王見連惠岸都打唔過孫悟空，更加心驚了，就寫咗封告急文書，叫惠岸送返去畀玉帝，請玉帝再發兵相助。

惠岸返到天宮，向玉帝同觀音講述自己戰敗嘅情形，又將封告急文書遞畀玉帝。玉帝睇到皺晒眉頭，但旁邊嘅觀音菩薩卻笑笑口話：「陛下唔使憂心，貧僧舉薦一位神將，必定可以捉到隻妖猴嘅。」

玉帝一聽好高興，就問佢舉薦嘅係邊位。

觀音菩薩話：「陛下你嘅外甥顯聖二郎真君楊戩，當年曾經力誅六怪，又有梅山兄弟同一千二百草頭神相助，神通廣大。陛下如果請到佢出嚟幫手，噉就一定搞掂啦。」

玉帝聽咗觀音菩薩嘅建議，馬上派人去搵二郎神，請佢帶齊人馬過嚟相助。二郎神接到聖旨，帶住梅山兄弟同草頭神趕到花果山，聽李天王講過戰況，就提起三尖兩刃槍，帶齊人馬嚟到水簾洞前挑戰。

孫悟空見到又有人殺到上門，不慌不忙走出嚟問：「你係何方小將，夠膽嚟我門前挑戰？！係咪嫌命長啊？」

二郎神大鬧話：「你隻妖猴有眼無珠，竟然唔識得我？我就係玉帝嘅外甥，顯聖二郎真君，今日專程嚟捉你個弼馬溫！」

孫悟空答話：「係啦，我聽聞當年玉帝個妹思凡，落到凡間同楊姓男子生咗個仔。嗰個細蚊仔後來斧劈桃山救母，係咪就係你？我同你無冤無仇，費事攞你命，你快啲返去叫你哋四大天王出嚟受死好過啦！」

二郎神聽到孫悟空咁囂張，激到頭頂飄煙雙眼噴火，舞起三尖兩刃槍就殺過嚟。孫悟空不甘示弱，舉起如意金箍棒就上前迎戰。佢兩個你來我往，又展開咗一場大戰。

粵語知多啲

　　「盡地一煲」—— 粵語裏面形容孤注一擲，有個歇後語叫做「缸瓦船打老虎 —— 盡地一煲」。據講呢個歇後語出自一個叫阿全嘅缸瓦小販。有一日阿全喺山上遇到老虎，因為手無寸鐵，惟有用手上嘅缸瓦去掟隻老虎。但係佢手頭上嘅缸瓦砂煲幾乎都掟爛晒，都仲係未趕走隻老虎。不過好好彩，最後一個煲終於掟中老虎隻眼，將老虎趕走咗，但係佢自己手上嘅貨物就爛到一地都係，一隻都唔剩。所以就有咗個歇後語「缸瓦全打老虎 —— 盡地一煲」，而後來以訛傳訛，經常被講成「缸瓦船打老虎」。

## 歷史文化知多啲

二郎神 —— 二郎神楊戩，喺中國神話故事裏面係一位知名度好高嘅神明，喺《西遊記》、《封神演義》等古典文學作品裏面都十分活躍。傳說楊戩嘅母親係玉帝嘅妹妹雲華天女，因為私自下凡與楊天佑結為夫婦，所以被壓喺桃山之下。後來楊戩學成武藝，劈開桃山將母親救返出嚟。因為楊戩住喺灌口，所以又畀人稱為灌口二郎，佢帳下有梅山兄弟同草頭神，以武藝高強，神通廣大著稱。

聽古仔

# 二郎真君擒猴王

　　話說顯聖二郎真君楊戩帶住本部人馬嚟到花果山,同孫悟空展開一場激戰。佢兩個就真係棋逢敵手,將遇良才,一把三尖兩刃槍,一條如意金箍棒,好似游龍飛鳳噉來回飛舞,你來我往大戰咗三百個回合都不分勝負。兩邊嘅手下亦都出力噉搖旗吶喊,各自幫大佬助威。

　　二郎神眼見打極都未打得贏,就使出神通搖身一變,變到成萬丈咁高,嗰把三尖兩刃槍變到成座華山山峯咁大,兜頭就向孫悟空斬過嚟。

　　孫悟空見二郎神大展神威,心諗:「淨係你識變,我唔識變啊?」佢亦都搖身一變,變得同二郎神一樣咁高,嗰條如意金箍棒好似崑崙山嘅擎天柱咁長,繼續同二郎神鬥個不分勝負。

　　不過孫悟空雖然頂得住二郎神,但係佢手下班馬騮就冇鬼用咯,畀佢兩個嘅神通嚇到手都軟埋,一個二個四散而逃,二郎神手下嘅梅山兄弟同草頭神趁機發動攻勢,打到班馬騮丟盔棄甲,畀生擒活捉咗無數,剩低嘅亦都縮晒入山窿,再都唔敢出嚟喇。

　　孫悟空正同二郎神打得興起,忽然間見到自己班手下被打散晒,忍唔住有啲心慌,收起法相轉身就走。二郎神喺後面

窮追不捨，大叫話：「孫悟空，你快啲乖乖歸降，我就饒你一條性命！」梅山兄弟見到孫悟空敗退，亦都跟住過嚟一齊追趕。

孫悟空眼見自己寡不敵眾，於是搖身一變，變成咗隻麻雀仔，飛到樹上靜靜地匿埋，梅山兄弟一時之間都搵佢唔到。二郎神趕到，睜開神眼一睇，就發現孫悟空變成咗隻麻雀仔，心諗：「就同你鬥一鬥變化！」於是亦都唸動咒語，搖身一變，變成一隻大麻鷹，展開雙翅就撲過去捉隻麻雀。

孫悟空見麻鷹撲到過嚟，又再搖身一變，變成隻水鳥衝天而起，飛上去半空；二郎神見佢飛走，亦都變成一隻大海鶴，飛入雲霄追住孫悟空嚟咬。

孫悟空心諗睇嚟飛係飛唔走㗎喇，乾脆一個轉身飛入山澗變成咗條魚。二郎神追到上嚟見唔到孫悟空，估計佢一定變成咗魚蝦之類，於是就變成隻魚鷹，守住喺山澗上面。孫悟空正喺水裏面游，忽然見到有隻魚鷹飛來飛去，個樣古古怪怪，心諗一定係二郎神變嘅，於是一個轉身就想走人。點知二郎神見到條魚忽然間轉身，估到一定係孫悟空變嘅，一拍雙翼就撲過嚟。

孫悟空見變魚又走唔甩，於是一下跳出水面，搖身再變，變成條水蛇游入草叢之中；而二郎神就見招拆招，變成隻灰鶴要啄條水蛇。孫悟空又再變化，今次變成隻花斑雀，二郎神乾脆唔再變化了，恢復人形攞出彈弓一粒彈丸打過去。孫悟空畀佢嘅彈丸打中，順勢一碌就碌落山，搖身一變，今次變成咗一座廟宇。不過佢條尾收唔埋，惟有變成支旗杆，

戙喺廟宇後面。

二郎神追到落山見到座廟，哈哈大笑話：「邊有廟宇後面有旗杆㗎，實係隻馬騮變嘅，等我入去拆咗佢門板，打爛個窗框先！」

孫悟空畀佢嚇咗一跳，心諗：「門板係我棚牙，窗框係我對眼，畀你打爛咗仲得了嘅？」

於是佢一跳跳起身，飛上半空一下子就唔知去咗邊。

二郎神搵來搵去搵唔到孫悟空，就去問托塔李天王。李天王用塊照妖鏡四圍噉照，發現孫悟空竟然飛咗去二郎神嘅老巢灌江口。

二郎神追到去灌江口，發現孫悟空竟然變成佢個樣，喺度大模大樣指手畫腳，接受祭拜。見到二郎神追到嚟，孫悟空仲笑騎騎噉話：「二郎，你個廟改咗姓孫啦！」激到二郎神雙眼噴火，舉起三尖兩刃槍就劈過去。孫悟空現出真身，舞起金箍棒繼續同二郎神打過，一神一妖乒乒乓乓打出廟門，從地下打到天上，又從天上打返落地下，一路打到返花果山。

喺花果山嗰班天兵天將見佢兩個打到咁激烈，一個二個都十分緊張，梅山兄弟走上去幫手，其他神將就圍住晒喺周圍，以防孫悟空走甩。

而喺天庭之上，玉皇大帝同觀音菩薩帶住一眾神仙，正喺雲端觀戰。眼見一班天兵天將雖然將孫悟空團團圍住，但係始終捉佢唔到，觀音就話：「貧僧舉薦嘅二郎真君果然使得，已經將孫悟空困住了，就等我用個淨瓶拋落去打呢個孫悟空，幫

二郎真君捉住佢啦。」

　　但係太上老君就攔住話：「你個淨瓶一個唔覺意撞到佢條如意金箍棒，仲唔打到爛晒？等我嚟啦。」於是，佢攞出一個金剛圈，照住孫悟空頭頂就捉落去。

　　孫悟空呢個時候一個打七個，正係苦苦支撐緊，冷不防天上一個金剛圈打落嚟，打正佢天靈蓋，當堂頭都暈埋，跌低喺地。二郎神隻哮天犬馬上一下撲上嚟咬住孫悟空隻腳，二郎神同梅山兄弟趁機一擁而上將孫悟空撳住，用捆仙索將佢綁到實一實，捉返去見玉皇大帝喇。

　　玉皇大帝見終於降伏咗孫悟空，十分高興，叫天兵將孫悟空押送到斬妖台，要將佢就地處決，碎屍萬段。

　　點知一眾天兵將孫悟空綁喺降妖柱上面，刀斬斧劈、槍挑劍刺，都傷唔到孫悟空一條毫毛，火燒雷劈，亦都傷唔到孫悟空半條頭髮。天兵惟有去稟告玉帝，玉帝都嚇咗一跳，問大家：「噉點算好啊？」

　　太上老君就話：「妖猴偷食咗蟠桃，飲咗仙酒，又食咗我嘅仙丹，已經係金剛不壞之體，輕易傷佢唔到嘅。等我帶佢返去，用八卦爐將佢體內嘅仙丹煉返出嚟，佢自然就化為灰燼㗎喇。」

　　玉帝聽咗十分歡喜，將孫悟空交畀太上老君處置。太上老君帶住孫悟空返到兜率宮，架起八卦爐，燒起文武火，將孫悟空推入丹爐裏面，就叫童子潑行把扇，要將孫悟空煉成仙丹喇。

## 粵語知多啲

「唔覺意」 —— 普通話裏面嘅「一不小心」，粵語裏面講為「一個唔覺意」。唔覺意，就係唔小心嘅意思，所謂覺意，係發現、覺察之意。但呢個詞基本上唔會單獨使用，通常都係同個「唔」字一齊使用。而唔覺意嘅「意」字，部分人習慣發成「已」音。

## 歷史文化知多啲

玉皇大帝 —— 喺《西遊記》裏面，玉皇大帝係天宮之主，一眾神仙嘅領袖。嗷喺中國傳統神話中，玉皇大帝嘅地位究竟有幾高呢？理論上講，玉皇大帝係道教神仙體系裏面地位最高嘅神祇，掌管三界，類似於北歐神話中嘅奧丁，希臘神話中嘅宙斯。不過因為中國傳統上對道佛儒三家都十分尊崇，所以喺民間會同時供奉道家同佛教嘅神仙，例如道觀裏面經常會見到有觀音像，但源自於道教體系嘅玉皇大帝，就管唔到佛教嘅如來佛祖同觀音、羅漢等等喇。

# 第九回

# 大鬧天宮引如來

話說孫悟空畀太上老君放入個八卦煉丹爐,架起大火係度燒。孫悟空眼見周圍都係大火,噉燒法分分鐘冇命,於是一個閃身縮咗喺八卦之中嘅巽位。巽係風位,有風冇火,噉就唔怕畀煉丹爐燒熔喇。不過呢個風位好大煙,燻到孫悟空對眼都紅晒,變成一對「火眼金睛」。

話咁快過咗七七四十九日,太上老君心諗火候夠晒,孫悟空一定被煉成金丹啦,於是打開個煉丹爐準備攞仙丹。點知一打開個煉丹爐,就見到孫悟空喺裏面猛咁搓眼。

孫悟空喺個爐裏面畀煙燻到天昏地暗,忽然見到爐門打開,馬上縱身一跳跳出嚟,一腳踢挩個煉丹爐,向住外面就衝出去。太上老君同班童子、天兵想上嚟扯住佢,但邊度扯得住呢?只見孫悟空一個反手就將太上老君搌低喺地,然後從耳仔度攞出如意金箍棒,迎風一晃,變成碗口咁粗,舞起上嚟就一路打出去。

呢個時候嘅孫悟空就好似出柙猛虎,入海蛟龍,一條金箍棒舞到好似風車噉,打到天宮亂晒大龍。一眾天神措手不及之下,邊度擋得住佢?一時之間連九曜星官、四大天王都全部縮埋一邊,唔敢出嚟應戰。

孫悟空喺天宮橫衝直撞，無人可擋，一路打到去通明殿，眼睇住就要打到入去凌霄寶殿，玉皇大帝座前。好在值日嘅護法天神王靈官手持金鞭搏命擋住，雷府三十六員雷將又趕過嚟幫手，咁先勉強擋住孫悟空。

　　雖然對方人多勢眾，但孫悟空一啲都唔揞雞。佢搖身一變，變成三頭六臂，六隻手使開三條金箍棒，舞到好似車輪噉，將一眾天兵神將打到連連後退，冇人埋得佢身邊半步。

　　玉皇大帝聽到外面吵喧巴閉，又接到報告話孫悟空打出兜率宮，已經殺到嚟凌霄殿前，一時之間無人可以制止到佢，不由得緊張起上嚟。於是佢嗱嗱臨派使者去西方極樂世界，搵如來佛祖過嚟幫手。

　　如來佛祖聽使者講明來意，就帶住兩位尊者一齊趕到天宮凌霄殿外。一去到，佢哋就見到一大班天兵天將密密麻麻，個個手執兵器大呼小叫，將孫悟空圍喺中間。只不過天兵天將雖然人多，但係孫悟空手上三條金箍棒舞到密不透風，班天兵天將始終奈佢唔何。

　　如來行到埋嚟，叫停一眾天兵天將，然後又叫孫悟空快啲停手。孫悟空收起三頭六臂大聲問：「你係邊位啊？夠膽過嚟做架樑？」

　　如來佛祖聽完就笑了：「我係西方極樂世界嘅釋迦牟尼尊者，如來佛祖。你又係何方妖物，夠膽喺天宮搗亂？」

　　孫悟空答話：「我老孫係天地孕育而成嘅！我原本住喺花果山水簾洞，修成長生之道，神通廣大，今日就要玉帝個老

嘢讓個寶座畀我！」

如來佛祖冷笑一聲就問：「你個猢猻，先得道幾多年啊？竟然想搶玉帝嘅寶座？你知唔知佢經歷咗一千七百五十個劫數，每一劫歷經十二萬年，噉先做到玉皇大帝，你一隻小小猢猻，點敢口出狂言？」

孫悟空笑住話：「佢雖然修道日子長，不過都坐過玉帝寶座啦！正所謂皇帝輪流做，明年到我家，點解佢做得我唔做得啊？佢如果將個天宮讓畀我，咁就乜都好講，若然唔係，我定會搞到佢不得安生！」

如來見佢咁狂妄，就問佢：「你除左長生變化之術，仲有咩本事，夠膽要人讓個天庭過你啊？」

孫悟空答話：「我就巴閉啦，除咗長生變化，仲會駕筋斗雲，一個筋斗可以飛十萬八千里！點解唔坐得玉帝個位？」

如來聽咗就話：「既然係噉，我同你輸個賭。如果你有本事一個筋斗飛出我嘅手掌，就算你贏，我勸玉帝讓個天宮畀你；如果你飛唔出去，噉你就落返去下界做妖精，修多幾劫先啦。」

孫悟空一聽就偷笑啦，心諗：「呢個如來佛祖都傻更更嘅，佢隻手掌先得一尺見方，我一個筋斗十萬八千里，點會飛唔出去？」佢馬上應承咗如來嘅賭約。

於是，如來佛祖打開右手手掌，好似一片荷葉咁大。孫悟空收起金箍棒，一跳就跳上去企喺如來嘅掌心，然後大叫一聲：「老孫去也！」一個筋斗飛出去，轉眼之間就唔見到人

影喇。

孫悟空駕住筋斗雲，一味就向前面猛咁飛。佢打完一個筋斗又一個筋斗，都唔知飛咗幾耐。飛下飛下，忽然間見到前面戙住五條肉紅色嘅大柱，上面青氣繚繞。孫悟空心諗：「我飛咗咁耐，呢度一定係天地嘅盡頭喇，今次仲唔搶咗個天宮過嚟畀我做大王？」佢正準備飛返轉頭，忽然間又諗到：「如果就噉飛返去，無憑無據，萬一個如來賴賬點算啊？等我留翻啲記號先！」

於是，孫悟空捼出一條毫毛，變成一支大筆，喺中間條柱上面寫上「齊天大聖到此一遊」八個大字，然後一時興起，又走去第一條柱旁邊屙咗篤尿，噉先舒舒服服飛返去天宮，企翻喺如來嘅掌心，大聲話：「喂，阿如來，我返嚟啦，你快啲叫玉帝讓個天宮畀我！」

如來鬧佢話：「你隻尿精馬騮，你邊有離開過我手掌啊？」

孫悟空就話：「我就知你會賴賬㗎啦，我一路飛到天地盡頭，嗰度有五條柱，我仲喺柱度留咗印記，你跟我嚟一睇就知喇。」

如來笑一笑話：「唔使去喇，你低頭睇一睇就得啦。」

孫悟空睜圓對火眼金睛低頭一睇，只見如來隻中指上面竟然寫住「齊天大聖到此一遊」八個字，而大拇指度仲有一陣尿騷味。

孫悟空大吃一驚，點都唔肯信：「冇理由㗎，我明明寫喺

天邊嘅大柱度，點會變咗喺佢手指上喋？唔得，我要再去睇下！」講完，一個筋斗又想飛出去。

今次如來佛祖就唔肯放佢走咯，佢手掌一翻，將孫悟空打出西天門外，五隻手指化成金木水火土五座大山，合起身就稱為「五行山」，將孫悟空壓咗喺下面。

接住，如來佛祖又叫尊者將一張六字真言符咒貼喺山上，以防孫悟空走甩，再安排土地神照顧孫悟空飲食，唔好畀佢餓親，仲話等日子一到，自然有人會嚟解救佢喋喇。

玉帝見如來佛祖降伏咗孫悟空，終於安樂晒，對佢又感激又佩服，於是召集一眾神仙專門開咗個「安天大會」，大肆慶祝一番，嗽先歡送如來佛祖返去西天極樂世界。

## 粵語知多啲

「做架樑」—— 呢個詞喺粵語裏面係「做和事佬」嘅意思。架樑原本是指中國傳統房屋裏面用於承重嘅木樑，通常放喺主樑同橫樑之間，協助主樑承受重量，減輕主樑嘅負擔。粵語就借用咗呢個意思，將「做和事佬」稱為「做架樑」，即係幫人承擔壓力，或者擋住準備發生衝突嘅雙方。不過喺使用嘅時候，往往有嫌人多管閒事嘅意思，例如喺呢一回裏面，孫悟空就嫌如來佛祖多管閒事，出嚟「做架樑」。

## 歷史文化知多啲

「八卦」—— 呢一回裏面孫悟空畀太上老君放入八卦煉丹爐，因為縮喺巽位冇被燒親。嗽八卦究竟係咩回事呢？原來所謂「八卦」，係中國古人觀察世界而總結出嚟嘅一套系統，傳說係由伏羲所創立。八卦分為乾、坤、巽、震、坎、離、艮、兌，既代表不同事物，亦代表不同方位。例如孫悟空喺煉丹爐裏面匿嘅巽位，就係代表風。太極、陰陽、八卦等概念，以及後來衍生出嘅六十四卦，係中國傳統經典《周易》嘅基礎，亦都係古人認知世界、認識大自然嘅一套方法。

聽古仔

# 第十回
# 大唐玄奘取真經

　　光陰似箭，日月如梭。自從孫悟空大鬧天宮，畀如來佛祖壓咗喺五行山下，人世間不知不覺已經過咗五百年。呢個時候嘅中土，正係大唐天子唐太宗李世民在位，座下忠臣良將濟濟一堂，天下一統，百姓安居樂業。

　　呢一日，唐太宗夜晚瞓瞓下覺，忽然夢見有人向佢叫救命。唐太宗就問嗰個人咩回事，嗰個人答話：「臣係涇河龍王，因為同人輸賭擅自改咗落雨嘅時辰，觸犯咗天條，天宮下令要陛下你嘅大臣魏徵處斬小臣。想請陛下救我一命啊！」

　　唐太宗覺得魏徵係自己嘅臣下，應該都好辦嘅，於是就應承咗佢。涇河龍王得到唐太宗應承，歡天喜地噉走咗去喇。

　　第二日，唐太宗一覺瞓醒，就叫人去搵魏徵過嚟，話要同佢捉棋，諗住只要自己留低魏徵，佢就唔得閒去斬龍王了。

　　唔經唔覺君臣二人一路捉棋到午時，魏徵忽然眼瞓得滯，趴喺枱面就瞓着咗。唐太宗心諗：「魏丞相平時咁辛苦，都要畀佢休息下嘅。」於是就冇叫醒魏徵。

　　隔得一陣，魏徵一覺瞓醒，正想繼續同皇帝捉棋，忽然聽到外面大呼小叫，然後大將秦叔寶、徐茂功攞住個龍頭行咗入嚟。

唐太宗大吃一驚，問咩回事，魏徵就請罪話：「臣該死！臣啱先瞓着咗，喺夢中將呢條罪龍斬咗啊！」

唐太宗一聽，真係又高興又發愁。高興嘅係有魏徵咁厲害嘅大臣，江山一定無憂啦；發愁嘅係自己之前應承咗要救個龍王，而家失信於人，似乎唔係咁好。

果然，自此之後，唐太宗只要一瞓着覺，就會夢見涇河龍王拎住個血淋淋嘅龍頭，要拉自己去閻羅王度講數。嚇到佢滿頭大汗，覺都唔敢瞓。

一班大臣知道之後，大將秦叔寶同尉遲恭自告奮勇，夜晚幫皇帝看門口。講起身又奇啵，佢兩個一守喺門口，唐太宗就真係冇再發惡夢喇。不過唐太宗怕兩位將軍太辛苦，於是叫人畫咗佢兩個嘅畫像貼喺門口，果然亦都使得。後來，天下嘅老百姓都用佢兩個嘅畫像貼喺門口，保佑家宅平安喇。

不過雖然得秦叔寶尉遲恭看門口，有覺好瞓，但唐太宗嘅身體仲係越來越差，冇幾耐就病入膏肓，眼睇就快捱唔住了。於是佢叫一眾大臣入嚟交代後事，但係魏徵就話：「皇上唔使驚，臣有辦法保住你條命。你帶住臣呢封信，去到地府就搵崔判官，佢一定會幫手嘅。」

唐太宗接過書信，收喺衫袖裏面，就此一命嗚呼。佢嘅魂魄去到陰曹地府，果然遇到崔判官，崔判官仲帶住佢去見十代閻王。閻王見到唐太宗都好客氣，話因為涇河龍王告狀，所以要搵唐太宗過嚟問個清楚。於是唐太宗就將事情嘅經過一五一十講出嚟。閻王聽完，話涇河龍王係罪有應得，唔

關唐太宗事，又叫崔判官查下生死簿，睇下唐太宗仲有幾耐陽壽。

點知崔判官一查就嚇咗一跳，原來佢發現生死簿上寫住唐太宗注定喺貞觀一十三年駕崩，而呢個時候就正係貞觀十三年。佢一心要幫唐太宗，於是偷偷地攞支判官筆出嚟，喺個一字上面加一橫，下面又加一橫，變成咗三十三年。閻王一睇就話：「哦！原來陛下仲有二十年陽壽！」然後就叫崔判官送唐太宗還陽喇。

唐太宗死而復生，梗係高興啦。佢下令大赦天下，又招募僧人舉辦水陸大會，超度喺冥府遇到嘅孤魂野鬼。為咗主持法會，唐太宗派魏徵同幾個大臣一齊選拔高僧，最後選出咗一位玄奘法師。

呢位玄奘法師原本姓陳，佢阿公係當朝丞相殷開山，父親陳光蕊亦都曾經中過狀元，做過文淵殿大學士。唐太宗聽講之後十分高興，賜玄奘法師五彩架裟，請佢擇日開壇講法。

呢個水陸大會，要做七七四十九日。呢一日，玄奘法師正喺度講法，另一邊大臣蕭瑀喺長安城街頭遇到兩個邋邋遢遢嘅和尚，一個捧住件架裟，一個揸住把錫杖。蕭瑀見兩件法器精緻華麗，隱隱透出寶氣，十分省鏡，同兩個邋邋遢遢和尚形成好大反差，於是就行過去問兩個和尚兩件法器要幾多錢，想買返去獻畀唐太宗。其中一個和尚答佢話：「我呢兩件寶貝，冇緣分嘅人我要收七千兩銀，有緣嘅人我一文錢都唔要。」

蕭瑀聽佢咁講法，覺得呢兩個和尚好似有啲料到嘅喎，於是帶佢哋去見唐太宗。唐太宗聽咗之後，就話要出七千兩銀買件袈裟同錫杖，送畀玄奘法師。

個和尚就話：「既然係送畀大德高僧嘅，我分文不取。」講完放低兩件寶物就走咗去。

原來，呢兩個和尚係觀世音菩薩同佢嘅弟子惠岸變化而成嘅，佢哋受如來佛祖之命，要嚟中土搵有緣人去西天求取真經，庇佑眾生。

唐太宗將件袈裟同錫杖賜咗畀玄奘法師。玄奘披上袈裟，手持法杖，成個人好似菩薩臨凡、羅漢降世一樣，睇到大家拍晒手掌。

玄奘法師得咗賞賜，又繼續去登壇講經。點知講講下，下面觀音菩薩變成嘅邋遢和尚忽然大聲提問：「和尚，你淨係識得講小乘佛法，識唔識大乘佛法啊？」

玄奘一聽，知道今次遇到高人，馬上跳落講壇，向觀音菩薩請教。嗰邊廂唐太宗聽聞玄奘法師講法畀人打擾，就過嚟睇下咩回事啦。佢一眼就認出呢個邋遢和尚正係之前獻袈裟錫杖嗰個，就問佢點解要打擾玄奘法師。菩薩回答唐太宗：「你呢個法師講嘅係小乘佛法，度唔到亡者升天嘅。我有三藏大乘佛法，可以超度亡者升天，度人脫離苦海，修無量壽身。」

唐太宗一聽十分高興，連忙問佢去邊度可以搵到大乘佛法。觀音菩薩見時機到了，就帶埋弟子惠岸，一下子飛上半空之中，現出真身。只見佢手持淨瓶楊柳，腳踏五彩祥雲，

身邊霞光四射。唐太宗同一眾臣民見到菩薩現真身，一個二個馬上焚香跪拜。菩薩對唐太宗話：「大乘佛法喺大西天天竺國大雷音寺，我佛如來嗰度。不過你要派人誠心前去求取，先至可以取得真經。」講完，留低一張佛偈，就一閃而去，消失得無影無蹤喇。

## 粵語知多啲

「省鏡」—— 粵語裏面形容一個人或者事物好睇、好靚，有個講法叫做「省鏡」。所謂「省鏡」，原本係清潔鏡面嘅意思，而喺呢度則係指「靚到連塊鏡都靚埋，好似將塊鏡省過一樣」。除此之外，仲有一個講法叫「靚爆鏡」，則係形容「靚到連塊鏡都頂唔住爆咗」。兩個講法都係形容靚、好睇時比較誇張嘅講法。

## 歷史文化知多啲

魏徵 —— 魏徵係唐朝初期嘅名臣，以敢言直諫著稱，係推動唐太宗貞觀之治最重要嘅大臣之一。魏徵早年曾經係李世民嘅哥哥李建成嘅幕僚，玄武門之變後，轉投到李世民麾

下。佢係李世民治國政策嘅策劃人之一，亦都以敢於向皇帝提意見著稱，經常當面頂撞皇帝。據講有一次佢甚至激到李世民退朝之後話遲早要殺咗佢，好在得長孫皇后勸諫，話有咁好嘅大臣係國家之福、皇上之福，李世民先轉怒為喜，打消殺魏徵嘅念頭。

# 第十一回
# 五行山下救悟空

話說唐太宗接到觀音菩薩嘅指示，要派人去西天求取真經。玄奘法師馬上自告奮勇話要承擔重任，搞到唐太宗鬼咁開心，馬上拉住玄奘喺佛像前拜咗四拜，認玄奘做細佬，叫佢做「御弟聖僧」。玄奘見皇帝咁厚待自己，十分感動，發誓話自己無論如何都要去到西天，取到真經，如果取唔到就至死都唔會返嚟中土。

唐太宗見佢咁有決心亦都非常高興，第二日叫人準備好通關文牒，又賞賜咗紫金缽盂一個、良馬一匹畀玄奘，仲賜咗個「三藏」嘅法號畀佢。所以自此之後，大家都叫玄奘法師做「唐三藏」。

唐三藏辭別咗唐太宗，帶住兩個徒弟離開長安，就一路向西而去。佢哋日夜兼程，行色匆匆，一心希望可以早日去到西天。呢一日，天都未光，唐三藏就催促兩個徒弟出發。行行下，佢哋嚟到一條山嶺上，山路崎嶇不平，三個人行到一腳深一腳淺，一個唔覺意，唐三藏竟然連人帶馬跌咗落個陷坑裏面！

正當三人手忙腳亂嘅時候，只聽到周圍忽然響起一陣大呼小叫嘅聲音，跟住狂風呼嘯，幾十個妖精一擁而上將唐三

藏佢哋捉晒起身，帶到個魔王面前。呢個魔王叫做寅將軍，生得威風凜凜，佢嗰一對鋸齒牙露出口外邊，嚇到唐三藏腳都軟晒。魔王正要吩咐手下，將唐三藏佢哋三個煮嚟食，忽然接到報告，話另外兩位妖怪熊山君同特處士到訪。於是佢擺開筵席，請兩個老友食飯，將唐三藏嘅兩個徒弟都食個清光，嚇到唐三藏當堂暈咗過去。

過得一陣，唐三藏悠悠醒返過嚟，見到綁住自己嘅繩索都冇晒，面前企住個白髮老公公，佢知道係對方救咗自己，就馬上行禮道謝。個老公公話：「聖僧你唔使驚，呢個地方叫做雙叉嶺，嗰啲妖怪畀我趕走晒啦。我係西天太白金星，今次專門嚟搭救你。你只要繼續向前行，就會有新嘅徒弟保護你㗎喇。」講完就一下子唔見咗。

唐三藏見太白金星走咗，惟有一個人繼續上路。又行得一排，只見山路越來越險峻，行極都唔見人影。唐三藏正喺度暗暗擔心，忽然見到前面撲出兩隻老虎，後面又游出幾條毒蛇，呢下真係前無去路後有追兵，嚇到唐三藏匹馬發晒軟蹄，點拍都唔肯走。

正喺唐三藏冇晒辦法嘅時候，一條大漢手持鋼叉從山邊跳出嚟，大喝一聲，將老虎同毒蛇都趕走晒。唐三藏執返條命仔，馬上走上去多謝呢個大漢。個大漢就話：「長老你唔使驚，我叫做劉伯欽，外號鎮山太保，今日出嚟打獵，正好見到長老遇險，算你好彩啦！」

唐三藏對劉伯欽再三多謝。劉伯欽聽講唐三藏係大唐派

去取經嘅使者，就將佢帶返屋企，招呼佢食宿。

第二日，劉伯欽一早送唐三藏上路，過咗雙叉嶺，見到前面一座大山。劉伯欽帶住唐三藏行到一半，就話：「呢座山叫做兩界山，再向前就唔係大唐嘅地界，我只能送你到呢度喇。長老自己一路小心。」

唐三藏冇計，正喺度同劉伯欽依依惜別，忽然聽到山腳下面有把聲好似打雷噉大叫：「我師父嚟啦，我師父嚟啦！」

唐三藏嚇到面都青埋，問劉伯欽係咩回事，劉伯欽就話：「呢個一定係山下嘅神猴啦。相傳喺王莽篡漢嘅時候，天上忽然降下呢座山，下面就壓住呢隻神猴。長老你唔使驚，我哋一齊去睇睇。」

於是，兩個人行到山腳下面，果然見到一隻馬騮被壓喺山下面，淨係露出一個頭同一隻手。佢一見到唐三藏就高興啦，大叫話：「師父師父，你點解咁耐先到啊，快啲救我出去，我保你去西天取經。」

唐三藏聽到一頭霧水，心諗呢隻馬騮點解知道我要去西天取經嘅？一問之下，先知道原來呢隻馬騮正係五百年前大鬧天宮嘅孫悟空。佢畀如來佛祖壓喺五行山下。後來觀音菩薩去尋訪取經人路過五行山，同孫悟空講只要佢願意拜取經人為師，保護取經人去西天取經，就可以重獲自由。

唐三藏聽聞係觀音菩薩安排嘅，心中十分高興。但佢仔細一諗，又發愁話：「你願意保我去西天就梗係好啦，但係我又冇斧冇鑿，點救到你出嚟呢？」

孫悟空笑住話：「唔使唔使，師父你將如來貼喺山上嘅金字壓帖揭走，我就出得嚟㗎啦。」

唐三藏將信將疑，就拉埋劉伯欽一齊上山。去到山頂，果然見到有一張金字壓帖，上面寫住六字真言。唐三藏對住張金字壓帖拜咗幾拜，就伸手將壓帖揭咗起身。壓帖一揭開，空中就忽然颳起一陣大風，將張字帖吹到半空，然後聽到有把聲話：「我奉命看管大聖，今日佢難滿，我而家就要攞張壓帖返去稟告如來佛祖啦。」嚇到唐三藏對住半空又行多幾個禮。

揭完壓貼，唐三藏落翻山腳對孫悟空話：「張壓貼已經揭開咗啦，你點出嚟啊？」

孫悟空話：「師父你行遠啲，我費事嚇親你。」於是唐三藏拉住劉伯欽走咗好幾里遠，只聽到忽然一聲巨響，好似天崩地裂一樣，嚇咗佢兩個一跳。等到佢哋定落神嚟，就已經見孫悟空跪喺唐三藏馬前，大聲話：「師父，我出嚟啦！」

唐三藏無啦啦收返個徒弟，都十分歡喜，幫佢起多咗個名，叫做「行者」，所以孫悟空後來又叫做「孫行者」。佢哋師徒兩人辭別咗劉伯欽，就一齊上路喇。

佢哋行得冇幾耐，過咗雙界山，一隻吊睛白額大老虎忽然從路邊跑出嚟攔住去路。唐三藏正喺度心驚，就聽到孫悟空大笑住話：「師父你唔使怕，佢係嚟送衫畀我嘅！」講完，喺耳仔裏面攞出支繡花針，迎風一晃，變成碗口咁粗、一丈幾長嘅鐵棍，正係如意金箍棒。佢一個箭步走上去，兜頭一棍就打落隻老虎度，嗰隻老虎即刻乜都唔識喇，畀孫悟空打

成一堆爛泥。

打死隻老虎之後，孫悟空用毫毛變咗把剪刀出嚟，剝咗老虎嘅皮圍喺腰間，做成一條虎皮裙，然後施施然擭起行李，陪住唐三藏繼續上路喇。

唐三藏見呢個徒弟屬害得咁緊要，成個人都安樂晒。佢問孫悟空條鐵棍去咗邊，孫悟空就話：「師父你有所不知，我呢條棍係從東海龍宮裏面擭嘅，叫做如意金箍棒，我當年大鬧天宮都係靠佢。呢條金箍棒可以隨意變大變細，而家就變成繡花針咁細，收喺老孫耳仔裏面。老孫嘅本事仲有大把，降龍伏虎、翻江倒海都不在話下，師父你慢慢等住睇啦。」

唐三藏聽咗更加歡喜，心諗有咗呢個徒弟，取經路上再都唔使擔心喇，於是歡歡喜喜，繼續策馬前行了。

粵語知多啲

「無啦啦」——呢個詞喺粵語裏面係「無緣無故」嘅意思。呢個「啦啦」，亦有人認為應寫成「挐挐」。類似嘅表達，喺粵語裏面仲有例如「無情情」、「無端端」等幾個詞，都係「無緣無故」、「無情白事」嘅意思。仲有個俚語叫做「無啦啦，多笪瘌」，指無辜受傷受損之意。

## 歷史文化知多啲

六字真言 —— 如來佛祖將孫悟空壓喺五行山下之後，怕佢自己出翻嚟，於是貼咗一張壓帖鎮壓佢，壓帖上面寫住六字真言。呢條六字真言包括「唵嘛呢叭咪吽」六個字，源自於梵文嘅譯音，係佛教嘅咒語，又稱為六字大明咒、六字大明陀羅尼等。讀法同字面會有些許出入，應該讀成「唵（ong）嘛（mā）呢（nī）叭（bēi）咪（mēi）吽（hōng）」。

聽古仔

# 白龍化馬馱聖僧

話說唐三藏收咗孫悟空做徒弟，安安心心繼續西行。呢一日，兩人一馬正喺路上行緊，忽然聽到一聲哨響，路邊跳出六個強盜，大喝話：「和尚，快啲放低馬匹行李，我哋就饒你性命！」

唐三藏畀佢哋咁樣一嚇，當堂成個人從馬背上跌咗落嚟。但孫悟空一啲都唔緊張，反而笑住扶起佢話：「師父你放心，呢啲人係嚟送行李路費畀我哋嘅。」

唐三藏一聽覺得好奇怪：「悟空你係咪聾聾哋啊？佢哋明明叫我放低行李馬匹，點會係送嘢畀我哋呢？」

孫悟空話：「師父，你即管睇住啲行李馬匹，我去同佢哋講道理。」講完，就走到嗰六個強盜面前喝道：「你哋幾個唔識死，夠膽搶你孫爺爺我？！快啲連同之前搶到嘅財物攞出嚟分一份畀我，我就放過你哋！」

嗰六個強盜一聽就火滾啦，刀槍並舉照住孫悟空就斬過嚟。孫悟空企定喺度任由佢哋又斬又劈，頭髮都冇傷一條。等幾個強盜斬到手軟，孫悟空先笑騎騎嘅話：「你哋打夠啦？咁輪到我囉噃。」講完，佢喺耳仔度攞支繡花針出嚟，迎風一晃，變成條碗口粗嘅鐵棍。嗰幾個強盜嚇到擰轉身就走，

孫悟空邊度肯放過佢哋？追上去一棍一個，轉眼間就將佢哋全部打成肉醬。

然後，孫悟空將啲強盜嘅財物攞晒翻嚟，對唐三藏話：「師父，嗰班賊人已經畀老孫打死晒啦！」

唐三藏一聽就發火喇：「你真係亂嚟的！佢哋雖然係盜賊，但都唔可以立亂打死㗎！我哋出家人，點可以傷人性命嘅呢？」

孫悟空覺得好奇怪：「師父，我唔打死佢哋，佢哋就打死你㗎啵？」

唐三藏就話：「出家人，情願畀人打死，都唔可以傷人性命嘅。你噉樣亂殺人，點做得和尚，點去得西天呢？」

孫悟空畀佢鬧到煩晒，發火話：「既然係噉，我唔去西天喇，你自己去飽佢啦！」講完，一個筋斗，就飛得無影無蹤。

唐三藏見孫悟空一言不合就飛走咗，亦都冇辦法，惟有自己執拾行李，繼續上路。行得冇幾遠，就遇到個老婆婆，捧住一套棉衣、一頂花帽，話要送畀佢。

唐三藏正想推辭，個老婆婆又話：「我仲有一篇緊箍咒，等你徒弟返嚟，就將呢套衣物送畀佢。佢着上之後如果再唔聽你話，你就念呢篇咒語，佢就唔敢亂嚟㗎啦。」

唐三藏一聽，估到老婆婆係觀音菩薩嘅化身，馬上低頭拜謝，將衣物收好，又將嗰篇緊箍咒背熟，然後就等住孫悟空返嚟。

嗰邊廂孫悟空一個筋斗飛到返去東海，忽然心血來潮，

飛入海裏邊搵東海龍王敍舊。東海龍王見孫悟空嚟到，馬上帶人將佢接入水晶宮，設宴款待。

孫悟空同龍王講起自己畀唐三藏救出五行山，拜咗唐三藏為師，後來又反咗面嘅事。龍王就開解佢話：「當年張良幫黃石公執鞋都執咗三次，先得到黃石公嘅真傳。大聖你唔保唐僧去西天，始終修唔成正果㗎啵。」

孫悟空聽佢咁講法，覺得確實有道理，況且唐三藏對自己有恩，自己就噉走咗去好似唔係好啱，於是就辭別龍王，飛返去搵唐三藏喇。

一返到去，見到唐三藏正坐喺路邊，孫悟空問佢：「師父，你做乜坐喺度發晒恛愁啊？」

唐三藏就話：「我喺度等你啊嘛，你去咗邊度？」

孫悟空答：「我去咗東海搵龍王飲茶。」

唐三藏一聽嚇咗一跳：「悟空，嘢可以亂食，說話唔可以亂講。呢度離東海萬里之遙，你先去咗一個時辰，點會去得到東海再返嚟啊？」

孫悟空哈哈大笑：「我呢個筋斗雲，一個筋斗就可以飛行十萬八千里，去東海濕濕碎啦。師父你餓唔餓啊？使唔使我化齋畀你食？」

唐三藏話：「唔使，我包袱裏面仲有乾糧，你攞畀我食就得啦。」

孫悟空打開個包袱，見到裏面有套棉布衫，一頂嵌金花帽，覺得好好睇，就問唐三藏可唔可以畀佢着。唐三藏梗

係話得啦，等孫悟空着好衫，戴好帽，佢就偷偷哋開始念緊箍咒。

孫悟空着上新衫都未高興完，忽然間覺得個頭痛到爆，痛到佢將頂帽搣到爛晒，喺地下不停噉打滾。唐三藏嘅念咒聲音稍微一停，佢即時就唔痛，再念就繼續痛。孫悟空實在頂唔順，惟有求唐三藏唔好再念了。唐三藏問佢：「噉你以後係咪聽教聽話，唔再立亂殺人啊？」

孫悟空冇計，惟有誓神劈願，應承話以後都聽唐三藏支笛，盡心盡力保佢去西天取經。

自此之後，唐三藏有咗緊箍咒呢個殺手鐧，就再都唔怕管唔掂孫悟空喇。

呢一日，師徒兩個人行到一座險峻嘅山上。只聽到遠處傳嚟陣陣水聲，唐三藏問呢個係咩地方，孫悟空答話：「我記得呢度叫做鷹愁澗，師父你聽到嘅應該係山澗嘅水聲。」

佢兩個行到嚟山澗邊，只見水波清澈、瀑布懸空，山澗之上嘅水霧照出一道彩虹，風景十分怡人。師徒二人正係睇到入晒神，忽然見到山澗裏面飛出咗條白龍，照住唐三藏就衝過嚟。孫悟空嚇咗一跳，抱起唐三藏就避開，結果條白龍一啖咬過嚟，咬唔到唐三藏，倒係將匹馬一啖吞咗落肚，然後就縮返入水裏面，唔見蹤影喇。

唐三藏好心急：「悟空，我冇咗匹馬，千山萬水，點行得到去西天？」

孫悟空就話：「師父你唔使急，我去搵條龍算賬！」

講完，孫悟空飛身嚟到水面上空，大鬧話：「臭泥鰍，還翻匹馬畀我！」

嗰條白龍畀孫悟空鬧到火晒，張牙舞爪飛出嚟就同孫悟空打過。但佢點會係孫悟空嘅對手呢？打得一陣，白龍就手軟腳軟，縮返入水裏面打死都唔肯出嚟喇。

孫悟空見搵唔到條白龍，就將當地嘅土地神叫出嚟，問佢條龍係咩來頭。土地就答話：「呢條龍當年犯咗死罪，得觀音菩薩打救，叫佢喺度等候取經人嘅。」孫悟空一聽，馬上一個筋斗就飛去南海搵觀音菩薩。

見面之後，孫悟空第一件事就投訴觀音整個金剛箍害佢。觀音菩薩解釋話：「你唔惹事生非嘅話，你師父點會念咒？冇呢個金箍管住你，你邊度肯聽你師父話？」

孫悟空又追問觀音，點解擺條龍喺度為禍人間，仲食咗唐僧匹馬。觀音就話：「你師父嗰匹凡馬，邊度夠腳骨力去到西天？呢條白龍，正係我幫你師父準備嘅坐騎啊！」講完，佢就同孫悟空一齊返去鷹愁澗，對孫悟空話：「你去山澗邊，講一聲『龍王三太子出嚟，南海菩薩在此』，佢就會出嚟㗎喇。」

孫悟空過去一叫，條白龍果然飛咗出嚟，化成人形對住觀音行禮。觀音菩薩用楊柳枝蘸咗幾滴甘露，向白龍身上一拂，吹一口仙氣話：「變！」只見白龍當堂就變成咗一匹白馬。

觀音帶住白馬去見唐三藏，話以後可以騎呢匹白龍馬去取經，然後又送咗三條救命毫毛畀孫悟空，噉先告辭返去南海。唐三藏得咗白龍馬，取經嘅信心就更加大喇。

## 粵語知多啲

「濕濕碎」——粵語裏面形容事情微不足道，或者輕而易舉可以做到，經常會用「濕碎」或者「濕濕碎」嚟形容，例如呢一回裏面孫悟空就話飛去東海飲茶「濕濕碎」。據講「濕碎」呢個詞原本係古漢語嘅「細碎」，表示微小、瑣碎之意，後來傳到嶺南之後，讀音發生變化，講成咗「濕碎」，並以訛傳訛，流傳至今。

## 歷史文化知多啲

白龍馬——呢一回講到白龍化馬，成為唐三藏西去取經嘅坐騎。龍呢種傳說中嘅生物，喺東西方都有，但形象大有不同。西方嘅龍大部分係一種會噴火嘅猛獸，而東方嘅龍則係祥瑞同天意嘅象徵。中國人自稱「龍的傳人」，龍被認為係中華民族嘅祖先，皇帝君主亦都自稱係「真龍天子」。不過喺傳統嘅神話故事裏面，龍嘅地位唔算好高，主要掌管大海同負責降雨。遇到孫悟空、哪吒呢啲本事高強嘅神仙，龍王通常都打唔過。

聽古仔

## 第十三回
# 黑風山頭護袈裟

話說唐三藏得咗白龍馬，高高興興同孫悟空繼續西行。一路平平安安行咗兩個月，呢一日嚟到一個山谷，只見前面亭台樓閣，風景十分秀麗。行近一睇，原來係個寺院，叫做「觀音禪院」。

唐三藏見到寺院覺得好親切，馬上入去朝拜。廟裏面嘅和尚見到孫悟空個樣，嚇到屁滾尿流，一個二個碌晒落地大叫「雷公爺爺」，笑到孫悟空肚都痛，解釋話：「雷公係我個孫，你哋唔使驚，我哋係東土大唐來嘅和尚。」

班和尚聽佢噉講，先放落心嚟，請唐三藏同孫悟空入方丈室飲茶。隔得一陣，個寺院嘅師祖出嚟同唐三藏相見。呢位師祖係個老和尚，生得慈眉善目，已經有兩百幾歲了。佢同唐三藏講起自己生平最鍾意收藏袈裟，有唔少好嘢，又帶唐三藏師徒去參觀佢嘅收藏。

入到庫房裏面，只見裏面收藏住幾百件袈裟，有穿花納棉嘅，有刺繡鑲金嘅，綾羅錦繡，件件都十分精緻。孫悟空見佢喺度晒命就有啲唔忿氣，話：「得得得，睇完啦！師父，攞你件袈裟畀佢開下眼界啦。」

唐三藏搣住佢話：「徒弟，財不可露眼，我哋出門在外，

要小心人地眼見心謀啊！」

　　但係孫悟空就不以為意：「師父你放心啦，包喺老孫身上。」於是，佢解開個包袱，將唐三藏件袈裟攞出嚟畀老和尚睇。

　　唐三藏呢件袈裟係觀音菩薩所賜，係件寶物嚟嘅。一攞出嚟就照到成間房紅光滿屋，寶氣四射，班和尚睇咗個個都讚不絕口。老和尚更加覺得自己嗰啲收藏喺呢件袈裟面前，簡直係蚊髀同牛髀。佢越睇越唔捨得，最後竟然動咗邪念，想將件袈裟佔為己有。

　　於是，佢流住眼淚哀求唐三藏，話自己老眼昏花睇唔清楚，求唐三藏將袈裟借畀佢睇一晚。唐三藏冇計，惟有一邊埋怨孫悟空，一邊借件袈裟畀個老和尚。孫悟空就拍晒心口，話自己一定睩實件袈裟，保證冇走雞。

　　個老和尚攞咗件袈裟返去，越睇就越鍾意，睇到流晒眼淚。佢啲徒孫問佢點解喊得咁淒涼，老和尚答話：「我今年兩百七十歲了，收藏咗幾百件袈裟，竟然冇一件比得上呢件。如果畀我得咗呢件袈裟，我死都瞑目咯。」

　　有個和尚仔就提議放火燒死唐三藏師徒，噉就可以將袈裟據為己有喇。

　　老和尚一聽即時心哪，吩咐一班和尚準備乾柴茅草，要放火燒死唐僧師徒。

　　誰不知孫悟空係隻靈猴，雖然好似瞓着咗，但實際上仍然留心周圍嘅動靜。呢個時候聽到外面班和尚走來走去，佢

就知道唔對路了，於是搖身一變變成隻小蜜蜂。佢飛出去一睇，只見班和尚喺度搬柴，心諗：「今次真係畀師父講中，呢班和尚真係眼見心謀，想燒死我哋。不過如果我一棍一個打死佢哋，師父又要怪我。哼！等我將計就計，整蠱返佢哋轉頭先得！」

於是，孫悟空一個筋斗飛到上南天門，搵廣目天王借咗個辟火罩，攞嚟罩住唐三藏同白馬、行李，然後就坐喺屋頂等班和尚放火喇。

嗰班和尚唔知頭唔知路，喺唐三藏禪房周圍堆滿柴草就開始放火。孫悟空見到佢哋放起火上嚟，乾脆加多兩錢肉緊，念個口訣，一口氣吹過去，將把火吹到旺一旺，一時之間成間寺院燒到火光衝天，唯獨唐三藏住嘅禪房畀個辟火罩罩住，一啲事都冇。

結果呢一場大火將成間寺院燒清光，嗰班和尚自作自受，真係喊都冇眼淚。孫悟空見大功告成，就將個辟火罩送翻上去南天門。點知等佢返到寺廟，先知道件袈裟竟然唔見咗！

原來，之前寺院起火火光衝天，驚動咗附近黑風山黑風洞裏面一個妖怪。佢飛到過嚟一睇，見到方丈室裏面閃出霞光寶氣，原來係件精美嘅袈裟。於是佢一個唔該，就將件袈裟攞走咗。

孫悟空返到落嚟，叫醒唐三藏。唐三藏起身之後，見成座寺院都燒爛晒，嚇咗一跳，問孫悟空咩回事，孫悟空答話：

「嗰班和尚想謀你件袈裟，尋晚放火想燒死你啊，好在得老孫護住你先冇事咋。」

唐三藏就叫孫悟空快啲去攞翻件袈裟，結果孫悟空去到，先發現件袈裟唔見咗，個老和尚失咗件寶物，竟然一頭撞死咗。

唐三藏知道之後就心急啦，怪孫悟空搞失咗件袈裟，話要念緊箍咒，嚇到孫悟空猛咁耍手話：「師父你唔好心急，我保證還翻件袈裟過你。」

然後，孫悟空走去問班和尚，附近有冇咩妖精。和尚話附近黑風洞有個黑大王，以前時不時會嚟同老和尚講道。孫悟空一聽就高興喇：「一定係呢個妖精偷咗袈裟，等我去搵佢算賬！」講完，佢問清楚黑風洞嘅方位，一個筋斗就飛過去黑風山。

一去到，孫悟空就聽到山崖邊有人聲。佢行過去一睇，只見有三個妖精坐喺度傾計，其中一個黑面大漢話：「我前晚得咗件寶貝，叫做錦襴佛衣，過兩日我開個佛衣大會，兩位一定要來捧場啊！」

另一個白衣秀士同一個道士就話：「咁高興嘅事，我哋一定到！」

孫悟空一聽就火滾啦，一個箭步跳出嚟大鬧話：「你幾個賊妖，偷咗我件袈裟，仲想搞咩佛衣會？快啲還畀我！」講完，一棍就兜頭打過去。

個黑面大漢同道士驚起上嚟，化作一陣狂風飛走咗。孫

悟空呢一棍淨係打死咗個白衣秀士，原來係條花蛇。

　　孫悟空追住個黑面大漢，一路追到去黑風洞，喺洞口破口大罵。呢個黑面大漢正係黑風洞嘅洞主黑大王，係隻黑熊精，佢見孫悟空唔肯走，就披掛整齊，手執黑纓槍出嚟迎戰。

　　孫悟空見佢出嚟，舉起金箍棒就打過去，黑大王亦都不甘示弱，挺起黑纓槍迎戰。兩個人你來我往，各顯神通，打咗半日都仲係不分勝負。黑大王見打唔贏孫悟空，乾脆就匿入洞裏面再都唔肯出嚟迎戰。

　　孫悟空見佢唔肯出嚟，返去禪院一打聽，先知道原來個老和尚同黑大王向來都有交往，黑大王仲派個小妖過嚟送請柬，請老和尚去參加佛衣大會。於是孫悟空一棍打死咗個小妖，搖身一變變成老和尚嘅樣子，去黑風洞搵黑大王。

　　黑大王見到老和尚搵上門，就請佢入洞裏面飲茶，點知傾得冇幾句，就有小妖來報，話送請柬嘅小妖畀人打死咗。黑大王馬上醒水，知道呢個老和尚係孫悟空變嘅，於是挺起長槍就刺過嚟。

　　孫悟空攞出金箍棒，又同黑大王打咗一場，始終都係半斤八兩，邊個都贏唔到邊個。

　　孫悟空心諗再嗽落去都唔係辦法，又諗起個寺院叫做「觀音禪院」，同觀音菩薩應該頗有淵源，於是一個筋斗飛到去南海，去請觀音出手幫忙。

　　觀音陪住孫悟空嚟到黑風山，正好撞正之前個道士送金丹去畀黑大王。孫悟空一棍將個道士打死咗，原來係隻蒼狼

怪。孫悟空請觀音變成道士嘅樣子，佢自己就變成粒金丹，送入去畀黑大王。

黑大王見老友送金丹過嚟，十分開心，一啖就將粒金丹吞咗落肚。孫悟空入到佢肚裏面，一陣拳打腳踢，痛到個妖怪滿地碌來碌去，猛咁求饒。

觀音菩薩叫佢攞返件袈裟出嚟，又將個金剛箍戴喺佢頭上，念起緊箍咒，痛到個妖怪吤哗鬼叫，終於表示願意皈依。於是，觀音將黑大王帶返去落伽山做守山大王，孫悟空就捧住件袈裟返去見唐三藏。

唐三藏見到件袈裟失而復得，十分高興，同孫悟空收拾好行裝，就繼續上路喇。

粵語知多啲

「蚊髀同牛髀」—— 粵語裏面形容兩件事物差距好大，有個有趣嘅講法叫做「蚊髀同牛髀」。髀，指大腿，粵語裏面稱為「大髀」。蚊腳只有一條線咁細，而牛嘅大髀就非常之咁粗，兩相比較之下，當然就差距極大。所以粵語就用「蚊髀同牛髀」，嚟形容兩件事物差距極大，完全冇得比嘅意思喇。

## 歷史文化知多啲

　　雷公 ── 孫悟空因為生得尖嘴猴腮，所以喺取經路上經常畀人錯認成雷公，又或者形容佢係「毛面雷公」。噉雷公究竟係點樣嘅呢？雷公，就係傳說之中嘅雷神，根據《山海經》記載嘅外形係龍頭、人身，而根據《搜神記》記載則係「狀如六畜，似獼猴」。而喺好多傳統文藝作品裏面，雷公嘅形象同《封神演義》裏面嘅雷震子相似，都係背有雙翼，嘴似大鳥，孫悟空因為嘴尖，所以同雷公有幾分相似。

聽古仔

# 第十四回
# 高老莊八戒皈依

　　唐三藏同孫悟空兩師徒離開觀音禪院，繼續向西而行。喺荒山野嶺度行咗幾日，佢哋忽然遠遠望見一個村落。

　　唐三藏好高興，對孫悟空話：「悟空，難得前面有個村莊，我哋去借宿一晚，聽日再繼續行啦。」

　　孫悟空見嗰個村莊小橋流水，楊柳青青，鳥語花香，雞犬相聞，確實係個好地方，於是就牽住白龍馬，帶住唐三藏一齊入村。

　　行到去村口，正好見到個後生仔揹住個包袱，行色匆匆噉行過嚟。孫悟空一手拉住佢，問呢條村叫咩名。嗰個後生仔正係心急想走，本來唔想理孫悟空嘅，但係畀孫悟空揦住邊度走得甩？佢惟有對孫悟空話：「我哋呢度係烏斯藏國境內，叫做高老莊，我係高太公嘅家人高才。我哋太公有個女，一唔小心招咗隻妖精做女婿。我哋請過好多和尚道士嚟都搞佢唔掂。所以太公叫我出去搵啲有本事嘅大師嚟捉妖咯。」

　　孫悟空一聽就高興喇，大笑話：「哈哈，高才，整定你好彩喇！我哋係東土大唐嚟嘅和尚，我師父係皇帝嘅御弟聖僧，最叻就係降妖除魔㗎喇，你帶我哋返去見你太公啦。」

高才聽孫悟空講話係東土大唐嚟嘅，心諗佢哋應該有啲本事啩，於是就將唐僧師徒帶返去高老莊見高太公。

高太公見高才請到高僧返嚟，十分高興，連忙請唐三藏師徒入去相見。坐低之後，孫悟空就問佢莊裏面有咩妖怪。高太公歎氣話：「老夫冇仔，只有三個女，前面兩個都嫁咗人，得翻個細女叫做翠蘭，就想搵個上門女婿。三年前，有個後生仔自稱係福陵山上嘅人家，無父無母，姓豬。老夫見佢好眉好貌，就招咗佢做女婿。佢初初入門嘅時候，都幾勤力做嘢㗎！點知時間一長，佢個樣越變越奇怪，長嘴大耳成個豬頭噉，食得又多，仲會用妖術，騰雲駕霧飛沙走石，嚇到成村人都怕晒。佢知道老夫要請人捉佢，就將小女關喺後宅。我都半年未見過個女咯。」

孫悟空聽咗就話：「老高你放心，有我老孫喺度，保證還翻個女畀你。」

於是，孫悟空帶住高太公一齊去到後宅，一棍打爛把鎖就衝咗入去。入去之後，只見到翠蘭一個人喺度。高太公見翻個女，兩父女抱頭痛哭咗一番。孫悟空就叫高太公帶個女返去先，自己留低喺度捉妖。

等高太公一走，孫悟空搖身一變，變成咗翠蘭個樣，靜靜哋坐喺牀邊等個妖怪返嚟。過得一陣，空中忽然颳起一陣大風，飛沙走石，然後就見到個妖怪喺半空之中走落嚟。孫悟空一眼望過去，只見呢個妖怪生得黑面短毛，長鼻大耳，真係成隻豬頭嗽樣，佢忍唔住偷笑：「等老孫整蠱下佢先！」

嗰個妖怪唔知道眼前嘅翠蘭係孫悟空變嘅，走到埋嚟就要抱。孫悟空一手將佢推開，對佢話：「你仲咁大安旨意，我阿爹話要搵法師嚟捉你啊！」

　　個妖怪笑住話：「唔使驚，我有三十六變，九齒釘耙，邊有法師捉到我？就算你阿爹搵到九天蕩魔祖師下凡，都係我老相識，怕佢做乜？」

　　孫悟空就話：「我聽講佢今次請嘅係五百年前大鬧天宮嘅齊天大聖，姓孫㗎啵。」

　　個妖怪一聽就緊張喇：「今次弊啦，我哋可能做唔成夫妻啦！」講完佢轉頭就想走人。

　　孫悟空拉住佢問：「喂，你又話自己好勁抽，噉就走㗎啦？」

　　個妖怪話：「你唔知㗎啦，呢個鬧天宮嘅弼馬溫有啲本事，我恐防打佢唔過，都係走為上着罷啦！」講完就急急腳走出門。

　　孫悟空一步追上去搲住佢，用手一抹塊面，現出原形話：「妖怪！你睇清楚我係邊個？」

　　個妖怪一睇，只見個如花似玉嘅老婆，忽然間變到尖嘴猴腮，火眼金睛，成個雷公嘅樣，嚇到佢腳都軟埋，一下子扯爛件衫，化身狂風飛咗去。

　　孫悟空邊度肯放佢走，駕起筋斗雲就喺後面窮追不捨。佢一路追到一座高山，只見個妖怪喺個山洞裏面攞出一把九齒釘耙，出嚟準備同孫悟空打過。

孫悟空大聲喝過去：「妖怪，你係邊度嚟嘅？點解知道老孫嘅名號？」

個妖怪答話：「我本來係天蓬元帥，因為騷擾嫦娥犯咗天條，被貶落凡間，又唔小心投錯豬胎，所以就叫做豬剛鬣。你個弼馬溫當年連累我哋唔少，今日又追到上門，我同你死過！」講完，舉起個九齒釘耙就同孫悟空打成一團。

佢兩個一個係齊天大聖，一個係天蓬元帥，都係神通廣大本領高強，一時之間打到天翻地覆，飛沙走石，從二更天一路打到天光，豬剛鬣終於招架唔住，擰轉頭飛返入個山洞，再都唔肯出嚟。孫悟空見個洞口寫住「雲棧洞」三個字，心諗有呢個名就唔怕你走得去邊，於是返去高老莊睇下唐三藏先喇。

返到去高老莊，孫悟空將豬剛鬣嘅事話翻畀高太公同唐三藏知，休息咗一陣，又再飛返去雲棧洞，兩棍將個洞門打爛，大叫豬剛鬣出嚟。豬剛鬣呢個時候正喺度瞓大覺，聽到孫悟空喺外面大鬧，惟有拖住釘耙出嚟迎戰。

孫悟空見佢把九齒釘耙好似農具咁樣，就笑佢話：「你呢把嘢係咪用嚟耕田㗎？」

豬剛鬣答話：「今次你就唔識寶啦，我呢把九齒釘耙係太上老君親自錘煉嘅，玉皇大帝封我做天蓬元帥，呢把釘耙就係御節喇。」

孫悟空哈哈大笑話：「好！我就企定喺度，畀你用把寶貝鋤我一下，睇下有冇料到？」

豬剛鬣心諗你自己要送死唔關我事，於是舉起釘耙兜頭就鋤落去。點知「噗」嗽一聲，釘耙都鋤到起晒火星，孫悟空卻係連頭皮都冇刮損一啲。

豬剛鬣嚇咗一跳，連聲話：「好頭！好頭！」

孫悟空就話：「老孫呢個頭，當年大鬧天宮嘅時候失手畀二郎神捉住，刀斬雷劈都絲毫無損，後來仲喺太上老君嘅八卦爐裏面煉到銅頭鐵臂，火眼金睛，你把爛鬼釘耙點會傷得到老孫？今次我要保東土大唐嘅三藏法師去西天取經，路過高老莊，受高老爺所託要收咗你。算你唔好彩啦！」

豬剛鬣一聽「取經」兩個字，當堂成個人精神晒，追住孫悟空話：「個取經人喺邊啊？觀音菩薩叫我喺度等佢㗎，快啲帶我去見一見。」

孫悟空聽佢嗽講，就叫佢放火燒咗個山洞，然後綁住佢帶返去見唐三藏。

豬剛鬣一見到唐三藏，就跪低叩頭行禮，猛咁叫「師父」。唐三藏問佢咩回事，豬剛鬣就解釋話：「我因為犯咗天條，被貶下凡做咗妖怪。得觀音菩薩指引，叫我拜聖僧為師，保師父去西天取經。所以我一直喺呢度等師父你啊！觀音仲幫我摩頂受戒，起咗個法名叫豬悟能。」

唐三藏好高興，向南對天拜謝觀音菩薩。又因為豬悟能唔食五葷三厭，所以唐三藏幫佢起咗個別名，叫做「八戒」。

高太公見今次不但救翻個女，而且仲幫唐三藏收咗個徒弟，都十分高興，攞出大筆禮金要答謝唐三藏師徒。但係唐

三藏就堅決推辭，淨係收咗啲果餅乾糧，然後就帶住兩個徒弟，離開高老莊繼續出發喇。

## 粵語知多啲

「整蠱」——粵語中嘅「整蠱」，係作弄、戲弄嘅意思。據講呢個詞源自於雲貴地區嘅「巫蠱」之術，傳說之中非常神祕嘅蠱術不但可以傷人性命，甚至仲可以操控他人嘅精神同行為，而且防不勝防，故此相當得人驚。而粵語嘅「整蠱」呢個詞則係借用咗蠱術操弄他人嘅特點，將作弄、戲弄他人稱為「整蠱」。例如周星馳早年就有部著名嘅電影名為「整蠱專家」。而對於故作姿態、裝神弄鬼，又或者小朋友調皮嘅行為，粵語則稱為「整蠱作怪」。

## 歷史文化知多啲

「九天蕩魔祖師」——喺呢一回裏面，豬八戒提到同「九天蕩魔祖師」係老相識。呢位「九天蕩魔祖師」究竟係邊位呢？原來，九天蕩魔祖師，就係指道教中嘅真武大帝，係傳說中嘅北方之神，又稱為「真武蕩魔大帝」。據講真武大帝係

太上老君第八十二化身，民間形象一般手持寶劍，披散頭髮，腳踏龜蛇，以斬妖除魔為己任。豬八戒被貶下凡之前曾任天蓬元帥，喺道教傳說之中同真武大帝都屬於「北極四聖」，所以係老相識。

# 第十五回

# 黃風嶺上降鼠精

　　話說唐三藏喺高老莊收咗豬八戒呢個徒弟，帶住佢同孫悟空一齊繼續西行。呢一日，佢哋嚟到一座高山前面，忽然颳起一陣大風。

　　唐三藏畀陣風吹到心驚膽戰，問孫悟空點解會咁大風。孫悟空使咗個抓風法，捉住風尾聞咗一聞，就話：「呢陣風有啲古怪，前面唔係有老虎就係有妖怪㗎啦。」

　　果然，佢哋行得冇幾遠，就見到前面有隻斑斕猛虎攔住去路，嚇到唐三藏一屁股跌咗落馬。豬八戒新近拜師想表現下，於是舞起九齒釘耙就鋤過去。只見嗰隻老虎忽然一下子企起身，將自己張虎皮剝開，現出一個金眼鋼牙嘅妖怪，大喝話：「我係黃風大王嘅部下虎先鋒，奉大王之命嚟捉幾個凡夫返去送酒。你幾個和尚係邊度嚟嘅，夠膽打我？」

　　豬八戒鬧返轉頭話：「你隻孽畜，連你阿爺都唔認得？！我師父係東土大唐去西天取經嘅御弟聖僧，你呢個妖怪真係壽星公吊頸嫌命長啦！」講完舉起釘耙向住妖怪就打過去。

　　隻妖怪見豬八戒打到埋身，亦舉起雙刀迎戰，一時之間同豬八戒打得難分難解。孫悟空扶唐三藏坐好，就走上去幫豬八戒手。個妖怪一睇唔對路：自己打一個都打唔贏，又嚟

多個仲邊度夠人打？於是佢嘮嘮臨變返隻老虎擰轉頭就走。孫悟空同豬八戒一齊追上去，隻妖怪使個金蟬脫殼之計，將身上嘅虎皮披喺舊大石頭上面，自己化作一陣狂風就走咗去，順路仲將唐三藏捉走咗添。

孫悟空同豬八戒追到上去，棍耙齊落，一齊打落隻老虎度，點知老虎竟然變成一舊大石頭！孫悟空大驚叫道：「弊傢伙！我哋中計啦！」於是兩個急急腳趕翻轉頭一睇，果然發現唐三藏被捉走咗，孫悟空當堂畀隻老虎精激到扎扎跳。

個虎妖將唐三藏帶到嚟自己洞口，向洞主報告話捉咗大唐奉旨取經嘅唐三藏。洞主老妖畀佢嚇咗一跳，話：「我聽聞唐三藏有個徒弟叫孫悟空，神通廣大本領高強，恐怕會嚟搵我哋麻煩啵。你哋將佢綁喺後院嘅定風椿上面先，等佢個徒弟走咗，我哋再食佢都唔遲。」

悟空同豬八戒心急如焚噉穿山越嶺，一路搵到過嚟，見到個山洞門口寫住「黃風嶺黃風洞」六個大字。於是悟空叫豬八戒去安置好馬匹行李，佢自己就喺洞口大鬧話：「妖怪，快啲放翻我師父出嚟，若然唔係我鏟平你個爛山窿！」

老妖接到小妖報告話孫悟空喺洞口挑戰，不由得埋怨個虎妖惹埋啲蘇州屎返嚟。虎妖就自告奮勇，帶住嘍囉出嚟迎戰。但係佢邊度係孫悟空嘅對手，打得十幾個回合，就手軟腳軟落荒而逃喇。不過，今次整定個虎妖唔好彩，佢走得冇幾遠就撞正豬八戒安置好馬匹行李行翻過嚟，結果畀豬八戒當頭一耙，鋤出九個大窿，當堂冇命。

孫悟空見打贏咗一仗，就叫豬八戒繼續喺度等住，佢去將個洞主趕過嚟，到時照板煮碗一耙鋤死佢。

佈置定當之後，孫悟空就拖住隻死老虎，又嚟到洞口挑戰喇。

洞裏面嘅洞主老妖聽聞自己下屬虎妖被打死咗，嬲起上嚟，馬上披挂整齊，手提三股叉就出嚟迎戰。等出到洞口，老妖見到孫悟空生得細細粒，就笑佢話：「我聽講你五百年前大鬧天宮，仲以為係個頂天立地嘅大漢添！點知原來只係一隻又矮又細嘅馬騮，真係笑死人咯！」

孫悟空嘿嘿一笑就話了：「你咪睇你爺爺我矮細，你嗰把叉又打我一下，我就可以生高三尺。」

老妖聽咗，果然一叉就當頭打過嚟，結果孫悟空不但毫髮無傷，而且彎一彎腰，即時高咗三尺，嚇咗個老妖一跳。孫悟空跟住舉起金箍棒就打過去，老妖亦都不甘示弱，挺起三股叉嚟迎戰。兩個人打咗三十幾個回合，仲係不分勝負。孫悟空有啲心急喇，於是喺身上搲一拃毫毛放入口嚼碎，一啖噴出嚟叫聲：「變！」啲毫毛即時變成上百個小孫悟空，個個手執鐵棍，圍住個老妖就打。

老妖眼睇招架唔住，亦都使出絕招。佢向住巽位吸咗三口氣，然後一口氣吹翻出嚟。只見天地之間忽然颳起一陣黃風，呢陣風認真犀利，颳到飛沙走石、天昏地暗，嗰啲毫毛變嘅小孫悟空即時被吹到飛晒上半天亂咁轉，仲邊度埋到個老妖嘅身？

孫悟空見啲小孫悟空畀個妖怪吹飛晒，嚇咗一跳，慌忙將啲毫毛收翻上身，然後舉起金箍棒又想上嚟打過。點知個老妖對住佢兜口兜面一啖黃風噴埋嚟，吹到孫悟空眼都擘唔大。

原來孫悟空當年喺太上老君嘅煉丹爐，匿喺巽位避火，煉得一雙火眼金睛，但係就最怕畀風吹。而家畀老妖嘅黃風當面一吹，當堂流晒眼淚擘唔開眼，惟有拖住鐵棍落荒而逃喇。

嗰邊廂豬八戒本來喺度等孫悟空趕個老妖過嚟，點知忽然間見到黃風滿天，又見到孫悟空流住眼淚急急腳噉走翻過嚟，就連忙迎上去問佢咩情況。孫悟空話：「呢陣妖風厲害，老孫咁大個人都未見過咁厲害嘅風。而家要搵個郎中醫翻對眼先得！」

於是，豬八戒就扶住孫悟空去搵郎中。佢哋係黃昏嘅山路上行咗一陣，見到一個門前種滿鮮花青竹嘅清靜莊園，於是走上去叫一聲「開門！」有位老人家出嚟開門，見佢哋話係東土大唐嚟要去西方取經嘅聖僧，於是就好高興噉迎咗佢哋入去。孫悟空向老人家講起黃風怪嘅事，老人家就話：「呢個黃風大聖，最厲害嘅招數就係呢陣三昧神風，可以吹到石裂山崩、鬼驚神懼，你畀佢吹過都仲有命，都算犀利啦。」講完，又攞出一味三花九子膏，畀孫悟空醫眼。

孫悟空用過藥，又瞓咗一覺，果然神清氣爽，雙眼好翻晒。佢定眼一睇，發現個山莊唔知去咗邊，淨係見到綠樹成

蔭，知道有護法暗中幫手，於是叫豬八戒睇好白馬同行李，自己就變成隻花腳蚊，飛去黃風洞打探情況。

飛到入去，孫悟空先係搵到唐三藏，安慰咗佢幾句，然後就飛去個洞主黃風怪嗰度，聽下有咩消息。只聽到有個小妖對黃風怪話：「大王，嗰個雷公噉樣嘅和尚唔見咗人，會唔會係去班救兵啊？」

黃風怪哈哈大笑話：「我先唔怕佢班救兵，除非佢搵到靈吉菩薩過嚟，否則其他咩神仙都擋唔住我陣黃風！」

孫悟空聽佢咁講就高興啦，飛翻出去駕起筋斗雲，即刻趕去小須彌山搵靈吉菩薩。

去到之後，孫悟空向靈吉菩薩講明來意，靈吉菩薩就話：「呢個黃風怪係當年如來佛祖賜我一粒定風丹、一把飛龍寶杖先至降伏嘅，我當年饒佢性命，諗唔到佢又出嚟害人，我陪你一齊去捉佢。」

於是，靈吉菩薩就同孫悟空一齊飛翻去黃風嶺，然後叫孫悟空去引個妖怪出嚟，自己匿喺半空準備捉佢。

孫悟空去到洞口，一棍打爛個洞門，大叫話：「妖怪，快啲放返我師父出嚟！」

黃風怪見孫悟空又嚟叫陣，擳起三股叉就衝出嚟話：「上次吹你唔死，今次仲敢嚟搞亂？」講完舉起鋼叉就刺過嚟。

孫悟空舉起金箍棒相迎，打得幾個回合，黃風怪又想吹風，點知佢啱啱吸得一啖氣，半空中嘅靈吉菩薩忽然將把飛龍寶杖掟落嚟，變成咗一條八爪金龍，一下子就將個黃風怪

捉住咗。靈吉菩薩跟手出力向山崖邊一揸，黃風怪就現出原形，原來係隻黃毛貂鼠。

孫悟空正想上去一棍打死個妖怪，靈吉菩薩攔住佢話：「呢隻黃毛貂鼠原來係靈山腳下得道嘅老鼠，因為偷咗琉璃盞嘅燈油，怕被懲罰所以走咗嚟呢度。我要帶佢返去向如來佛祖覆命。」

孫悟空見靈吉菩薩講情，就拜謝咗菩薩，然後同豬八戒入山洞救翻唐三藏，一齊繼續上路喇。

「照板煮碗」── 粵語裏面形容「有樣學樣」、「照葫蘆畫瓢」，有個講法叫做「照板煮碗」。據講早年廣東人去北方麵館，因為廣東人好少食麵，去到都唔知食乜，見到隔籬枱嘅人食緊碗麵，於是就同夥計話：「照板煮碗啦！」即係按照隔籬嘅樣板，煮一碗嚟食啦。而喺傳說之中，呢個廣東人來自順德雞洲，所以順德地區有個歇後語，叫做「雞洲公食麵 ── 照板煮碗」。

## 歷史文化知多啲

　　靈吉菩薩 —— 喺呢一回裏面，孫悟空畀黃風怪吹親雙眼，最後要搵靈吉菩薩幫手。喺佛教典籍裏面搵唔到呢位靈吉菩薩嘅相關記載，而喺《西遊記》結尾，如來佛祖迎接唐僧師徒嘅時候，身邊嘅羅漢、菩薩裏面，亦都搵唔到靈吉菩薩。所以有人認為呢位靈吉菩薩係《西遊記》創造出嚟嘅神話人物，亦都有人認為佢係佛教裏面大勢至菩薩嘅化名，各位讀者如果有興趣嘅都可以自己研究下。

聽古仔

# 流沙河沙僧拜師

唐三藏師徒離開咗黃風嶺，繼續一路西行，不知不覺已經從夏天一路行到秋天。呢一日，佢哋行到一條大河嘅河邊，只見河面之上大浪滔滔，一眼望唔到對岸，唐三藏就問：「徒弟，呢條河咁闊，又見唔到船隻，我哋點過河呢？」

孫悟空跳上半空，手搭涼蓬一睇，亦都嚇咗一跳，飛翻落嚟對唐三藏話：「師父，呢條河有成八百里咁闊，老孫要過就容易，師父你就真係千難萬難囉！」

唐三藏聽佢噉講，亦變得憂心忡忡。佢騎喺馬上四圍咁轉，又見到河邊立住塊石碑，寫住「流沙河」三個大字，旁邊仲有四行細字：「八百流沙界，三千弱水深。鵝毛飄不起，蘆花定底沉。」

唐三藏見到呢啲碑文，更加心煩。正係彷徨無計嘅時候，忽然見到河面上波濤翻滾，一隻妖怪從河裏面捐咗出嚟。呢隻妖怪生得兇神惡煞，頭髮蓬鬆，一對眼好似銅鈴噉又圓又大，頸上掛住九個骷髏頭，手裏面揸住把宝杖，认真得人惊。

隻妖怪一出到嚟就向住唐三藏撲過去，嚇到孫悟空快快手手抱起師父就走，而豬八戒就舉起九齒釘耙，同妖怪打起

上嚟。

佢兩個你來我往打咗二十幾個回合，仲係不分勝負，孫悟空喺旁邊睇到手都痕晒，於是安置好唐三藏，就飛過去幫手。佢飛到埋去，見豬八戒同個妖怪打到難分難解，於是喺半空兜頭一棍就打落去。嗰隻妖怪打豬八戒都已經好吃力，而家再多一個孫悟空，梗係頂唔順啦，所以佢堪堪避過孫悟空呢一棍，一個屈尾十就捐返落流沙河裏面喇。

豬八戒見個妖怪畀孫悟空嚇走咗，就埋怨話：「師兄，個妖怪唔係我對手，本來我再打多幾個回合就要捉住佢㗎啦，結果畀你一下嚇走咗，你話點算好了。」

孫悟空就笑住話：「我一排冇耍棍了有啲手痕，見你打得咁過癮，咪想過嚟玩埋一份囉！點知個妖怪咁怕死，都唔好玩嘅。」

佢兩個返去見唐三藏，唐三藏就問佢兩個有咩好辦法過河，孫悟空話：「呢個妖怪既然住喺河裏面，應該有辦法過河。我哋捉住佢要佢帶師父過河就得啦。」

豬八戒話：「既然係噉，師兄你去捉妖，老豬負責睇住師父。」

但係孫悟空就話：「兄弟，我老孫喺地上空中都冇問題，但係落到水裏面就唔係咁使得了。如果我唔係念避水咒，就要變成魚毛蝦仔先可以喺水裏面行走，恐防搞唔掂個妖怪啵。」

豬八戒一聽就醒神喇：「我老豬當年係天蓬元帥，總督天

河掌管八萬水兵，入到水裏面一定冇問題，不過就怕個妖怪幫手多。」

孫悟空諗咗下就話：「你可以詐敗引個妖怪出水面，到時老孫幫你一齊捉佢。」

於是，豬八戒使出當年統領天河水軍嘅本事，分開水路直入河底。個妖怪之前打到氣吁氣喘，正喺度回氣，見豬八戒又追到過嚟，惟有舉起法杖準備迎戰。

豬八戒追到上嚟，問個妖怪係何方妖孽，妖怪答話：「我乃係玉帝親封嘅捲簾大將，只因為失手打爛咗王母娘娘嘅琉璃瓶，所以被貶落凡間，流落喺流沙河搵食。你哋今日送上門，正好畀我填肚皮啦！」

豬八戒一聽就發火，舉起釘耙就打，妖怪亦都不甘示弱，挺起法杖相迎。佢兩個一個係天蓬元帥轉世，一個係捲簾大將下凡，真係各擅勝場，打咗兩個時辰都不分勝負。

豬八戒見時間差唔多，虛晃一耙就走翻上岸，個妖怪跟住喺後面猛追，追得幾步，只見孫悟空已經迎面趕到，當頭一棍打過嚟。妖怪唔敢迎戰，掉轉頭又縮翻落水。豬八戒就埋怨孫悟空：「你個弼馬溫，做乜咁心急啊，等佢上岸再打都唔遲啦！今次又畀佢走甩咗了！」

孫悟空都冇辦法，惟有拉住豬八戒去見唐三藏，喺河邊休息一晚，第二日再想辦法。

第二日一早，孫悟空又叫豬八戒去挑戰，話今次保證唔心急，等個妖怪上岸再打。於是豬八戒又落河去搵個妖怪，

兩個人打得幾十個回合，豬八戒又再詐敗走翻上岸，點知今次個妖怪唔中計，企喺河面點都唔肯追上嚟。孫悟空心急，飛上半空就撲過去，個妖怪見勢頭唔對，一下子又縮翻落水底，再都唔見人影喇。

唐三藏見佢兩兄弟打來打去都捉唔到個妖怪，就好憂心唔知點算好。孫悟空一時都無咩辦法，惟有叫豬八戒保護好唐三藏，自己飛去南海搵觀音菩薩幫手。

去到之後，孫悟空將事情嘅經過講咗一次，觀音菩薩就話：「你個孫悟空梗係掛住認叻，冇將保唐僧去西天嘅事講出嚟啦。」

孫悟空一諗好似又係啵，觀音又話：「嗰個流沙河嘅妖怪係捲簾大將下凡，我曾經勸佢向善，保護唐僧去取經。你只要講出東土取經人幾個字，佢一定會歸順㗎啦。」

孫悟空話：「佢而家匿咗喺水底打死唔肯出嚟，我想講都講唔到啵。」

觀音將弟子惠岸叫咗過嚟，畀咗個紅葫蘆過佢，話：「你帶住個葫蘆，同孫悟空去到流沙河上，叫悟淨，佢就會出嚟㗎啦。到時叫佢將九個骷髏穿起身，再將個葫蘆放喺當中，就會變成法船，可以載唐僧渡河。」

惠岸領咗法器，就同孫悟空一齊翻去流沙河。去到之後，惠岸捧住個葫蘆飛到流沙河河面之上，大聲叫：「悟淨！悟淨！取經人喺呢度，你仲唔出嚟歸順？」

隔得一陣，只見河面上水波翻滾，個妖怪破水而出，對

住惠岸行禮話：「有勞尊者，請問菩薩喺邊度？」

惠岸答話：「我師父冇嚟，佢吩咐我嚟叫你儘快拜取經人為師。」

妖怪四圍咁望話：「取經人喺邊度啊？」

惠岸指一指岸上嘅唐三藏師徒話：「嗰幾個咪係囉。」

妖怪一聽嚇咗一跳，話：「嗰兩個和尚一味追住我打，從來未提過取經兩個字吓。」

惠岸就話：「嗰兩個都係唐三藏嘅徒弟，同你一樣都係經觀音菩薩勸善，拜唐三藏為師嘅。」

聽完惠岸嘅話妖怪先醒悟，跟住惠岸過嚟拜唐三藏為師。之前觀音幫佢起咗個法名叫「沙悟淨」，唐三藏又再幫佢起個別名叫「沙和尚」。

拜完師之後，惠岸將個葫蘆擺出嚟，又叫沙和尚將頸上九個骷髏擺出嚟，同個葫蘆穿埋一齊，即時就變成一條法船。豬八戒同沙和尚扶唐僧上咗船，孫悟空牽住白龍馬飛喺後面跟住，唔使幾耐，就無驚無險渡過咗流沙河喇。

唐三藏順利過河，仲收多咗個徒弟，十分歡喜，拜謝過惠岸同觀音菩薩，就帶住三個徒弟繼續進發喇。

## 粵語知多啲

「屈尾十」 —— 粵語裏面形容「一個轉身」，又或者忽然發生變化，有個有趣嘅講法叫做「屈尾十」。例如話某個人「一個屈尾十唔見咗人」、「一個屈尾十投靠咗對方」。所謂屈尾十，講嘅係「十」字原本一橫一豎，但如果喺一豎嘅尾部加個彎，就會好似個 U 形，用嚟形容事情發生忽然嘅轉變，同之前完全相反。

## 歷史文化知多啲

「捲簾大將」 —— 沙和尚喺被貶下凡之前，喺天宮任職「捲簾大將」，呢個究竟係咩職務呢？所謂「捲簾」，係幫皇帝捲起門簾，呢個當然只係一個象徵性嘅講法，而唔可能只係負責幫皇帝捲門簾。所以所謂捲簾大將，可以理解為類似「御前侍衛」嘅職務，負責保護皇帝安全，以及一啲特定嘅禮節儀式。呢類職務雖然級別唔算好高，但係因為離皇帝比較近，所以有機會得寵同升遷。例如清朝著名嘅權臣和珅，就曾經擔任過御前侍衛。

聽古仔

# 第十七回

# 師徒同嚐人參果

　　話說唐三藏喺流沙河收咗沙悟淨做徒弟，一行四人繼續向西而行，路上餐風飲露，曉行夜宿，呢日嚟到一座高山之前。只見呢座高山氣勢崢嶸，松柏茂盛，峯巒起伏，山澗迴旋，山花爛漫，鳥獸爭鳴，靚到好似蓬萊仙境一樣。

　　唐三藏見到嗷嘅景色好高興，話：「我哋一路行嚟都係窮山惡水，呢度咁好風景，係咪差唔多到西天雷音寺啦？」

　　孫悟空偷笑回答：「師父，發夢都未有咁早啦！我哋離西天仲有好遠，十分一嘅路程都未有啊！」

　　沙和尚就話：「師兄，呢度咁好風景，我哋慢慢行，邊行邊睇都好啊。」

　　於是，唐僧一行人就喺山裏面慢慢行，開開心心欣賞下沿途風景。

　　原來，呢座山叫做萬壽山，山裏面有一座五莊觀，觀裏面有一位鎮元子，係個得道嘅仙人。五莊觀出產一種特產，叫做草還丹，又叫做人參果，三千年一開花，三千年一結果，外形睇起身好似未滿三朝嘅蘇蝦仔一樣。呢個人參果係稀世嘅寶物，凡人聞一聞可以活三百六十歲，食一個就可以活四萬七千年。

前嗰排鎮元大仙受元始天尊邀請去天庭講道，臨走嘅時候吩咐清風、明月兩個弟子話：「我有個老友金蟬子，而家轉世成大唐聖僧唐三藏，佢遲啲會路過此地，你哋到時打兩個人參果招呼佢，聊表一下舊日嘅情誼啦。不過，你哋要小心佢手下嘅人搵麻煩㗎。」講完，就帶住其他徒弟上天庭了。

呢個時候，唐僧師徒喺萬壽山一路遊玩，行行下就見到前面嘅亭台樓閣雅緻清幽。佢哋行近一睇，原來呢度係一座道觀，道觀門口石碑寫住「萬壽山福地，五莊觀洞天」十個字。

入到道觀，清風、明月兩個仙童馬上出嚟迎接，寒暄一番之後，唐三藏吩咐幾個徒弟去放馬煮飯，而清風、明月就用金擊子打咗兩個人參果，擢出嚟招呼唐三藏。

唐三藏一睇，只見嗰兩個人參果好似啱啱出世嘅蘇蝦一樣，有手有腳，眼耳口鼻都齊晒，嚇到佢面都青埋，大聲話：「善哉，善哉！呢兩個明明係未滿三日嘅嬰孩，點可以攞嚟食㗎？」

清風心諗：「呢個和尚肉眼凡胎，唔識得我哋仙家異寶，認真冇見識。」

明月就解釋話：「大師，呢個叫做人參，係樹上結出嚟嘅，唔係人嚟㗎。」

唐三藏打死都唔信，無論清風、明月點講都唔肯食。清風明月見佢唔識寶，乾脆就將兩個人參果攞返房間，自己食咗去喇。

點知佢哋呢一番對話，早就畀豬八戒喺外面聽到晒。佢

流晒口水，於是走去搵孫悟空話：「師兄，你有冇見過人參果啊？」

孫悟空諗咗諗：「冇啵，我淨係聽講過咋，話食咗可以延年益壽啊嘛！」

豬八戒話：「佢哋呢度就有啊，啱先嗰兩個童子攞咗兩個畀師父食，師父唔識寶，話係人嘅嬰兒唔肯食，而家畀嗰兩個童子食咗啦！不如我哋都去搵兩個翻嚟試下咯。」

孫悟空當年喺天宮就偷食過蟠桃，聽講有好嘢食亦都食指大動，於是使個隱身法，偷咗清風明月嘅金擊子，穿堂入舍走到去後院。

只見後院正中有一棵參天大樹，上面果然見到有啲好似人類嬰兒咁嘅人參果。孫悟空跳上樹用個金擊子一敲，就敲咗一個人參果落嚟。佢正想落樹下面執，點知發現個人參果唔見咗，點搵都搵唔到。

孫悟空覺得奇怪啦，於是將個土地叫出嚟問佢：「喂，你個土地阿公，我老孫食嘅嘢你都敢偷？快啲交翻個人參果畀我！」

土地公公嚇到猛咁擰頭話：「小神唔敢！呢個人參果五行相畏，遇金則落，遇土則入，大聖你打咗佢落地，佢就捐咗入去，再都搵唔翻啦。」

孫悟空聽佢咁講，惟有另外敲咗三隻，用件衫兜住，攞翻去搵埋豬八戒沙和尚一齊食喇。

攞到翻去，三師兄弟一人一個就開餐啦。點知食完之

後，豬八戒竟然話：「喂喂喂，你哋兩個食咗人參果，究竟係咩味道㗎？我食得太快，未試出味道就吞咗落肚喇。」

孫悟空鬧佢話：「你個豬頭，食得最快就係你，仲問我哋咩味道？」

豬八戒係噉哀求孫悟空：「係我唔好，一啖就將個人參果吞咗落肚，連有無核都唔知，師兄你做個好人，幫我搵多隻啦！」

孫悟空冇佢咁好氣：「呢個人參果一萬年先結三十個果，我哋今日一人一個，已經算好有緣，你仲想要多一個？？唔搞啦唔搞啦！」講完，一手將個金擊子丟返清風明月嘅房間就走咗去了。

豬八戒無奈，只好一路吟吟呎呎喺度講：「人參果有得食多個就好喇。」點知呢個時候清風、明月正好返房間攞茶葉，聽到佢哋講兩個都嚇咗一跳，又見到個金擊子跌喺地下，於是嗥嗥聲走入後院去數一數。結果佢哋真係發現少咗四個人參果，又嬲又怕，即時決定一齊去搵唐三藏算賬。

唐三藏一頭霧水，就叫孫悟空佢哋三個出嚟對質。孫悟空老老實實噉講自己師兄弟三個一人食咗一個人參果。但係清風、明月話實際上唔見咗四個，孫悟空就係喺度講大話，仲一路追住孫悟空破口大罵。

孫悟空幾時受過啲噉嘅氣？佢嬲起上嚟，搣一條毫毛變成個假孫悟空企喺原地，自己就飛上雲端，一跳跳落去後花園，攞出如意金箍棒對住棵人參果樹就亂打一通。打完之

後佢條氣都仲未消，乾脆使出推山倒海嘅神力，將成棵樹孿挦咗！樹上嗰啲人參果畀佢條金箍棒打晒落地，遇土而入唔見晒。

孫悟空孿挦咗人參果樹，費事再聽清風、明月兩個囉嗦，放出兩隻瞌睏蟲，搞到佢兩個瞓著咗，自己就同埋唐三藏佢哋一齊走人喇。

佢哋走得冇幾耐，鎮元大仙就帶住徒弟返到嚟道觀，點知見到後院人參果樹倒地，清風明月又瓹到豬頭噉，激到扎扎跳。佢叫醒兩個徒弟，問清楚緣由，就駕起雲霧，一下子追上咗唐僧師徒。

孫悟空見鎮元大仙追到上門，舉起金箍棒就同佢打過，鎮元大仙用拂塵擋咗幾下，使出個袖裏乾坤嘅法術，一下子就將唐三藏四師徒連埋白龍馬一齊裝咗喺衫袖裏面，捉咗返五莊觀。

返到去之後，鎮元大仙吩咐手下弟子將唐三藏師徒綁起身，話要將佢哋幾個放落油鍋度炸，幫人參果樹出氣。

但係孫悟空邊會束手就擒㗎？佢見到門口有隻石獅子，於是噴一口仙氣，將隻石獅子變成自己個樣，等啲仙童幾經辛苦將個石獅子掟落油鑊，一下子就將個鑊打穿咗。

鎮元大仙見搞唔掂孫悟空，惟有拉住佢話：「孫悟空，我知你有本事，但係你整壞我嘅仙木，呢條數點計先？」

孫悟空就話：「噉啦，我諗辦法幫你救翻棵樹，你唔好傷害我師父啊。」

鎮元大仙一聽就高興喇，話：「如果大聖你救翻我棵樹，我同你結拜做兄弟！」於是，孫悟空安置好唐三藏，就一個筋斗飛去班兵喇。

佢先係飛去蓬萊仙境，搵福祿壽三仙幫手，但係三仙話：「鎮元子係地仙之祖，佢嗰棵人參果樹係仙木之根，我哋只能夠救凡人凡木，救唔到仙木啵。」

孫悟空冇計，又飛去方丈仙山，想搵東華帝君出手，東華帝君擰晒頭話：「我係有一粒九轉太乙丹，可以救治天下生靈，但係救唔到樹㗎啵。」

眼見東華帝君都搞唔掂，孫悟空諗來諗去，覺得可能都係觀音菩薩有辦法，於是就飛去南海搵觀音。觀音菩薩聽孫悟空講咗經過，鬧咗佢幾句，就同佢一齊飛去五莊觀。去到之後，觀音用楊柳枝將甘露瓶裏面嘅甘露蘸出嚟，叫孫悟空放喺樹底，只見甘露即時就化為一道清泉。觀音又叫鎮元大仙嘅弟子用玉杯玉盞取水，然後大家一齊扶起棵大樹，最後觀音菩薩念起咒語，泉水即時灑到成棵樹都係，冇幾耐，棵人參果樹就重新長好，依然枝繁葉茂，啲人參果仲生翻晒出嚟添。

鎮元大仙見棵仙樹救得翻，十分之高興，叫弟子敲人參果落嚟款待大家，然後又同孫悟空結拜為兄弟，噉先送佢哋四師徒繼續上路。

## 粵語知多啲

「挀」—— 書面語裏面嘅「推開」、「推倒」，喺粵語裏面稱為「挀開」、「挀冧」，呢個「挀」字，有研究者認為源自於古漢語，喺古籍裏面有「挀，舉也」嘅解釋，後來流傳到廣府地區，引申為「推」嘅意思。例如喺呢一回裏面，孫悟空發起惡上嚟，就將成棵人參果樹「挀」冧咗。

## 歷史文化知多啲

人參果 —— 喺呢一回裏面，豬八戒偷食人參果嘅時候因為食得太急，連味道都未搞清楚就吞咗落肚。因為呢一段故事，仲誕生咗一句歇後語，叫做「豬八戒吃人參果 —— 全不知滋味」，比喻做事過於心急，囫圇吞棗，只有表面功夫，但係就冇實際效果同收益。

今時今日，喺我哋嘅生活中仍然見到所謂「人參果」呢種水果，但肯定唔係《西遊記》中講嘅仙果了。我哋日常見到嘅人參果，其實學名叫做「香瓜茄」，原產於南美洲，後來先至畀人引進到中國。剛被引進嘅時候，各地人對呢種水果嘅稱呼有唔同，但後來多數人都叫佢「人參果」，好可能係因為呢種水果有增強胃腸功能、保護心血管、提升免疫力等功

效。而又得益於《西遊記》深遠廣泛嘅影響力，慢慢大家亦就樂於將呢種咁有益嘅水果稱為「人參果」了。

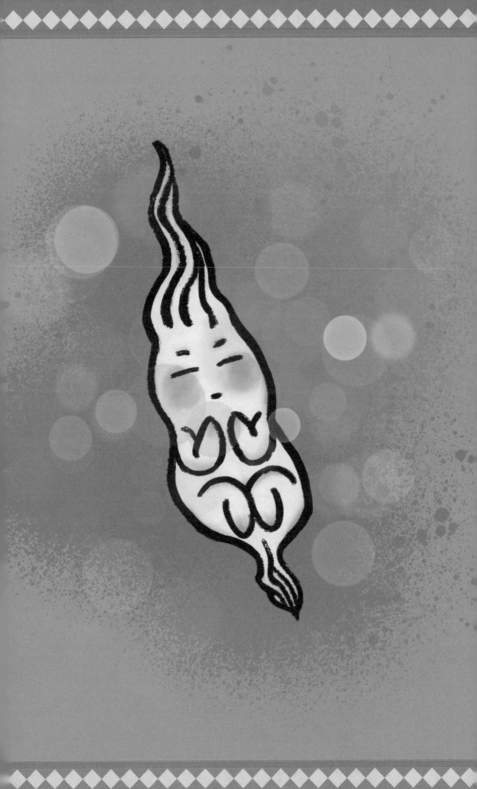

# 第十八回
# 猴王三打白骨精

話說觀音菩薩救翻人參果樹，鎮元大仙非常高興，留唐三藏師徒住多幾日，嗽先送佢哋繼續出發。

呢一日，佢哋行到一座高山前面，眼見山勢險峻，猛獸出沒，唐三藏難免有啲心驚驚。孫悟空舞起金箍棒大喝一聲，將啲猛獸嚇走晒，然後拖住唐三藏同白龍馬上山。

行咗半日，唐三藏就話：「悟空，我行咗成日肚餓了，你去化啲齋我食下啦。」

孫悟空答話：「師父，呢度咁山旮旯嘅地方，渺無人煙，點化齋啊？我去南方嘅山上摘啲桃畀你充飢啦。」

於是，孫悟空一個筋斗，就飛咗去南邊摘桃了。誰不知呢座山上有個妖精，佢喺雲端見到唐三藏喺度休息，心裏面不由得暗暗偷笑：「今次發達咯，我聽講東土嘅聖僧唐三藏係金蟬子轉世，食到佢一塊肉就可以長生不老，諗唔到今次佢自己送到上門。」

不過佢又見豬八戒同沙和尚喺唐三藏旁邊護衛，一時之間唔敢埋唐三藏嘅身，於是佢搖身一變，變成一個花容月貌嘅女仔，拎住一個青罐一個綠樽，向住唐三藏就行過去。

豬八戒色心重，見到個靚女行到埋嚟，就忍唔住上前搭

訕：「女菩薩，你手裏面拎住啲咩啊？」

個女子答話：「我個青罐裝住白米飯，綠樽裝嘅係炒麪筋，專門用嚟還願，要送畀僧人食嘅。」

豬八戒一聽就開心啦，對唐三藏話：「師父師父，呢個女菩薩送嘢上門啊，今次唔使慌肚餓咯。」

唐三藏就問嗰個女子：「呢度荒山野嶺，女施主點解一個人喺呢度行呢？」

女子答話：「奴家嘅丈夫住喺山北，今日我本來要送飯畀丈夫。不過我父母丈夫都最誠心向佛㗎啦，聽講我送飯畀僧人食，仲開心過自己食啊！大師你快啲食啦。」

唐三藏仲係推辭，但豬八戒就口水都流晒，猛咁催師父快啲食。就喺呢個時候，孫悟空從南山返到嚟，佢一眼就睇出呢個女子係妖精，於是即刻放低個缽，攞出條金箍棒兜頭就要打過去。

唐三藏見孫悟空忽然要打要殺，嚇咗一跳，連忙拉住佢話：「悟空，你做乜忽然間要打人啊？」

孫悟空就話：「師父你唔好拉住我，呢個女子係妖精嚟㗎！」講完唔理唐三藏，一棍就打落個女子度。呢個妖精亦都有啲本事，眼見孫悟空條棍打到上嚟，使一個解屍法，留低個女子嘅假屍首，自己就偷偷逃走咗。

唐三藏見孫悟空一棍打死咗個女子，就猛咁鬧孫悟空亂殺人，孫悟空解釋話：「師父，我當年喺花果山做妖怪嗰陣，都係噉樣變成人形，呃啲過路人嘅。你如果唔信，打開佢嗰

兩個瓶罐睇下就知㗎啦。」

沙和尚同唐三藏打開個女子留低嘅瓶罐一睇，裏面邊有米飯麫筋？全部都係蛆蟲同癩蛤蟆！唐三藏見到，本來都信翻孫悟空幾成，點知個豬八戒就喺旁邊話：「師父，大師兄佢打死咗人，肯定係怕你念緊箍咒，所以用個障眼法變咗呢啲嘢畀你睇㗎啫。」

唐三藏聽佢噉講，真係念起咒上嚟，痛到孫悟空鬼殺咁嘈，唐三藏又鬧佢話：「我哋出家人最緊要一心向善，但係你就亂咁殺人，我唔要你呢個徒弟喇，你返自己鄉下啦！」

孫悟空梗係唔想啦，於是跪低叩頭懇求唐三藏：「師父，老孫當年大鬧天宮，畀如來壓喺五指山下，得你解救，應承咗觀音菩薩要保你去西天取經嘅。如果而家我走咗，豈不是有恩不報？」

唐三藏聽佢噉講亦都有啲心軟，就話：「既然係噉，我今次就放過你。你如果再犯，我念二十次緊箍咒！」

孫悟空滿口應承，話自己再都唔打人喇，然後就攞摘返嚟嘅仙桃畀唐僧食。

嗰隻妖精畀孫悟空一棍打走咗，食唔成唐僧肉，條氣梗係唔順啦，於是搖身一變，又變成個八十歲嘅老太婆，戙住支拐杖一路喊一路向住唐僧行過嚟。

豬八戒一睇就話：「弊啦弊啦，師父，大師兄打死咗個女子，人哋阿媽嚟搵女啦！」

孫悟空不以為然：「嗰個女子先得十八歲，呢個阿婆八十

歲都有了，佢邊可能有個咁細嘅女？等我去睇睇。」佢行到上去一睇，只見呢個老太婆老態龍鍾，腳步浮浮，再仔細一睇，原來又係個妖怪變嘅。

孫悟空都費事同佢廢話，又係一棍兜頭打過去，個妖精再施法術走咗去，留低個老太婆嘅屍首。唐三藏見孫悟空又再打死人，真係將緊箍咒念足二十次，痛到孫悟空滿地打滾，猛咁求饒，話自己打死嘅係妖精。

但係唐三藏點都唔肯信，鬧佢話：「邊度得嚟咁多妖精？分明就係你有心作惡。你都係唔適合做和尚㗎啦，快啲走罷啦！」

孫悟空仲係唔肯走，對唐三藏話：「師父，你要趕我走都得，你幫我念個鬆箍咒，卸咗個金剛箍落嚟，噉我就走。」

當時觀音菩薩只教過唐三藏「緊箍咒」，佢又邊度識「鬆箍咒」？惟有話：「好啦，我今次又再放過你，不過以後再都唔准殺人啦！」孫悟空又係滿口應承。

嗰個妖精見兩次都畀孫悟空壞咗好事，條氣好唔順，心諗：「再畀佢哋行多一陣，就過咗我嘅地盤啦啵，到時咪益咗其他妖精？」於是佢又再搖身一變，變成個白鬍子老公公，手持念珠，一路念佛一路行過嚟。

豬八戒見到又多口話：「弊啦，師父，一定係個老太婆嘅老公搵到過嚟啦，到時要搵你填命啊！」

孫悟空鬧佢話：「你個豬頭，亂鬼咁嚇師父，等我去睇睇先啦！」講完，就行上去睇個究竟。

嗰個妖精真係砂煲咁大個膽，見到孫悟空仲唔肯走，對孫悟空話：「長老，你有冇見到我個女同個老太婆啊？」

孫悟空心諗：「你個妖怪，仲夠膽喺老孫面前整色整水？」於是佢念起咒語，將本地嘅山神、土地叫晒出嚟，要佢哋喺雲端幫手鎮住個妖精，然後自己一棍打過去，今次真係將個妖精打到魂飛魄散，灰飛煙滅啦。

唐三藏見到孫悟空又再打死人，正想念緊箍咒，孫悟空拉住佢話：「師父你唔好急，你嚟睇下個屍首？」

唐三藏走埋去一睇，只見地下只有一副白骨。孫悟空解釋話：「呢個妖怪今次真係畀我打死咗了，呢副白骨就係佢嘅本相。你睇佢脊骨上有幾個字，叫做白骨夫人。」

唐三藏本來都信㗎啦，點知豬八戒又喺旁邊話：「師父，佢打死人怕你念咒，所以先將屍首變成噉樣咋。」

唐三藏耳仔軟，聽豬八戒嘅講，又念起緊箍咒，痛到孫悟空呱呱叫。唐三藏又鬧佢話：「你隻馬騮，一日打死三個人，點做出家人啊？呢度荒山野嶺冇人知，如果去到人多嘅地方，你噉打人法，我咪畀你累死？你快啲走，我唔要你呢個徒弟！」

孫悟空見唐三藏點都唔肯信自己，既傷心又失望，冇晒心機，惟有對唐三藏行禮道別。唐三藏仲寫咗封貶書過佢，應承話再遇到咩危難都唔會念緊箍咒。

臨走嘅時候，孫悟空又吩咐沙和尚話：「師弟，以後就靠你哋照顧師父了。你係個老實人，要小心八戒亂講嘢。路上

遇到妖精，就響我個朵，啲妖怪都會避忌幾分嘅。」

講完，孫悟空就辭別唐三藏，一個筋斗飛返去花果山水簾洞喇。

## 粵語知多啲

「響朵」—— 響朵，喺粵語裏面係「亮出名號」嘅意思。據講呢個詞源自於抗日戰爭時期，當時華南地區物資短缺，有啲軍人同關員勾結走私物資，見到關員嘅時候，亮出自己嘅胸章就可以得到放行。因為胸章形狀同「花朵」相似，所以呢個作法就畀稱為「響朵」或者「撻朵」，後來逐漸引申為「亮出身分、名號」嘅意思。呢個詞帶有一啲恐嚇、威嚇嘅意思，所以通常喺對抗性嘅場合先會使用。

## 歷史文化知多啲

「齋僧」—— 喺「三打白骨精」呢一回裏面，白骨精第一次出場，假扮成熱衷於接待僧人嘅女子，呢種行為有個專門嘅名稱，叫做「齋僧」，亦就係用齋飯齋菜招待僧人嘅意思。呢個做法喺佛教盛行嘅年代頗為普遍，一般施主會請僧人去

屋企，用齋飯齋菜招待僧人，僧人食完之後就會為施主全家誦經祝福。喺唐代，仲盛行齋僧法會，有大量僧人參與，場面十分浩大。

聽古仔

# 唐僧落難寶象國

　　話說孫悟空畀唐三藏趕咗返花果山，返到去之後，見到花果山一片破敗嘅景況。原來之前佢大鬧天宮被捉住咗之後，二郎神同梅山兄弟一把火燒咗花果山，搞到啲馬騮死傷無數。後來又有唔少獵人上山打獵，於是花果山上嘅馬騮越來越少，到而家剩翻唔夠一成。

　　孫悟空返嚟之後，重新打出「花果山水簾洞美猴王齊天大聖」嘅旗號，修復山林，操練兵馬。過得一排，成個花果山又再畀佢整頓得有聲有色。

　　嗰邊廂唐三藏趕走咗孫悟空，就帶住豬八戒沙和尚兩個繼續前行。呢一日，行到一片山林中，唐三藏話肚餓，就叫豬八戒出去化緣。

　　豬八戒攞住個紫金缽，行咗一排都見唔到一處人家，佢心諗：「以前睇隻馬騮去搵嘢食話咁快就搵到返嚟，點解輪到我就咁難搞㗎？」佢行到劫劫哋，乾脆就搵個地方瞓大覺，諗住返到去就話自己搵咗好耐都搵唔到，費事唐三藏話佢偷懶。

　　唐三藏等來等去都唔見豬八戒返嚟，就對沙和尚話：「悟能去化齋，點解咁耐都唔返嚟㗎？」

沙和尚答話：「佢可能搵到處人家，掛住食唔記得返嚟了。我去搵下佢，如果有地方落腳就最好啦。」於是，沙和尚提起降妖寶杖，就去搵豬八戒。

　　唐三藏一個人坐喺個樹林度，越坐越無聊，就起身散下步。行得冇幾遠，佢忽然見到南面有座金頂寶塔，喺夕陽映照之下閃閃發光。

　　唐三藏好高興，心諗：「我自從離開東土，就發願逢廟燒香，遇佛拜佛。呢座寶塔一定係個寺院，等我去拜訪下先。」

　　於是，唐三藏一路向寶塔行過去。去到之後，見到塔下面有扇門，門上掛住堂竹簾。點知佢推簾入去一睇，即時嚇到鼻哥窿都冇肉！原來塔裏面坐住個青面獠牙、一身黃袍嘅妖怪！

　　唐三藏擰轉身想走人，但係個妖怪早就發現佢入嚟喇，大喝一聲，叫手下嘅小妖將唐三藏捉起身，問佢係咩人，點解嚟到呢度。

　　唐三藏話自己係從東土去西天取經嘅和尚，個妖怪一聽哈哈大笑話：「我早已經聽聞唐三藏要經過，而家你自己送到上門，噉就唔好怪我要食你啦！」於是，叫小妖將唐僧綁起身，等捉埋佢啲徒弟一齊開餐。

　　嗰邊廂，沙和尚足足行吃十幾里遠先搵到豬八戒。沙和尚見佢瞓到流晒口水，就上去叫醒佢，一齊返去搵唐僧了。點知佢哋返到歇息嘅地方，竟然發現師父唔見吃，只好執埋包袱拉住白龍馬一路搵，搵到座寶塔前面，見到門前寫住「碗

142

子山波月洞」六個字。

豬八戒話：「師父一定以為呢度係寺廟入咗去，等我去叫翻佢出嚟。」於是就去座寶塔前面叫門。

裏面個黃袍妖怪聽聞唐三藏嘅徒弟嚟到，就披掛整齊，手提大刀出到門口。豬八戒同沙和尚要搶翻自己個師父，黃袍怪就梗係唔肯放人啦，於是講得無兩句佢哋就打起上嚟。本來豬八戒同沙和尚兩個加埋都唔係呢個妖怪嘅對手，不過好在有負責保護唐三藏嘅護法眾神一齊幫手，噉佢兩個先同個妖怪打咗個不分勝負。

呢個時候，唐三藏正喺山洞裏面暗自流眼淚，忽然見到有個女人行到自己面前。個女人同唐三藏講只要願意幫佢帶一封家書，佢就放咗唐三藏。原來，佢係附近寶象國嘅三公主百花羞，十三年前畀個妖怪捉咗返嚟做夫人，所以想唐三藏幫佢送信畀父王，叫父王派兵嚟解救自己。

唐三藏梗係一口應承啦，於是三公主就打開後門放咗佢走，然後又派小妖叫個黃袍怪返嚟，叫佢睇在自己份上，唔好傷害和尚。黃袍怪見個老婆咁講，惟有放過唐僧，叫豬八戒沙和尚帶住唐僧快啲走。

唐三藏執翻條命仔，喺兩個徒弟嘅護衛之下急急腳走人，一路行咗三百里路，終於見到前面一座大城，正係三公主所講嘅寶象國。

入城之後，寶象國嘅國王聽講唐三藏佢哋係東土大唐嚟嘅聖僧，好熱情噉款待佢哋。唐三藏交換好通關度牒之後，

就將三公主封家書攞出嚟畀國王睇。

國王一睇，當堂流晒眼淚。佢十三年前忽然唔見咗個女，一路都唔知咩回事，而家好不容易終於知道個女嘅下落，就問邊個可以帶兵去降魔捉妖解救公主。但係佢滿朝文武都係凡人，邊個敢出嚟接令呢？

呢個時候，豬八戒就膽粗粗噉行出嚟話自己識捉妖，跟住仲使咗個法術變到座小山咁大，睇到個國王眼都大晒，猛咁讚佢神通廣大，馬上請豬八戒出馬去解救公主。

豬八戒叫埋沙和尚，一齊飛返到去波月洞，喺門口對住裏面破口大罵。黃袍怪見到佢兩個又走返嚟，就問豬八戒：「我都放過咗你師父啦，你仲夠膽返嚟阿吱阿咗？」

豬八戒就話：「你搶咗寶象國嘅公主，國王請我哋師兄弟嚟救公主返去。你乖乖哋交翻公主出嚟就萬事皆休，若然唔係，唔好怪老豬耙下無情！」

黃袍怪見豬八戒咁囂張，都唔講廢話了，舞起大刀就斬過去，豬八戒同沙和尚各挺兵器，同黃袍怪打起上嚟。但係佢兩個上次有護法眾神相助，先勉強同黃袍怪打個平手，呢個時候護法眾神都守喺唐三藏身邊，佢兩個仲邊度打得過？打得十幾個回合，就畀黃袍怪打到手忙腳亂。豬八戒眼睇招架唔住，詐帝話要去廁所，一個屈尾十走咗去，剩低沙和尚一個更加唔係黃袍怪嘅對手，一下子就畀佢捉住咗。

黃袍怪入到山洞，同三公主話國王派人嚟捉自己，自己要去會一會個外父先得。只見佢搖身一變，變成一個俊俏郎

君，飛到去寶象國求見國王。

國王聽講話駙馬來訪，急忙叫佢入嚟相見。黃袍怪見到國王，就吹牛話自己當年打傷咗隻老虎，救咗公主，噉先娶咗公主返屋企。而家隻老虎成精，想嚟害國王，所以自己特意前來相救。

國王嚇咗一跳，問：「隻老虎喺邊度？」

黃袍怪指住唐三藏話：「呢個假和尚就係老虎精！」講完，佢一啖水噴落唐三藏身上，叫一聲：「變！」竟然將唐三藏變成咗一隻大老虎。

國王啲護衛一擁而上，將隻老虎捉起身關咗入籠裏面。國王見自己個駙馬咁本事，十分高興，大排筵席招待黃袍怪。

呢個時候，白龍馬喺外面聽人講起唐三藏變成老虎被捉咗起身嘅事，就心急想救翻師父。佢搖身一變變成個舞女，入去為黃袍怪舞劍助興。佢見黃袍怪飲得差唔多，於是搵到個空檔一劍就刺過去。點知黃袍怪醒水，一個側身避開，攞出大刀就同白龍馬打起身。白龍馬雖然係龍王三太子，但完全唔係黃袍怪嘅對手，好快就畀佢一刀斬傷隻腳，惟有潛落水底避難，然後變翻匹白馬，匿翻喺驛館裏面。

呢個時候豬八戒返嚟搵唐三藏，見到白馬一身水，馬腳又受咗傷，正喺度諗發生咩事，忽然聽到匹白馬講嘅話：「師兄，師父有難啊！」

豬八戒畀佢嚇咗一跳，噉先知原來匹白馬係白龍所變嘅。白龍馬將事情嘅經過講畀豬八戒聽，叫佢去搵孫悟空返

嚟救師父。

　　豬八戒耍手兼擰頭噉推辭話：「我之前慫恿師父念緊箍咒咒佢，仲搞到師父趕咗佢走，佢見到我仲唔打死我咩？算啦算啦，不如我哋散夥罷啦！」

　　白龍馬勸佢：「大師兄份人有情有義，你只要話師父掛住佢，佢一定肯返嚟嘅。」

　　豬八戒聽佢噉講，惟有不情不願噉趕去花果山搵孫悟空喇。

# 粵語知多啲

　　「急急腳」——呢一回講到唐僧師徒「急急腳走人」，形容佢哋走得好快。而喺粵語裏面形容走得快、落荒而逃，仲有好多唔同嘅講法，例如「雞噉腳」、「冇鞋拉屐走」、「契弟走得摩」、「棚尾拉箱」、「走得快，好世界」等等。從中都可以見到粵語嘅表達有兩個特點，一個係形式豐富，一個係好玩有趣。

**歷史文化知多啲**

　　古代寶塔 —— 喺呢一回裏面唐三藏因為見到一座寶塔，想入去拜祭，結果遇到黃袍怪。喺古代除咗佛教寺廟會修建寶塔之外，仲有好多地方都會修建寶塔，作用各有不同。例如有啲係用於辟邪、鎮壓自然災害，有啲係用嚟紀念英雄人物或者重大事件，有啲係專門用於祭祀，仲有啲係作為地方嘅標誌性建築。所以我哋係全國各地都可以見到好多唔同嘅古代寶塔。

聽古仔

# 第二十回

# 金角銀角兩大王

話說豬八戒去到花果山搵孫悟空返去救師父，一去到就見到孫悟空坐喺個石崖上面，接受羣猴禮拜，成千上萬隻馬騮齊聲大叫「大聖爺爺萬歲」，聲勢十分浩大。

豬八戒一時之間唔敢上去搵孫悟空，企喺旁邊閃閃縮縮。但係孫悟空眼利，一眼睇到佢，馬上叫幾隻馬騮將豬八戒捉咗上嚟，問佢話：「八戒，點解咁得閒嚟我花果山啊？你唔係跟唐三藏去取經咩？唔通又畀佢趕走咗？」

豬八戒猛咁擰頭話：「唔係唔係，係師父好掛住你，叫我嚟搵你返去啊。」

孫悟空梗係唔信啦，專登笑騎騎拉住豬八戒喺花果山行咗一轉，話自己喺呢度逍遙自在，唔跟豬八戒返去做和尚啦。

豬八戒冇計，惟有死死地氣走人，行得冇幾遠，就一路行一路鬧：「你個死馬騮，唔做和尚做妖精！真係唔識好人心！」

點知孫悟空早就派兩隻馬騮仔跟住喺佢後面聽佢講咩。聽到豬八戒嗷講，嗰兩隻馬騮仔就即刻返去向孫悟空稟報話：「大王，嗰個豬頭一路行一路鬧你啵！」激到孫悟空馬上叫班馬騮將豬八戒捉返嚟，厲聲追問佢究竟因為咩事嚟搵

自己。

　　豬八戒冇計，惟有將沙和尚畀黃袍怪捉咗，師父又被變成老虎嘅事講出嚟。孫悟空問佢遇到妖怪點解唔報自己嘅名號？豬八戒使個激將法話：「有報啊！點知唔報仲好，一報你名號，個妖怪就破口大罵，話要剝你嘅皮，抽你條筋啊！」孫悟空最唔受得氣，一聽八戒噉講就嬲到成個跳起，哇哇大叫：「我老孫當年喺天界幾咁威風，連天神見到我都要點頭哈腰打招呼，呢隻小妖精竟然敢喺背後鬧我？！」

　　於是佢吩咐班馬騮看好家園，自己就跟住豬八戒去寶象國喇。半路中途經過東海，佢仲跳落去洗咗個涼，話怕師父見到自己一身妖精氣唔高興。豬八戒噉先明白自己呢位大師兄係一片真心保師父去西天取經嘅。

　　去到個波月洞，正好黃袍怪去咗寶象國唔喺度，於是孫悟空入去救翻沙和尚，將個妖怪嘅兩個妖精仔捉起身，叫豬八戒沙和尚帶去寶象國引個黃袍怪返嚟。然後又叫三公主出洞暫避，佢自己就搖身一變變成三公主嘅樣，坐喺度等黃袍怪。

　　隔得一陣，只見黃袍怪氣急敗壞衝到入嚟，話兩個妖精仔都畀豬八戒佢哋殺咗。孫悟空詐帝傷心欲絕，喊到呼天搶地，又猛話心口痛。黃袍怪吐出一粒舍利子內丹畀公主治療，點知孫悟空一唥將粒舍利子吞咗落肚，一抹塊面露出原形，話：「妖怪！你睇下你爺爺係邊個？」

　　黃袍怪大驚失色，仔細睇下孫悟空個樣，話：「好似真係

有啲面善，你究竟係何方妖怪？」

孫悟空大鬧話：「我就係五百年前大鬧天宮嘅孫悟空，而家拜唐三藏為師去西天取經，你害我師父，我就搵你算賬！」講完，舉起金箍棒就打。

黃袍怪揮刀迎戰，兩個大打出手，打到旗鼓相當，五六十個回合都不分勝負。孫悟空見黃袍怪武藝高強，於是故意露個破綻，引佢一刀斬過嚟，自己轉身避開，兜頭一棍就打過去，即時打到個黃袍怪無影無蹤唔見咗人。

孫悟空一下子搵唔到個妖怪，又諗起佢話認得自己，可能喺天宮上面見過，於是一個筋斗雲飛上天庭搵玉皇大帝，問佢有冇邊個神明唔見咗。

玉皇大帝叫人一查，發現二十八宿嘅奎木狼唔見咗，於是叫其他二十七星宿宣旨，將奎木狼召返嚟，果然正係個黃袍怪。孫悟空見到佢又想喐手，大家紛紛攔住佢，就將奎木狼帶去見玉帝。

原來，嗰位寶象國三公主原本係天庭嘅侍女，同奎木狼有私情，所以佢兩個私自下凡，做咗十三年夫妻。玉帝問明緣由之後，就將奎木狼貶去守丹爐，孫悟空見事情解決，亦就返去搵埋豬八戒一齊去寶象國救師父喇。

去到寶象國，國王見孫悟空救咗公主返嚟，高興到老淚縱橫。而孫悟空去到唐三藏變成嘅老虎面前，一唸水噴過去叫一聲「變！」，將隻老虎變翻唐三藏。

唐三藏見孫悟空返嚟解救自己，十分感動，兩師徒重歸

於好。佢哋喺寶象國逗留咗幾日，就辭別國王，繼續西行喇。

　　師徒四人一路爬山涉水，曉行夜宿，又行咗幾個月，嚟到咗一座險峻嘅高山前面。只見呢座山山勢巍峨，叢林密佈，唐三藏睇到有啲心驚。孫悟空就安慰佢話：「師父，有老孫喺度，天塌落嚟都頂得住，你放心啦！」

　　佢哋行到入山裏面，忽然見到前面有個斬柴佬。孫悟空走上去問路，斬柴佬就話：「呢座山叫做平頂山，山上有個蓮花洞，洞裏面有兩個魔王，一個叫金角大王，一個叫銀角大王，話要食唐僧肉啊！呢兩個魔王神通廣大，隨身仲有五件法寶，十分之厲害，你哋幾個和尚要過呢座山，恐怕都好難咯。」

　　孫悟空邊度會將妖怪放喺心上，就叫唐三藏唔使擔心。點知佢一轉頭，個斬柴佬已經唔見咗，嚇到唐三藏腳都軟埋，以為撞到妖怪。孫悟空抬頭一睇，原來個斬柴佬係值日功曹變嘅。孫悟空一個飛身追上去大鬧話：「你個毛神，做乜喺度整古做怪？」

　　功曹答話：「大聖恕罪，實在係因為前面嘅妖怪非同小可，所以特意前來提醒一聲。」

　　孫悟空聽佢咁講，忽然諗到可以整蠱下豬八戒，報一報上次三打白骨精時畀佢講壞話嘅仇，於是就落去嚇鬼唐三藏話值日功曹專程來報，妖怪十分厲害，自己一個人搞唔掂，要豬八戒幫手去巡山。

　　豬八戒不情不願嘅走去巡山，行得冇幾遠就決定搵個地

方瞓覺偷雞。點知孫悟空早就估到佢會噉做，變成隻啄木蟲一下就釘落豬八戒個豬嘴度，釘到豬八戒流晒血鬼殺咁嘈。豬八戒見冇覺好瞓，於是就搵咗塊石頭做演練，準備咗一番大話，然後就返去見唐三藏覆命了。

誰不知孫悟空喺旁邊早就見到晒，佢提前返去將豬八戒嘅大話講晒畀唐三藏聽。等到豬八戒返嚟一講，唐三藏先知原來呢個二弟子係咁古惑嘅，大鬧咗佢一餐，然後又再打發佢去巡山。

豬八戒剛畀師父鬧完，今次唔敢再偷懶了。佢老老實實行得一陣，就正好遇上銀角大王帶住幾十個小妖出嚟捉唐僧。佢唔係銀角大王嘅對手，畀人哋捉住帶咗返去蓮花洞。

返到山洞，金角大王一睇捉咗個豬頭返嚟，就話銀角大王搞錯咗，呢個唔係唐三藏，叫佢再去搵過。

銀角大王帶住小妖再出嚟行咗一轉，終於見到唐三藏。佢妖氣旺盛，雖然企喺遠處，都搞到唐三藏打晒冷震。孫悟空見師父驚驚青青，就舞起金箍棒喺前面開路。佢呢一路金箍棒耍起身，真係威風凜凜，鬼驚神懼，睇到遠處嘅銀角大王都心驚驚，佢心諗：「我一早聽聞唐三藏嘅大徒弟孫悟空神通廣大，而家一見果然名不虛傳，睇嚟我只能智取，不可力敵。」

於是，佢吩咐班小妖先返去山洞，自己就搖身一變，變成個老道士，詐帝跌斷咗隻腳，喺路邊猛咁叫救命。

唐三藏聽到有人叫救命，就走過去睇下咩回事。只見個

老道士話：「老道前日去幫人打齋，半夜喺路上遇到隻大老虎，將我個徒弟食咗，又將老道咬傷，請大師救命啊！」

唐三藏好心，就叫孫悟空孭住個老道士一齊走。孫悟空早就睇穿呢個老道士係妖怪，心諗：「敢嚟呃我師父！？等我孭你一陣，然後一嘢落地揩死你個妖怪先得！」

點知銀角大王亦都知道孫悟空醒水，佢暗暗念動咒語，使出移山倒海嘅法術，召喚咗一座須彌山飛過嚟，兜頭就壓落孫悟空度。孫悟空側頭避開，用個膊頭頂住。銀角大王又將峨眉山召喚過嚟，結果孫悟空又用另一邊膊頭擔住。

銀角大王諗唔到兩座山都壓唔住孫悟空，嚇到飆晒冷汗，又再搬多一座泰山過嚟，兜頭壓落孫悟空度。三座大山一齊壓過嚟，今次孫悟空終於頂唔住，被壓喺山底下唔喐得。

銀角大王見壓住咗孫悟空，就現出原形，舞起七星劍，將唐三藏同沙和尚一齊捉咗返去蓮花洞喇。

粵語知多啲

「偷雞」—— 粵語裏面形容人偷懶，或者唔上班、提前落班之類嘅行為，通常稱為「偷雞」。呢個「偷雞」同普通話裏面嘅「偷雞摸狗」唔係一個意思。噉點解粵語形容偷懶叫做「偷雞」呢？有研究者認為呢個詞源自於「偷竊」，「偷竊」

係苟且懶惰嘅意思，因為發音同「偷雞」相近，所以後來畀大家講成偷雞。亦都有人認為「偷雞」嘅原詞係「投機」，因為粵語喜歡用「雞」來組詞，所以就講成咗「偷雞」。

「二十八星宿」—— 呢一回講到黃袍怪原來係天上二十八星宿之一嘅奎木狼。所謂「二十八星宿」，係古人為咗觀察天象，將黃道附近嘅星象劃分成東南西北四宮，每宮有七宿，一共二十八星宿。二十八星宿係中國傳統文化嘅重要組成部分，喺古代嘅天文、文學、占卜等領域都有廣泛應用。例如東漢開國嘅功臣「雲台二十八將」，就被認為係二十八星宿嘅化身；而喺金庸先生嘅《神鵰俠侶》裏面，黃藥師亦以二十八宿大陣指揮宋軍對抗蒙古軍。

# 第二十一回

# 智取葫蘆賺玉瓶

　　話說銀角大王用三座大山壓住咗孫悟空，就馬上趕去將唐三藏捉咗返山洞。金角大王見捉到唐三藏，十分歡喜，又攞出兩件寶貝 ── 紫金紅葫蘆同羊脂白玉瓶，叫兩個小妖去收埋孫悟空。

　　喺邊廂，雖然孫悟空畀三座大山壓住，但卻並非無脫身之計。佢將山神土地同五方揭諦叫晒過嚟，大家夾手夾腳將三座大山移開咗。呢個時候，剛好嗰兩個小妖帶住法寶行到去附近。孫悟空搖身一變變成咗個老道士，問嗰兩個小妖話：「你哋從邊度嚟㗎？準備去邊度呢？」

　　小妖答話：「我哋奉大王之命，要去捉拿孫悟空。」

　　孫悟空又問：「我聽講呢個孫悟空好厲害㗎喎，使唔使我幫手啊？」

　　小妖擺擺手話：「唔使，我哋有兩件寶貝，一件係紫金紅葫蘆，一件係羊脂白玉瓶。只要叫孫悟空一聲，佢應咗，就會被收入法寶入面，一時三刻過後就化為膿水而死㗎啦！」

　　孫悟空聽完都嚇咗一跳，但佢嘅反應真係快，眼珠一轉就即刻計上心來。只見佢偷偷揼一條毫毛變成咗個紫金大葫蘆，轉頭就走去呢兩個小妖話：「你哋呢個葫蘆只能夠裝人，

冇咩咁巴閉，我呢個葫蘆可以裝天先至叻啊！」

小妖一聽就流晒口水，話如果真係可以裝天，就用兩件法寶來換。於是孫悟空念動咒語，將幾個護法神靈叫過嚟，要佢哋去天宮請玉帝幫手裝假狗。

玉帝聽講之後，就叫哪吒想辦法。哪吒等孫悟空將個假葫蘆一拋起身，就喺南天門上一下子展開皂旗，將日月星辰全部遮住，人間當堂天都黑晒，伸手不見五指。

嗰兩個小妖見到噉嘅陣仗，信到十足十，於是歡天喜地噉用兩件寶貝換咗孫悟空個假葫蘆。等孫悟空走咗，兩個小妖再想試下用個葫蘆嚟裝天，仲邊度裝得到？兩個小妖噉先知上咗當，惟有返去向兩個大王回報。

兩個大王聽咗好激氣，但又無辦法搶翻兩件寶貝，惟有又叫另外兩個小妖去壓龍山壓龍洞請老母親過嚟，用法寶幌金繩嚟捉孫悟空。點知孫悟空呢個時候變成隻烏蠅飛咗入洞裏面，早就聽得一清二楚。於是佢跟住兩個小妖出去，行到半路一棍打死佢哋，然後變成小妖嘅樣子去到壓龍洞。佢恭恭敬敬請咗個老妖出嚟，行到半路又係粒聲唔出一棍就將個老妖打死咗 —— 原來呢個老妖精係隻九尾狐狸。

孫悟空攞埋條幌金繩之後，又搖身一變，變成個狐妖嘅樣子，帶住幾個小妖就返到去蓮花洞見金角、銀角大王。不過佢呢個假狐妖好快就穿咗煲，雙方各執兵器打起上嚟。

孫悟空打得一陣，就攞條幌金繩出嚟想綁兩個妖怪。點知原來呢條繩要念咒先使得嘅，孫悟空根本唔知咒語要點

念。金角大王見到嗰啲情形仲唔打蛇隨棍上咩，即刻就搵準時機念起咒，反而將孫悟空綁住咗，捉咗佢入山洞，之前孫悟空呃走嘅兩件法寶都畀金角大王攞咗返去。

不過孫悟空雖然被捉，卻無咁容易畀人困住。佢搣條毫毛變咗個假孫悟空留喺山洞裏面，自己就飛出去自稱係孫行者嘅細佬「者行孫」，又喺洞口挑戰。

銀角大王拎住個紫金紅葫蘆出嚟，對住孫悟空大叫「者行孫！」孫悟空諗住呢個係假名唔怕應，就大聲答「喺呢度！」點知一應之下，佢又被收咗入個葫蘆裏面。

銀角大王以為今次搞掂孫悟空啦，點知孫悟空當年喺太上老君嘅煉丹爐煉到銅頭鐵骨，個葫蘆雖然裝到佢，但邊有咁容易化得到佢？佢用條毫毛變成半截自己，然後就喺葫蘆裏面大叫：「弊啦弊啦，剩翻半截啦！」

等個妖怪打開葫蘆嚟睇下咩情況，孫悟空早就變成隻蟲仔飛咗出嚟咯。佢見兩個妖怪毫無防備，於是用條毫毛變咗個假葫蘆，將個真葫蘆偷走咗，然後出去山洞外面自稱係孫悟空另一個細佬「行者孫」，又向兩個妖怪挑戰。

銀角大王攞住個假葫蘆出嚟，孫悟空就話：「你有葫蘆，我都有葫蘆，你嗰個係乸嘅，我呢個係公嘅，睇下邊個使得？」

銀角大王唔忿氣，攞起假葫蘆大叫「行者孫！」孫悟空應咗好幾聲都毫無反應。之後輪到孫悟空攞起真葫蘆大叫「銀角大王」時，銀角大王下意識應得一聲，當堂就被收咗入個

葫蘆度，冇耐就化成水喇。

小妖見銀角大王畀孫悟空收咗，嚇到嘩嘩聲飛奔入去報畀金角大王聽。金角大王心諗：「之前二弟攞個葫蘆出去，結果畀隻馬騮精裝翻轉頭，都係唔好用個淨瓶喇。」於是佢手提七星劍，插起芭蕉扇就出嚟同孫悟空打過。孫悟空怕銀角大王走翻出嚟，亦都唔敢再用個葫蘆，舞起金箍棒就同金角大王交手。

兩個人打咗二十幾個回合，金角大王見打唔贏，就招呼啲小妖一擁而上，想用人海戰術打低孫悟空。點知孫悟空搲出一拃毫毛變成幾百個小孫悟空，一個個手執金箍棒打到班小妖魂飛魄散，四散而逃。金角大王見唔對路，就搲出芭蕉扇出力一潑，只見地面上忽然飆出熊熊烈火，燒到火光衝天。孫悟空心諗自己雖然唔怕燒，但係啲毫毛變嘅小孫悟空就恐防頂唔住，於是收翻法術，留一個喺度呃住金角大王，自己就飛入山洞去救師父了。

孫悟空入到山洞，遠遠見到裏面有一道金光，行近一睇，原來係個羊脂白玉瓶。孫悟空一手攞起件寶貝飛翻出去，又同金角大王打起上嚟。

金角大王手下啲小妖幾乎都畀孫悟空打死晒，呢個時候佢自己亦打到手軟腳軟，惟有三十六着走為上着，走去壓龍山班救兵。

孫悟空見打走咗金角大王，就入去救翻唐三藏豬八戒同沙和尚出嚟。咁啱呢個時候金角大王帶埋幫手趕到，雙方大

打出手。豬八戒沙和尚亦都一齊出力搏殺，場面一片胡亂。孫悟空打得一陣，趁亂攞出個羊脂白玉瓶，對住金角大王大叫一聲：「金角大王！」

金角大王以為係自己友叫佢，隨口應咗一聲，當堂畀個玉瓶收咗入去，好快亦都化為一灘血水。

金角大王一死，剩低啲妖怪無心戀戰，死嘅死散嘅散，呢場大戰終於結束了。孫悟空佢哋清理好戰場，就準備陪唐三藏繼續出發。點知忽然間，喺路邊走出個盲眼老人，拉住唐三藏匹馬就話：「和尚，還返啲寶貝畀我。」

孫悟空定眼一睇，原來係太上老君，於是走上去問：「老君，別來無恙啊嘛！你嗰樣忽然走出嚟，搞邊科啊？」

太上老君見畀孫悟空識穿咗，就飛上半空現出真身，對孫悟空話：「嗰兩個妖怪，係幫我看管丹爐嘅童子，葫蘆係我裝金丹嘅，淨瓶係我用嚟裝水嘅，寶劍係我煉魔嘅，芭蕉扇係我用嚟扇火嘅，條繩係我綁外袍用嘅，你快啲還返畀我啦。」

孫悟空一聽就唔高興了：「老君，噉就係你唔啱喇！你管教不嚴，差啲害咗我師父，呢條數點計先？」

太上老君答話：「係南海觀音菩薩向我借人，下凡為妖試探你師徒係咪真心取經嘅，唔關我事㗎。」

孫悟空聽講係觀音菩薩嘅安排，當堂無聲出，惟有將幾件寶物還返畀太上老君。老君打開淨瓶同葫蘆，將兩個童子變翻人形，就一齊返去天宮喇。

## 粵語知多啲

「穿煲」—— 粵語裏面形容事情敗露，或者畀人揭穿真相，叫做「穿煲」，同普通話嘅「穿幫」、「拆穿西洋鏡」差唔多。大家都知道廣東人鍾意煲老火湯，煲嘅時間比較長。而以前煲湯用嘅瓦煲、砂煲有啲質量未必咁好，用火過猛就容易爆裂，湯水就會漏出嚟，廣東人就將呢個狀況用嚟形容「泄露祕密」，所以就將事情敗露稱為「穿煲」喇。

## 歷史文化知多啲

葫蘆 —— 喺呢一回裏面，金角銀角大王有好多寶貝，其中以葫蘆同淨瓶威力最大。葫蘆原本係植物，而喺中國傳統文化裏面，葫蘆除咗食用價值之外，同文學、宗教、藝術、民俗都有好密切嘅關係，有好多種象徵意義，例如辟邪、長壽、福祿等。再加上傳說之中好多神仙都用葫蘆嚟裝酒或者丹藥，所以大家都覺得葫蘆寓意吉祥，好多人喜歡喺家宅裏面掛葫蘆，或者隨身攜帶葫蘆文玩，以祈求平安、福壽。

聽古仔

# 第二十二回
# 起死回生救國王

　　唐僧師徒送走咗太上老君，又繼續趕路。呢一日，佢哋行到一座高山嘅密林中。孫悟空舞起金箍棒開路，一路披荊斬棘，終於行到一個山坳，見到一座寺廟，門上掛住「敕建寶林寺」嘅牌匾，不過寺廟嘅建築就殘殘舊舊，裏面嘅僧人亦都無精打采。

　　唐三藏入去搵到個住持，話想借宿一宵，但係個住持就唔肯收留佢哋。結果孫悟空擢出條金箍棒發起爛渣上嚟，嚇到廟裏面嘅和尚一個二個面青口唇白，邊度仲敢趕佢哋走？惟有執拾好廂房，招呼唐三藏一行人休息。

　　到咗夜晚，唐三藏念咗一陣經覺得眼瞓，就趴喺經案上瞓着咗。忽然間，外面陰風陣陣，跟住唐三藏就聽到有個人喺禪房外面不停嘅叫：「師父，師父！」

　　唐三藏抬頭一睇，只見門外企住個人，周身都水淋淋，流注眼淚不停嘅叫自己，就問佢係人係鬼，又或者係何方妖物。

　　嗰個人話：「師父，我唔係妖怪，而係西面四十里烏雞國嘅國王。」

　　唐三藏覺得好奇怪：「你既然係一國之君，點解搞成

嗽啊？」

國王答話：「五年前，本國遭逢大旱，有個道人出嚟幫手求雨成功。朕見佢咁有本事，就同佢結拜為兄弟，經常同出同入。點知呢個道人心懷不軌，喺三年前趁朕唔為意，一下就將朕推落個井度浸死咗，朕就成咗個冤死鬼。個道人變成朕嘅模樣，霸佔咗朕嘅江山。今日有幸遇見師父，聽講師父嘅大弟子孫悟空神通廣大，所以朕想求師父幫手降妖除魔。」

唐三藏就有啲為難：「如果確係妖魔作怪，嗽論到斬妖除魔，我徒弟確實係在行。但係我哋就嗽無啦啦走入朝廷話國王係妖魔，恐防冇人肯信啵。」

於是烏雞國王就畀咗一個玉圭過唐三藏，叫佢交畀準備出城打獵嘅太子，太子一定會幫手嘅。

唐三藏應承咗國王，跟住一下扎醒，發現原來係南柯一夢。但佢起身一睇，果然有塊白玉圭放喺門前，於是就搵幾個徒弟過嚟商量咗一番，決定第二日趁太子出行，去搵太子講清楚。

第二日，太子果然出城打獵，孫悟空變成隻白兔仔，喺太子馬前亂跑，引到太子一路追到寶林寺。然後悟空又變成個人仔，匿入個紅盒裏面，準備由唐三藏獻畀太子。

太子見搵唔到隻兔仔，就順便入寶林寺行下。入到去，見唐三藏大模斯樣坐正喺中間，一啲禮貌都冇，就叫左右來捉唐三藏。但係唐三藏有護法眾神保護，呢啲普通人邊度埋到佢身？太子嬲起上嚟就質問唐三藏係邊度嚟嘅。唐三藏施

施然噉解釋自己從東土大唐而來，身上有幾件寶貝，其中一件叫「立帝貨」，能知過去未來。太子好有興趣，等攞到出嚟一睇，原來就係個紅盒裝住孫悟空。

孫悟空將國王畀道人害死嘅事講咗畀太子聽，又將塊白玉圭攞出嚟畀佢睇。但太子仲係半信半疑，話要返去問下娘親先得。

太子返到皇宮搵到王后，一問之下，王后亦都話呢幾年國王性情大變，對佢冷冰冰，而且前一晚亦都夢見國王嘅冤魂前來報夢鳴冤。太子噉先相信孫悟空講嘅說話，又再趕返去寶林寺同孫悟空商量好降伏妖魔嘅辦法，然後就帶住手下返去烏雞國喇。

送走太子之後，孫悟空搵埋豬八戒，去到國王跌落去嗰口井度，呃豬八戒話井下面有件寶物，叫佢落去搵。豬八戒一路潛水向下，行得一陣竟然見到個水晶宮，原來井裏面都有個龍王。井龍王見到豬八戒落嚟搵寶物，就話：「三年前烏雞國王跌落嚟浸死咗，我用定顏珠保存咗佢嘅屍首，而家畀你孭翻上去啦。」

豬八戒噉先知畀孫悟空搵笨，但事已至此佢都無符了，惟有孭住國王嘅屍首返去寶林寺。

返去見到唐三藏之後，豬八戒唔忿氣畀孫悟空整蠱，就話孫悟空有辦法救翻國王，叫唐三藏念緊箍咒逼孫悟空想辦法。孫悟空畀唐三藏念咒念到頭都大晒，惟有飛上去天宮搵太上老君，求咗一粒九轉還魂丹返嚟，真係將個死國王救

翻生。

　　於是唐三藏叫國王扮成自己嘅弟子，跟住佢哋一齊入城去見國王。

　　個假國王見到唐三藏師徒，故意刁難話：「我都有聽講東土大唐嘅唐三藏要去西天取經，不過我淨係聽講唐三藏有三個徒弟，而家你身邊有四個人，分明係拐賣人口啦！」

　　講完，就叫侍衛捉拿唐三藏。孫悟空使咗個定身法，將滿朝文武都定住晒，然後將個真國王帶出嚟畀大家睇。個妖怪見西洋鏡被拆穿咗，驚起上嚟駕起雲霧就逃之夭夭了。

　　孫悟空將太子叫出嚟，等佢同國王父子相認，又解開定身法，叫滿朝文武拜見真國王。然後，孫悟空叫豬八戒沙和尚保護好唐僧，佢自己一個筋斗就飛上半空去追趕個妖怪。

　　妖怪見孫悟空追到埋身，搋出寶刀就同孫悟空打過。但佢邊度係孫悟空對手？打得幾個回合就頂唔順，於是佢急急腳飛翻落烏雞國王宮，搖身一變變成唐三藏嘅樣，同唐三藏企埋一齊。

　　孫悟空追到落嚟，見到兩個唐三藏，一下子都唔知應該打邊個。大家見到噉嘅情況，一時之間都手足無措，惟有個豬八戒喺旁邊偷笑。

　　孫悟空問佢笑七，豬八戒話：「師兄，你話我蠢，其實你仲蠢過我啦。真師父識念緊箍咒㗎嘛，你只要忍下頭痛，就知道邊個係師父啦。」

　　孫悟空一聽，當堂醒水，大讚豬八戒醒目，就叫兩個唐

三藏一齊念緊箍咒。真唐三藏念起上嚟，痛到孫悟空呱呱叫，而假唐三藏唔識，就只有喺旁邊嘰嘰咕咕亂咁念。豬八戒一聽就聽出佢亂噏，舉起釘耙就打。妖怪見又畀人識穿，惟有跳上半空走人。

豬八戒同沙和尚梗係唔肯放過佢，兩個一齊追上去同個妖怪打成一團。呢個時候唐三藏見妖怪現身，就停口唔再念咒，孫悟空個頭唔痛喇，趁個妖怪掛住招架豬八戒沙和尚，佢就跳上九霄準備一棍打落去。

點知就喺呢個緊要關頭，忽然一朵彩雲飄到，有人大叫話：「孫悟空，唔好打！」

孫悟空一睇，原來係文殊菩薩。佢一問先知，原來呢個妖怪係文殊菩薩座下嘅青毛獅子，因為當年烏雞國國王對菩薩無禮，所以下凡為妖，為國王帶來三年災劫。

文殊菩薩講完，攞出照妖鏡，罩定個妖怪，大喝一聲：「畜生，仲唔皈正？！」

個妖怪當堂嚇到現出真身，變翻隻青毛獅子，畀文殊菩薩騎住返去喇。

烏雞國王知道唐三藏佢哋降伏咗妖怪，又得以同妻兒團聚，十分感激，話要讓個王位畀唐三藏。唐三藏梗係唔制啦，國王只好將佢哋師徒四人嘅畫像供奉喺金鑾殿上，噉先同唐僧師徒依依惜別，送佢哋繼續西行。

## 粵語知多啲

「水」 —— 可能係因為廣東地區地處沿海,本身又係珠江水系,河道眾多,所以粵語裏面用「水」字組成嘅詞語特別多,例如呢一回用到嘅「醒水」,就係醒悟、明白嘅意思。除此之外,仲有形容人人都離開、走人嘅「散水」、形容有錢嘅「沓水」、形容吹牛嘅「吹水」、形容把風嘅「睇水」等等,應用十分廣泛。

## 歷史文化知多啲

文殊菩薩 —— 文殊菩薩係佛教重要嘅神祇,作為佛祖釋迦牟尼嘅助理,負責掌管「智慧」,被尊稱為「華嚴三聖」之一,亦都被尊為「中國佛教四大菩薩」,喺民間受到廣泛尊崇。文殊菩薩嘅形象往往手持代表智慧嘅利劍,座下嘅獅子亦都係體現智慧嘅威力。呢一回故事裏面嘅妖精,就係文殊菩薩座下獅子所化。

## 第二十三回

# 觀音出手收童子

　　唐三藏師徒離開咗烏雞國，繼續一路向西天前進。行咗半個幾月，師徒四人又嚟到一座高山面前，只見呢座山山巒高聳，遮雲蔽日，唐三藏行行下都覺得有啲緊張。佢哋喺深山裏面一路前行，忽然見到前面山坳升起一朵紅雲，慢慢結成一團火氣飄喺半空之中。孫悟空一見就大吃一驚，大叫一聲：「有妖怪！」即刻將唐三藏扶落馬，同豬八戒沙和尚一齊將師父護喺中間。

　　嗰團紅光裏面，原來真係有個妖怪，佢早就聽聞食咗唐僧肉可以長生不老，又知道唐三藏去取經必經自己所在嘅呢條路，所以早早就喺度等住喇。佢見孫悟空三師兄弟如臨大敵嘅款，亦都唔敢直接衝埋嚟搶人，於是搖身一變變成個七歲細路，用麻繩綁住自己吊喺樹上，不停大叫：「救命啊！救命啊！」

　　唐三藏聽到有人叫救命，就順住叫聲去搵人。佢行到大樹旁邊定眼一睇，見係個細路仔，就叫孫悟空放佢落嚟，孭住佢一齊走。

　　孫悟空早就睇出呢個細路係妖怪，行得幾步忽然一手將佢摜咗落地，搉成肉醬。不過個妖怪亦都夠醒目，使個解屍

法，留低條假屍首就逃走咗。

唐三藏見孫悟空揼死咗個細路，正喺度鬧孫悟空，個妖怪離遠吹起一陣妖風，吹到飛沙走石，然後趁亂將唐三藏捉走咗。

孫悟空見師父畀妖怪捉走咗，就叫個土地出嚟問話。土地解釋道：「我哋呢座山名叫六百里鑽頭號山。呢個妖怪叫做紅孩兒，係牛魔王同羅剎女嘅細路。佢喺火焰山煉成三昧真火呢個絕招，神通廣大，被牛魔王派嚟守呢座山嘅。」

孫悟空一聽就高興喇，事關佢當年曾經同牛魔王結拜做兄弟，感情好唔錯，諗住個妖怪應該都會畀翻幾分薄面過自己。

於是孫悟空叫沙和尚睇好行李馬匹，自己就搆埋豬八戒一齊去搵師父。佢哋跟住蹤跡一路追尋，無幾耐就嚟到一個山洞前面，只見洞門上面寫住「號山枯松澗火雲洞」幾個大字。孫悟空叫守門嘅小妖入去通報，叫紅孩兒快啲放咗唐三藏。紅孩兒正喺度準備將唐僧洗乾淨蒸咗嚟食，接到小妖報告，就披掛定當，手提火尖槍嚟到洞外面。

孫悟空見到紅孩兒出嚟就話：「世姪，你快啲放翻我師父出嚟，若然唔係，我教訓起你上嚟，你老竇會責怪我大蝦細啊！」

紅孩兒一聽就發火啦：「你邊位啊？喺度認親認戚？」

孫悟空解釋話：「當年我同你老頭子牛魔王，仲有另外五位魔王一齊結拜做兄弟，佢係大哥，我最細，嗰陣時你都仲

未出世呢！」

　　紅孩兒邊度肯信？佢二話不說挺起火尖槍就直取孫悟空。孫悟空見佢唔講情面，惟有舞起金箍棒迎戰。打得一陣，紅孩兒眼睇有啲招架唔住，忽然一拳打落自己塊面度，當堂流落兩行鼻血。豬八戒見到，喺旁邊笑住話：「師兄，呢個細路打到自己流鼻血，係咪準備搵佢老竇告狀啊？」

　　點知佢都仲未笑完，紅孩兒就喺個鼻度噴出兩道烈火，當堂燒到火光衝天，漫天遍地都係大火。孫悟空見周圍都係大火，眼都花晒，一時之間搵唔到紅孩兒，惟有走返去同豬八戒、沙和尚一齊商量對策。

　　沙和尚就建議話：「既然個妖怪用火，我哋用水對付就得啦！大師兄你去搵龍王過嚟幫手，一場大雨淋熄佢把火！」

　　孫悟空一聽覺得係個好辦法，於是飛去搵齊四海龍王過嚟助陣，然後又過去火雲洞大聲挑戰。紅孩兒出到嚟同孫悟空打得幾十個回合，又再使起噴火嗰招，孫悟空向空中打個招呼，四海龍王一齊現身，天上就落起傾盆大雨。

　　點知紅孩兒噴嘅係三昧真火，四海龍王落嘅普通雨水根本就淋唔熄，反而好似火上添油噉，啲火越燒越旺。孫悟空見到嗰嘅情況，惟有抖擻精神捏個辟火訣，追上去就要打紅孩兒。點知紅孩兒見佢殺到埋身，一啖煙兜口兜面噴過嚟。孫悟空當年喺煉丹爐煉到銅頭鐵骨，但係就最怕煙，畀紅孩兒噉樣一噴，當堂眼淚鼻涕都流晒出嚟，實在頂唔順只好擰轉身走人。

孫悟空畀紅孩兒搞到成身又係火又係煙，見到前面有條山澗，就一頭舂落去諗住涼爽下，點知畀凍水一逼，剎時間火氣攻心，一下子掘到斷咗氣！

好在四海龍王見到唔對路，嘩嘩聲叫豬八戒同沙和尚過嚟救返孫悟空上岸。沙僧以為孫悟空就噉無咗條命，忍唔住眼淚都流埋出嚟。但豬八戒反而好老定，話：「我哋師兄識七十二變，邊會噉容易無命？等我嚟啦！」佢叫沙僧搣直孫悟空對腳，然後佢自己使咗個按摩禪法，終於救返醒孫悟空。

孫悟空醒返之後，多謝過四海龍王，本來想去搵觀音菩薩過嚟幫手，但係佢呢個時候未回到氣，所以就叫豬八戒去南海請觀音。點知紅孩兒估到佢哋會去搬救兵，提前變成南海觀音嘅樣，喺路上截住豬八戒，仲順手將豬八戒捉埋入山洞。

孫悟空見等極都等唔到豬八戒返嚟，估到佢可能出咗事，於是走到去火雲洞前面大呼小叫，然後變成個爛包袱，畀啲小妖拎咗入山洞。

入到去之後，佢聽到紅孩兒叫手下小妖去請老竇牛魔王過嚟食唐僧肉，心諗：「哼，你真係當我老孫係流嘅？等我搵翻你笨先！」於是孫悟空搖身一變變成牛魔王個樣，喺路上等啲小妖。

小妖行得冇幾遠，就見到牛魔王行緊過嚟，於是馬上將佢迎入山洞。紅孩兒見到老竇梗係馬上叩頭行禮啦，孫悟空個心忍唔住暗暗偷笑：「你之前唔肯認我做阿叔，而家咪要叫

翻我做老竇囉！」

不過紅孩兒見牛魔王忽然嚟到，都覺得有啲思疑，戳得幾句就估到呢個牛魔王係假嘅，於是提起火尖槍就要打。孫悟空見自己副西洋鏡被拆穿咗，只好化作一道金光飛出洞外。

孫悟空呢一次雖然仲係未救到師父，但整蠱咗紅孩兒一下，當堂條氣都順晒，於是駕起筋斗雲就飛去南海搵觀音菩薩了。

見到觀音之後，孫悟空就將紅孩兒劫走唐僧，仲假扮觀音呃豬八戒嘅事添油加醋講咗一次。觀音菩薩聽咗之後都有啲發火，於是用淨瓶裝滿一海之水，又叫弟子惠岸去搵托塔李天王借咗一套天罡刀，然後就跟住孫悟空去火雲洞喇。

去到之後，觀音先叫土地將山上嘅生靈送走，然後將淨瓶裏面嘅水倒出嚟，當堂漫山遍野都係大水，成座山頭變成咗個大水塘。

跟住觀音又叫孫悟空去火雲洞挑戰，引紅孩兒過嚟佢度。孫悟空去到洞口，一棍將個洞門打爛，大叫話：「仔啊仔，快啲出嚟迎接老竇啦！」

紅孩兒一聽，即時火冒三丈，衝出嚟就同孫悟空打過。孫悟空打得幾個回合，詐帝打唔過掉頭就走，紅孩兒喺後面窮追不捨，一路追到觀音菩薩嗰度。

紅孩兒見到觀音菩薩都唔知驚，舉起火尖槍就刺過去，觀音一個閃身就唔見咗，淨係留低個蓮台喺度。紅孩兒哈哈大笑話：「原來南海觀音都冇料到嘅，你個蓮台不如畀我

坐啦！」

講完，佢一下跳上觀音嘅蓮台度，學晒觀音嘅樣坐喺上面。孫悟空喺觀音旁邊就心急啦，話：「喂喂喂，菩薩，你做乜連個蓮台都讓埋畀人啊？」

觀音笑笑話：「你唔好心急，睇嘢啦！」講完，觀音用楊柳枝一指，喝一聲「退！」只見個蓮台忽然間變成三十六把天罡刀，紅孩兒坐喺上面，當堂被拮到皮開肉綻，鮮血直流。觀音再念一句咒語，天罡刀又變成倒鉤，將紅孩兒鉤住唔郁得，痛到紅孩兒大叫話：「菩薩菩薩，我投降啦！」

觀音又問佢：「咁你願唔願意皈依法門？」

紅孩兒而家「肉隨砧板上」，梗係話願意啦。於是觀音就解開天罡刀，幫紅孩兒剃度，封佢為善財童子。

點知紅孩兒見天罡刀冇咗，又發起爛渣，挺槍又要向觀音刺過去。觀音見佢唔服管教，就攞出一個金箍，叫咗一聲「變！」個金箍迎風一晃，一下子變成五個，套住紅孩兒嘅頭頂同雙手雙腳。跟住，觀音念起緊箍咒，痛到紅孩兒碌晒地，終於知道自己鬥唔過觀音菩薩了，惟有乖乖哋跟觀音返去南海喇。

孫悟空多謝過觀音菩薩，入去山洞將唐三藏救翻出嚟，師徒四人繼續上路。

## 粵語知多啲

「老竇」 —— 粵語經常將父親稱為「老竇」，呢個「老竇」嘅講法據聞源自於五代時期嘅竇燕山。竇燕山原名竇禹鈞，因為住喺燕山一帶，所以人稱「竇燕山」。佢自己曾經做過後周嘅太常少卿、諫議大夫，而佢嘅仔因為佢教導有方，都成為棟樑之材，被稱為「竇氏五龍」。所以喺《三字經》裏面都有一句「竇燕山，有義方，教五子，名俱揚。」後來大家就將父親稱為「老竇」，以表示教子有方，呢個講法喺嶺南地區得以保留，成為粵語嘅習慣用法。

## 歷史文化知多啲

「天罡」 —— 呢一回裏面提到觀音為咗制服紅孩兒，向李天王借咗一套天罡刀。所謂「天罡」，原本係指北斗七星裏面嘅斗柄，即「天罡星」。而道教又認為北斗有一百零八顆從星，包括三十六天罡星，七十二地煞星。所以三十六就被稱為「天罡之數」，例如喺《西遊記》裏面，豬八戒懂得天罡數變化，就係三十六變。

聽古仔

# 黑水河鼉龍就擒

　　話說唐僧師徒四人拜別咗觀音菩薩，又繼續向西方進發。呢一日，佢哋行行下忽然聽到遠處傳嚟一陣陣流水聲。行近一睇，只見眼前一條大河攔路，水流急促，巨浪滔天，更加奇怪嘅係河水竟然係黑色嘅，周圍雀仔都唔見一隻，一睇就覺得係生人勿近嘅地方。

　　唐三藏正喺度憂心點樣過河，忽然見到河上面有條船仔，沙和尚就叫個船公過嚟，請佢幫手搭唐三藏過河。個船公話：「我條船唔夠大，最多夠坐兩個人咋喎。」

　　於是豬八戒就扶住唐僧上船先，孫悟空同沙和尚就等下一趟。點知條船行到河中心，河面上忽然颳起一陣大風，霎時間吹到天昏地暗，唐三藏同豬八戒一下子就唔見咗人。

　　孫悟空喺岸上睇到嘅嘅情形，就對沙和尚話：「如果真係打風翻船，八戒肯定會揹師父出水面嘅，我睇嗰個船公唔係好對路，恐怕係佢搞鬼，捉咗師父去啊！」

　　沙和尚一聽，就自告奮勇落河去搵師父。佢潛落到河裏面，只見水底有座亭台，上面寫住「衡陽峪黑水河神府」幾個大字，裏面嘅妖怪正準備要煮唐僧來食。

　　沙和尚嬲起上嚟，喺門外面大鬧，裏面個妖怪聽到，就

攞住竹節鞭出嚟同沙和尚較量。呢個妖怪原來係條鼉龍，喺水裏面本事十分高強，同沙和尚打到難分難解，不分勝負。沙和尚見打佢唔贏，就想詐敗引佢出水面，等孫悟空嚟對付佢。點知個妖怪唔中計，見沙和尚走人，就返去河神府繼續準備食唐僧肉喇。

沙和尚返到岸邊，同孫悟空講咗經過。佢兩個正喺度商量對策，忽然身後有個河神走咗出嚟，遠遠就向佢哋跪低，訴苦話：「大聖，小神係呢條黑水河嘅河神，畀呢個妖怪佔咗府第，仲傷咗河裏面嘅好多水族添！但佢係西海龍王嘅親戚，我職位低微又無辦法見到玉皇大帝，小神真係有冤無路訴，懇請大聖幫我伸冤啊！」

孫悟空聽完明白咗妖怪嘅來頭，即刻心都定咗，佢安慰河神話：「你放心，既然佢哋要食我師父，我一定唔會放過佢哋，你等我捉龍王過嚟問個明白！」講完，佢馬上一個筋斗飛過去搵西海龍王敖順。差唔多去到龍宮嘅時候，佢遇到黑水河個妖怪派嘅小妖過嚟送信，邀請龍王一齊去食唐僧肉。孫悟空一棍打死咗個小妖，攞住張請柬就入去搵龍王。

西海龍王見孫悟空忽然間殺到上門，唔知咩事，連忙恭恭敬敬將佢迎咗入龍宮。孫悟空一開口就興師問罪：「阿龍王，乜你都想食我師父咩？」跟住又將張請柬攞出嚟畀龍王睇。

龍王一睇即時嚇到魂飛魄散，馬上跪低行禮話：「大聖恕罪，嗰個係我阿妹生嘅第九個仔。我妹夫涇河龍王因為落錯

雨，畀魏徵斬咗，所以留低呢個外甥。我安排佢去黑水河養性修真，點知佢搞埋啲嘢，你放心，我馬上派人去捉佢！」

孫悟空聽咗就話：「我本來想攞住張請柬去天宮告狀嘅，見你咁識做，就放過你一次啦。」

龍王畀佢嚇到怕晒，馬上派太子摩昂，帶住五百蝦兵蟹將，去黑水河捉拿鼉龍。

去到黑水河，鼉龍見到龍王太子過嚟，仲以為佢係嚟食唐僧肉嘅。點知一見面摩昂就指住佢大鬧話：「你知唔知唐三藏有個大徒弟叫做孫悟空，係五百年曾經大鬧天宮嘅齊天大聖。你而家捉咗佢師父，佢話要去天庭告狀啊！你快啲放返唐僧，同我去向佢賠罪！」

鼉龍聽咗好唔忿氣：「你真係手指拗出唔拗入，你講到佢咁勁抽，叫佢有本事來打贏我啊！」

太子摩昂見佢唔聽話，手執三棱金鐧就上嚟捉佢，鼉龍亦都不甘示弱，舞起竹節鞭嚟迎戰。佢哋兩個喺水裏面你來我往，打到波濤翻滾，巨浪滔天。打得十幾個回合，摩昂忽然賣個破綻，趁鼉龍急住攻上嚟，一手將佢捉住撳低，旁邊嘅魚蝦兵將馬上衝上嚟將鼉龍捉住咗。

摩昂捉咗鼉龍，同孫悟空打聲招呼，就將佢帶返去畀龍王發落。而沙和尚就落去河神府將唐三藏同豬八戒救翻出嚟。黑水河嘅河神見捉住咗鼉龍，自己可以返去河神府，十分感激，使出阻水法術，將黑水河上游嘅大水攔住，開出一條大路畀唐三藏師徒通過。

就係噉，唐三藏師徒通過咗黑水河，繼續向西前進喇。

轉眼間冬去春來，萬物生長，路上嘅景色越來越好。呢一日，師徒四個正喺度一路行一路欣賞風景，忽然聽到一聲大喝，好似幾百個人一齊大叫噉，嚇到唐三藏即時勒住馬頭唔敢再行。

孫悟空飛上半空一睇，只見遠處有座城池，城門外面有一大班和尚喺度拉車。因為道路狹窄難行，所以佢哋齊聲大叫，好一齊出力。

孫悟空正喺度奇怪佢哋究竟搞邊科，就見城裏面行出兩個道士，而嗰班和尚見到兩個道士，即時更加賣力。孫悟空見啲和尚咁怕道士，於是搖身一變亦都變成個道士，落去打探下消息。

嗰兩個道士見到係自己人，十分高興，話畀孫悟空知：「我哋呢度叫做車遲國，國王最敬重道士㗎啦。事關喺二十年前，車遲國遭逢大旱，好在得三位仙人虎力大仙、鹿力大仙同羊力大仙幫手，噉先求到甘霖度過難關。三位仙長因為噉樣被封為國師，而當年啲和尚淨係識念經，求唔到半滴雨水，所以國王就拆晒佢哋嘅廟宇，要佢哋喺度做苦力咯。」

孫悟空搞清楚來龍去脈，就一棍打死咗兩個道士，將班和尚放走晒，然後又叫佢哋帶唐三藏返去唯一拆剩嘅智淵寺度休息。

到咗夜晚，孫悟空翻來覆去瞓唔着，就飛到去城裏面打探下情況。佢見到城南一個地方燈光火猛，飛近一睇，原來

係一班道士喺度拜祭三清祖師，領頭嘅正係虎力大仙、鹿力大仙同羊力大仙。

孫悟空有心整蠱下佢哋，於是返去叫埋豬八戒、沙和尚過嚟，先係吹起一陣大風吹熄晒啲燈火。等到班道士走晒，佢哋三個搖身一變，變成神殿上嘅元始天尊、靈寶道君同太上老君，坐喺神台上面將下面嘅供品食個清光。

正好呢個時候有個小道士搵嘢搵到入嚟，聽到豬八戒喺度傻笑，嚇到馬上跑出去搵虎力大仙佢哋三個。

虎力大仙佢哋入到神殿一睇，只見啲供品全部被食個清光，但係四圍都唔見有人。羊力大仙就話：「會唔會係三清見我哋咁虔誠誦經，畀我哋感動咗，所以下凡嚟享用供奉啊？」

大家一聽覺得有道理，於是虎力大仙就叫齊班道士一齊過嚟誦經，希望三清可以賞賜金丹聖水。

孫悟空見佢哋係噉誦經唔肯走，就假扮元始天尊開口話：「晚輩小仙，我哋從蟠桃會上過嚟，冇帶金丹聖水，下次再賞賜啦。」

點知嗰班道士見三清顯靈，更加興奮，懇求三位天尊話，既然一場嚟到無論如何都要留啲賞賜。孫悟空心諗：「你哋自己攞嚟衰，唔怪得我啦。」於是叫班道士攞器皿上嚟，然後暫時迴避，等佢哋三個賞賜聖水。

班道士出去之後，豬八戒就問：「大師兄，我哋邊度有聖水啊？」

孫悟空笑住話：「聖水就容易啦！」只見佢揪起虎皮裙，

就屙咗一篤尿落個花樽度。豬八戒同沙和尚有樣學樣，亦都各自屙一篤尿落個砂盆同水缸度，然後就叫班道士嚟攞。

結果虎力大仙佢哋三個一人試咗一啖，飲到幾乎想嘔，三個師兄弟坐喺上面就笑到肚痛，最後大聲話：「三清邊度得閒睬你哋？我哋乃係大唐僧人，見你哋咁虔誠，就賞賜啲尿你哋歡下啦！」

講完，孫悟空就帶住兩個師弟化作一道祥光，飛返去智淵寺了。

「手指拗出唔拗入」 —— 粵語裏面形容唔幫自己人反而幫外人，稱為「手指拗出唔拗入」。人嘅手指一般只能夠向內彎，就好似人一般都會幫住自己人一樣。尤其喺古代農業社會，一般人對於家族十分重視。所以大家都覺得幫助外人係好奇怪、好難理解嘅事，就好似手指忽然向外拗一樣。呢句話舊時經常畀父母用喺女兒身上，指責佢哋幫住自己男友或者丈夫，而唔幫自己父母。

歷史文化知多啲

「鼉龍」── 呢一回裏面講到嘅「鼉龍」，又稱為「鼉」，一般係指揚子鱷，民間俗稱為「土龍」、「豬婆龍」，係中國特有嘅小型鱷類動物，因爲瀕臨滅絕，所以而家被列為國家一級重點保護動物。呢個「鼉」字，喺甲骨文裏面就已經出現，可見中國人對於揚子鱷好早就有所認識。

聽古仔

# 第二十五回
# 車遲國僧道鬥法

孫悟空三師兄弟整蠱完虎力大仙佢哋，就返到去智淵寺，第二日陪住唐三藏入城去拜見車遲國國王，倒換關文。

去到宮殿之上，虎力大仙佢哋三個道士剛好趕到，要追究唐三藏一行人打死道士、放走和尚、假扮三清嘅罪名。但係孫悟空打死唔認，一時之間無證無據，相當於口同鼻拗，爭論唔出咩結果，三個道士亦都吹佢唔漲。

咁啱得咁橋，呢個時候王宮外面有幾十個百姓因為天氣乾旱，嚟請求三個道士幫手求雨。國王聽咗就話：「既然三位國師同大唐聖僧雙方各執一詞，今日不如就比試一下，邊個成功求到雨嘅，朕就信邊個。」

孫悟空一聽就笑喇：「呢啲比試小兒科啦，冇問題！」

虎力大仙自告奮勇，搶先上場。佢預先講好：「我以令牌為號，第一聲風來，第二聲雲起，第三聲電閃雷鳴，第四聲落雨，第五聲就會雲散雨停。」

講完，虎力大仙就登壇作法。只見佢擺好陣仗，手執寶劍，口中念念有詞，然後燒咗一道符，只聽到令牌「啪！」一聲響，天空果然颳起大風。

豬八戒一睇就擔心啦：「大師兄，呢個道士有料到啵，你

會唔會輸㗎?」

孫悟空就話:「你哋睇住師父先,等我去睇睇咩情況。」講完,佢揾一條毫毛變成自己個樣企喺唐僧身邊,自己就一個筋斗飛到半空,大喝問到:「係邊個喺度颳風?!」

只見風婆婆拎住個風袋行過嚟行禮話:「大聖,係我啊。」

孫悟空就鬧佢話:「我保護唐僧去西天取經,經過呢度,同個妖道比試,你唔幫我反而幫個妖道?係咪嫌命長啊?你即刻收晒啲風,如果畀我見到仲有一絲風可以吹喐個道士嘅鬍鬚,就唔好怪我條鐵棒無面畀啦!」嚇到風婆婆馬上收起個風袋,地面當堂冇晒風。

虎力大仙見唔起風,又燒咗道符,令牌又響一下,只見天上開始烏雲密佈。孫悟空又問:「邊個喺度佈雲?」原來係推雲童子同佈霧郎君,孫悟空又叫佢哋收晒啲雲霧。

豬八戒喺下面見到又冇風又冇雲,就笑虎力大仙:「你個道士,淨係識得車大炮,原來揸流攤嘅!」

虎力大仙心急起身,披散頭髮念起咒語,又係兩道令牌打落去,天上雷公電母、四海龍王都一齊嚟到,不過就全部畀孫悟空攔住晒。

然後,孫悟空又同佢哋約好,睇自己支金箍棒嘅號令,準備落雨。

呢個時候,國王見冇雨落,就問虎力大仙咩回事,虎力大仙只好推託話:「龍神今日唔喺屋企啊。」

佢話音剛落，孫悟空就返到落地面了，佢大叫話：「唔好聽佢亂講，佢冇本事，就睇我哋表演啦。」講完，就請唐三藏走上高台念經，自己用條金箍棒一指，馬上大風吹到飛沙走石；指第二下，天上烏雲密佈；指第三下，電閃雷鳴；指第四下，幾個龍王一齊發力，當堂落起傾盆大雨。

　　呢場雨從辰時一直落到午時，直到國王話：「夠啦夠啦，場雨再落就浸壞禾苗㗎啦。」孫悟空噉先再用金箍棒向天空指一指，霎時間雲消雨散，一天都光晒。

　　國王見唐三藏真係求到雨，亦就好開心噉上殿倒換關文，準備送唐僧佢哋離開。點知虎力大仙唔忿輸，話要再鬥一場坐禪。

　　講到坐禪，孫悟空就為難喇，事關佢份人最坐唔定，好在唐三藏主動請纓話：「我自幼修行，坐佢兩三年都得啦，呢輪等為師上場吧！」

　　於是，虎力大仙同唐三藏各自坐上高台。佢兩個都坐到定一定，睇下邊個坐得耐。下面嘅鹿力大仙見等咗好耐都不分勝負，就揪條頭髮變成隻臭蟲，一下彈到去唐三藏頭上，爬來爬去亂咁咬。

　　唐三藏畀隻臭蟲咬到又痕又痛，但係坐禪又唔喐得，惟有縮起個頭用件衫嚟刮下希望止痕。孫悟空喺下面見到師父個樣知道唔對路，飛上去一睇，見到師父頭上有隻臭蟲，於是將隻臭蟲捏死咗。唐三藏唔痕唔痛舒服翻晒，就又重新坐得穩如泰山。

孫悟空心諗：「師父係個光頭和尚，頭上點會有蟲？一定係個道士搞鬼，等我整翻佢轉頭先。」

於是，孫悟空搖身一變，變成條七寸長嘅蜈蚣，喺虎力大仙個鼻度出力叮咗一下，痛到佢當場跌咗落高台，差啲冇命。

國王見坐禪又係唐三藏贏，就想送佢哋走啦，但係鹿力大仙又跳出嚟話：「我師兄因為有頭風，所以先輸咗，我要同佢哋比試隔板猜枚。」

個國王仲係爭住啲道士，又應承咗佢，於是吩咐侍從搵一個紅漆櫃，叫王后放咗件寶貝入去，然後就攞出嚟叫唐三藏估裏面有啲乜。

孫悟空呢次學精了，佢又再搖身一變，變成隻蟲仔爬入去個櫃度，只見裏面放住一套宮衣。佢將件宮衣攞起身，叫一聲「變！」件宮衣即時變咗個破爛嘅鐘。

孫悟空飛翻出嚟，偷偷哋講個答案畀唐三藏知。鹿力大仙首先開口估道：「我估櫃裏面係一套宮衣。」

而唐三藏接住話：「我估櫃裏面係一口爛鐘。」

國王一聽就發火啦，話唐三藏無禮。點知大家打開個櫃一睇，裏面嘅竟然真係個爛鐘。國王又去後花園摘咗個桃，親自放入櫃裏面，叫鹿力大仙同唐三藏估。孫悟空又靜雞雞飛入去櫃裏面，將個桃食到剩翻粒核。結果鹿力大仙估係個桃，唐三藏估係個桃核，又係唐三藏贏咗。

最後虎力大仙收咗個小道童入去，又畀孫悟空捐入去幫

佢刮咗個光頭，小道童變成和尚仔，唐三藏又估贏咗。

虎力大仙嬲起上嚟，就話要同唐僧師徒比試斬頭、劏肚、落油鑊。孫悟空梗係唔怕你啦，呢輪佢決定親自上陣一個對三個。

第一場，劊子手一刀將孫悟空個頭斬咗落嚟，眾人只聽到孫悟空個肚大叫：「返嚟！」點知鹿力大仙暗中召喚土地，將孫悟空個頭撳住咗。孫悟空叫得幾聲都唔見個頭返嚟，於是大喝一聲「長！」佢嘅頸上竟然重新生咗個頭出嚟，呢一下真係連劊子手同羽林軍都嚇到膽戰心驚。

個國王見孫悟空咁厲害，就想叫佢哋領取關文快啲走人，但係今次輪到孫悟空唔制啦：「講好一人一刀㗎嘛，阿國師仲未斬呢！」

國王冇計，惟有叫人將虎力大仙個頭亦都斬落嚟。虎力大仙畀人斬咗個頭，又喺肚裏面大叫一聲「返嚟！」想將自己個斷頭叫返轉頭。點知孫悟空搣條毫毛變成隻黃狗，跑上去將虎力大仙個頭擔咗落河。虎力大仙連叫三聲都叫唔返個頭，又唔似得孫悟空可以生多個頭出嚟，結果當堂冇命，現出原形。大家行近一睇，原來係隻冇頭老虎。

鹿力大仙見師兄死咗，拉住孫悟空要比試開膛破肚。孫悟空叫個劊子手劏開自己個肚，將啲內臟攞出嚟再放返入去，最後吹一口仙氣，個肚咩事都冇。

鹿力大仙有樣學樣，亦都劏開個肚攞啲內臟出嚟，點知孫悟空又搣條毫毛變成隻老鷹，飛埋去將鹿力大仙嘅內臟搶

晒去，鹿力大仙亦當堂冇命，現出原形。大家一睇，原來係隻白毛角鹿。

剩低嘅羊力大仙仲係唔忿氣，要同孫悟空比試落油鑊。國王叫人煮熱一鑊油，孫悟空搶先跳落去，好似沖涼咁輕鬆愉快。不過佢有心整蠱下豬八戒，就搖身一變變成粒棗核匿喺鑊底。大家都以為佢被煮爛咗。國王暗自歡喜，諗住終於可以幫國師報仇了，於是就下令要捉起唐三藏師徒。唐三藏慌忙話：「國王你要我哋嘅性命唔緊要，但我呢個徒弟自從皈依佛門，取經過程中都立下唔少功勞，我點都要拜祭完佢先領罪啊！」國王見係個咁簡單嘅要求就應承咗。豬八戒見國王要向自己師徒幾個問罪，掬到一肚氣，見師父喺鑊邊念悼文，佢又忍唔住搭把嘴鬧孫悟空：「自己蠢仲要嚟闖禍，你隻冇鬼用嘅死馬騮，抵死嘅弼馬溫！」

孫悟空畀佢亂咁鬧，聽到火都嚟埋，於是現出本相油淋淋嘅跳翻出嚟，指住豬八戒喝道：「你隻肥豬喺度鬧邊個？！」大家嗽先知佢咩事都冇。個國王嚇到鼻哥窿都無肉，行落寶座正想走，點知畀孫悟空扯住佢話：「陛下，你個國師都未落油鑊喎！」

國王好無奈，只好戰戰兢兢嗽叫羊力大師按孫悟空嘅話去做。羊力大仙亦都無推辭，好似孫悟空嗽跳落油鑊，神情同樣十分輕鬆。孫悟空行埋去鑊邊一摸，個油鑊竟然係凍嘅！佢知道一定係有龍王幫手，於是跳上半空，將北海龍王叫過嚟問話。北海龍王解釋話：「大聖啊，呢個妖道係有幾

分本事嘅。佢自己煉咗一條冷龍，等我收咗佢，佢就冇料到
㗎啦。」

　　果然，北海龍王化作一陣旋風，將條冷龍帶走咗，羊力
大仙喺個油鑊度掙扎咗幾下，就被炸到皮焦肉爛，命喪當場。
大家撈起嚟一睇，好地地一個羊力大仙就只剩低一副羚羊骨。

　　呢個時候，車遲國國王終於知道自己三個國師原來係成
精嘅妖獸，於是再三多謝唐三藏師徒，又應承重新修葺廟宇，
尊奉僧人，然後就恭送唐僧師徒繼續西行上路喇。

　　「唔對路」——粵語裏面形容事情同預想中不一樣、情
況不妙，有個講法叫做「唔對路」，與普通話的「不對勁」意
思相近。廣東地區地處水鄉，不論城市鄉間，道路大都彎彎
曲曲，唔似得北方咁縱橫筆直，要搵路都幾唔容易。所以「唔
對路」，亦就係冇搵啱路，越行越錯嘅意思。除此之外，粵語
仲有一個詞叫「唔係路」，同樣都係形容情況唔對，或者指人
靠唔住嘅意思。

## 歷史文化知多啲

宗教之爭 —— 呢一回講到車遲國推崇道教，貶抑佛教。喺中國歷史上，都曾經發生過道教同佛教嘅競爭。例如喺唐朝，因為李氏認老子做祖先，所以特別推崇道教。但係到咗武則天掌權之後，佢為咗做皇帝，自稱係彌勒佛轉世，所以又大力推崇佛教。不過後來到咗元明時期，佛道兩家喺中國漸漸同儒教融合，形成咗「三教合一」嘅現象。

聽古仔

# 第二十六回
# 通天河底鬥靈感

　　唐三藏師徒離開車遲國，一路繼續西行，不知不覺又從春天行到秋天。呢一日，佢哋忽然聽到前面流水聲滔滔不絕，行近一睇，原來係條又深又闊嘅大河，岸邊有塊石碑寫住「通天河」三個大字，旁邊仲有十個細字 ——「徑過八百里，亘古少人行」。唐三藏見到，都忍唔住感歎西天之路實在難行，諗諗下仲流起咗眼淚。

　　豬八戒就話：「師父，你唔好喊住先，我聽到有鑼鼓鐘鈸嘅聲響，可能有人打緊齋㗎，我哋去食個齋問下路，然後聽日再算啦。」

　　唐三藏一聽，果然聽到有鑼鼓鐘鈸，於是沿住聲音搵過去，好快見到一處人家。呢處人家嘅主人係個姓陳嘅老伯，佢聽聞唐三藏師徒從東土大唐過嚟，十分驚訝，連忙招呼佢哋入屋食齋。豬八戒食飽飯，就問起陳老伯點解要打齋，陳老伯講畀佢聽：「我哋打嘅係預修亡齋。」

　　豬八戒一聽就笑喇：「老人家你呃鬼食豆腐咩，邊有人都未死就打齋㗎？」

　　陳老伯長歎一聲答到：「你哋有所不知啦，我哋呢條通天河嘅岸邊有一座靈感大王廟。廟中供奉嘅靈感大王一直保佑

我哋條村風調雨順，但就要每年獻祭一對童男童女，如果唔係，就會降下天災㗎啦。」

孫悟空一聽就明白晒：「咁一定係今年輪到你哋屋企獻祭啦。」

陳老伯答話：「係啊，老夫老來得女，有個女叫做一秤金，我細佬有個仔叫陳關保。今年輪到我哋獻祭，實在唔敢唔獻，惟有幫佢哋打一場預修亡齋了。」

孫悟空笑笑話：「呢個好辦，你將個男仔帶出嚟畀我睇下。」於是陳老伯就叫陳關保出嚟，孫悟空見到之後，搖身一變，變得同陳關保一模一樣，對陳老伯話：「我嚟頂替你個姪子去獻祭，噉得啦啩？」

陳老伯一聽，梗係千多得萬多謝啦，又求孫悟空救埋佢個女。孫悟空就叫豬八戒變成個女仔一秤金，陪佢一齊去獻祭。豬八戒好唔情願，喺度鬼殺咁嘈：「大師兄，你叫我變石頭變水牛變肥佬都冇問題，變個細路女真係搞唔掂㗎！」

孫悟空就話：「你唔好咁多聲氣了，快啲變，唔係就要你試下我條金箍棒嘅滋味。」

豬八戒冇計，惟有搖身一變，變成咗個肥版一秤金。孫悟空笑咗佢一餐，然後吹一口仙氣叫一聲「變！」將豬八戒變得同個女仔一模一樣。

於是，陳家嘅人就敲響鑼鼓，將孫悟空豬八戒變成嘅一對童男童女，同啲豬羊牲禮一齊送到去靈感大王廟。

孫悟空同豬八戒喺廟裏面等咗一陣，只聽到外面呼呼風

響，跟住就有個妖怪行咗入嚟。只見呢個妖怪雙眼凸出，兩棚牙好似鋸齒噉，身着金盔金甲，身邊雲霧繚繞，一入到嚟就問：「今年係邊一家獻祭啊？」

孫悟空答話：「係莊頭陳澄、陳清兩家。」

個妖怪一聽，覺得今年呢個童男咁大膽，好似有啲唔對路，於是就話：「我往年都係食童男先，今年要先食童女。」

豬八戒嚇咗一跳，大叫話：「大王你唔好破例了，都係照舊啦！」

個妖怪真係睬佢都傻，伸手就嚟捉童女。豬八戒急起身乾脆露出本相，舉起九齒釘耙就鋤過去。只聽到「噹」一聲，個妖怪中咗一耙，急急腳走咗去。孫悟空行埋去一睇，只見地下留低兩片冰盤咁大嘅魚鱗。佢帶住豬八戒一齊追出去，個妖怪唔敢抵擋，化作一陣狂風捐咗落水底。

孫悟空同豬八戒趕走咗妖怪，就返去陳家莊休息，準備第二日再去捉拿妖怪。而嗰個靈感大王返到自己宮中，就對班手下話：「豈有此理，嗰兩個和尚居然壞我好事。我仲話想捉唐僧返嚟食，睇嚟都係搞唔掂咯。」

佢手下有個斑衣鱖婆，走出嚟對佢話：「大王，你唔係識得呼風喚雨咩？你今晚起一陣寒風落一場大雪，將通天河冰凍起身，唐僧佢哋聽日一定急住過河嘅。到時你喺水底開個窿，等佢幾師徒全部跌晒落水，噉仲唔將唐僧手到拿來？」

靈感大王一聽大叫「好計！」於是漏夜施法，召嚟一場

大風雪，將通天河凍到結晒冰。

第二日，唐三藏師徒出門一睇，只見八百里通天河一片白茫茫，不但河面結晒冰，冰面上仲有人喺度行走添！唐三藏急住趕路，係都要馬上出發，幾師兄弟都勸佢唔掂。豬八戒熟悉水性，見到冰面結實，一耙鋤落去都打唔爆，覺得應該冇問題，於是三師兄弟就只好一齊陪住唐三藏過河。

點知行到半路，河上冰面忽然裂開，穿咗個大窿。孫悟空眼疾手快跳咗上半空，豬八戒、沙和尚同白龍馬水性都好，亦順利出翻嚟，唯獨唐三藏就畀靈感大王捉咗去。

孫悟空佢哋知道呢單嘢一定係個靈感大王作怪，於是一齊去水底搵個妖怪算賬。去到之後，只見妖怪嘅洞府門前寫住「水黿之第」四個大字。孫悟空就變成隻長腳蝦婆，跳下跳下混咗入去。趁靈感大王同班水族商量緊點樣食唐僧，佢扮晒自己友嚟搵一隻蝦兵問出唐三藏嘅下落。去到師父身邊，孫悟空安慰咗師父一番，原本悲傷驚慌嘅唐三藏嗽先定落心嚟。跟住孫悟空又返出洞外，安排豬八戒同沙和尚去挑戰，引個妖怪出水面，再由自己嚟對付佢。

靈感大王聽聞外面有人嚟挑戰，拎住一對銅錘就出嚟迎戰。佢哋三個喺水底各顯神通，打到水波翻湧，巨浪滔天，足足打咗兩個時辰，始終都不分勝負。豬八戒眼見打來打去都打唔贏，於是對沙和尚打個眼色，兩個人且戰且退，一路慢慢退向水面。

靈感大王見對方敗退，嗰對銅錘舞到更加興奮，一直追

住嚟到水面上。點知佢一捐出水面，就見孫悟空舉起金箍棒殺到埋身。靈感大王舞起銅錘招架，但係銅錘又點頂得住支金箍棒呢？唔到三個回合，靈感大王就畀孫悟空打到手忙腳亂，打一個水花又捐返落水底。

沙和尚見到就話：「呢個妖怪出到嚟水面上功夫就認真麻麻，但係喺水底就好打得，我哋都係要引佢上嚟先搞得掂。」

於是，豬八戒同沙和尚又再潛落去水底，想引個妖怪出嚟。點知剛剛靈感大王已經畀孫悟空打怕咗，今次打死都唔肯再出嚟迎戰。孫悟空見個妖怪唔肯出嚟，於是叫兩個師弟喺岸邊看守，自己就飛去南海揾觀音菩薩幫手。

去到南海，孫悟空見到觀音菩薩無穿戴整齊，就喺個竹林裏面削竹皮。佢想問觀音個妖怪係咩來歷，觀音菩薩叫佢等一陣，然後就攞住個竹籃從竹林裏面行出嚟，同孫悟空一齊趕到去通天河。

去到之後，觀音菩薩用條絲帶吊住個竹籃，從半空拋入河裏面，口裏面念念有詞話：「死嘅去，活嘅住，死嘅去，活嘅住！」念咗七次之後，觀音菩薩提起個竹籃，裏面竟然裝住一條大金魚。

孫悟空覺得奇怪，問觀音：「菩薩，你唔救我師父，喺度釣魚做乜啊？」

觀音答話：「呢個竹籃裏面裝住嘅就係妖怪喇。佢係我蓮花池中養大嘅金魚，每日浮頭聽經，所以修行成精，之前趁住海潮嚟到凡間。我今日喺蓮花池見唔到佢，算到佢喺度害

你師父，所以嚟唔切梳妝就過嚟捉佢返去。」

孫悟空聽咗好高興，送別咗觀音，就落河將唐三藏救翻出嚟。

返到上岸之後，佢哋正喺度想辦法過河，只聽到有把聲大叫話：「大聖，我嚟送你哋過河。」

孫悟空一睇，原來係隻老黿。佢原本嘅府第畀靈感大王霸佔咗，而家得孫悟空佢哋趕走妖怪，自己就可以重回舊地，十分之開心，也都好感激孫悟空佢哋，所以特意嚟送唐三藏師徒過河。

唐三藏師徒四人企到上老黿嘅背脊，竟然仲穩陣過渡船，無風無浪就渡過咗通天河。臨別之前，老黿仲請求唐三藏幫佢問下如來佛祖，自己幾時可以修成人形。唐三藏滿口應承，就繼續上路喇。

**粵語知多啲**

「呃鬼食豆腐」── 粵語裏面形容呃人，有個有趣嘅講法叫做「呃鬼食豆腐」。據講以前有個人，口才特別好。有一晚，佢整咗碟豆腐準備開餐，忽然有隻鬼搵到上門話要食咗佢。佢一啲都唔驚，仲猛咁同隻鬼話豆腐好好食，食豆腐好過食自己，最後真係畀佢講到隻鬼食豆腐唔食佢。事後，佢

將呢件事周圍咁宣揚，於是就有咗呢個「呃鬼食豆腐」嘅講法啦。

歷史文化知多啲

活人獻祭 —— 喺呢一回裏面講到通天河嘅妖怪要用活人獻祭。喺中國歷史上，確實有用生人獻祭嘅做法。例如喺《東周列國誌》裏面，就講到西門豹治理鄴城嘅時候，當地嘅巫師勾結當地土豪劣紳，利用「河伯娶媳婦」嘅講法，要求當地人以女子向河神獻祭，乘機搜刮錢財。最後西門豹將巫師等人全部推入河裏面，嗰先制止咗當地嘅陋習。而根據史書記載，用活人殉葬嘅做法從春秋之後就逐漸減少，但直到清朝康熙年間，先正式出台律法禁止。

聽古仔

# 第二十七回

# 金巘山上伏青牛

　　話說唐三藏師徒過咗通天河，一路繼續往西，不知不覺已經去到秋冬時分，天氣越來越凍。呢一日佢哋又嚟到一座高山面前。只見呢座大山崖高路窄，道路險惡，唐三藏又開始心驚膽戰起身。行行下，遠遠見到山坳中似乎有樓台房舍，唐三藏就叫孫悟空去化齋。但係孫悟空望咗兩眼就話：「嗰啲房舍唔係好地方。」

　　唐三藏就奇怪啦，問佢點解，孫悟空解釋話：「西方路上多妖怪邪魔，呢啲亭台樓閣，分分鐘係啲妖怪幻化，氹人落疊嘅。師父你千祈唔好信啊！」

　　唐三藏聽佢噉講，就話：「但係我真係好肚餓啵，點算好呢？」

　　孫悟空話：「師父如果真係餓，就喺呢度休息下，我去化齋返嚟畀你食。」講完，孫悟空叫豬八戒同沙和尚護住唐僧，然後用金箍棒喺地下畫咗個大圈，將佢哋三個圈喺中間，然後話：「老孫畫呢個圈，乜嘢妖魔鬼怪都唔敢埋嚟，師父你只要唔行出圈外，就包保平安㗎啦。」

　　講完，孫悟空就一個筋斗飛去化齋喇。

　　唐三藏佢哋坐喺地上等咗一大輪，等極都等唔到孫悟空返

嚟，豬八戒就喺旁邊起哄：「師父，呢度又凍又大風，我哋坐喺個圈裏面好似坐監噉，個圓圈邊度擋得住虎狼妖獸㗎？不如我哋先繼續向西行，大師兄飛得咁快，一陣就搵到我哋㗎啦。」

唐三藏一味耳仔軟，畀豬八戒講得幾句，終於都係忍唔住起程繼續出發。佢哋行得一陣，就見到前面果然有處人家，但卻大門虛掩，裏面一個人都冇。

豬八戒帶頭入屋，喺裏面行咗兩轉都唔見人，淨係見到台面上有幾件錦繡棉衣。豬八戒攞起就行翻出嚟對唐三藏話：「師父，呢間鬼屋嚟嘅，冇人㗎。我見到有三件棉衣，而家天氣咁凍，我哋正好一人一件。」講完，就着起件棉衣，沙和尚見佢着，亦都唔執輸着起一件。

唐三藏搖搖头教訓佢兩個：「不問自取是為賊也，你哋快啲送返去。」

點知佢說話都未講完，嗰兩件衫忽然變成繩索，將豬八戒同沙和尚兩個都綁住咗。唐三藏慌了，正想上去解救，點知忽然間衝出一班妖怪，唐僧轉眼間已經畀佢哋一擁而上捉住咗。

嗰邊廂孫悟空化齋返嚟唔見咗師父，知道一定出事啦，於是叫土地出嚟問話。土地話：「我哋呢座山叫做金峨山，山上有個獨角兕大王，一定係佢捉咗大聖嘅師父喇。」

孫悟空聽完，就沿路一路搵到妖怪嘅山門前面，大聲叫罵。嗰個獨角兕大王聽聞孫悟空殺到，攞起點鋼槍就出嚟迎戰。呢個獨角兕大王頭上長咗一隻獨角，腮長口闊，皮厚毛

青，生得認真醜樣。孫悟空都費事同佢廢話，見佢出嚟舉起金箍棒就打，獨角兕大王亦都不甘示弱，一支點鋼槍使得出神入化，同孫悟空打個難分難解。

打得幾十個回合，獨角兕大王眼見打唔贏孫悟空，就叫班小妖一齊過嚟幫手。孫悟空見對方人多，將條金箍棒向上一拋，喝一聲「變！」只見條金箍棒即時化成千百條，打到班小妖抱頭鼠竄。

獨角兕大王倒係好淡定，喺袖裏面攞出一個閃閃烁嘅圈圈，拋到半空中叫一聲「着」，一下子就將孫悟空嘅金箍棒全部收晒去。

孫悟空冇咗兵器，惟有一個筋斗走咗去。佢諗起啱先打鬥嘅時候，個妖怪曾經讚自己「果然不愧係鬧過天宮嘅」，就有啲懷疑佢係從天界私自下凡嘅妖物，於是一個筋斗飛去南天門，搵玉皇大帝求助。

玉皇大帝接到孫悟空告狀，叫人查過天庭各司，並冇發現有私自下凡嘅神將，於是就話：「既然係噉，就叫孫悟空選幾位天將落去幫手降妖啦。」

孫悟空於是搵咗托塔天王李靖同哪吒三太子，又請多兩個雷公助陣，一齊去到金峴山。去到之後，哪吒率先上門挑戰，同獨角兕大王大戰一場。哪吒殺到興起，搖身一變變成三頭六臂，手執六件兵器一齊向獨角兕大王打過去。獨角兕大王不甘示弱，亦都變成三頭六臂來迎戰。

哪吒見對方本事非凡，就將六件兵器拋晒上半空，變做

成千上萬件，一齊向住個妖怪打過去。

點知獨角兒大王又攞個圈圈出嚟拋上半空，一下子又將哪吒哋兵器全部收晒。哪吒手無寸鐵，惟有敗陣而回。

孫悟空喺旁邊見到，反而一啲都唔擔心，仲笑笑話：「呢個妖怪其實都唔係好打得啫，淨係件寶貝厲害。等我去搵啲佢套唔走嘅嘢，嗰就搞掂啦。」

於是，孫悟空又飛上去天宮，請火德星君下凡幫手。今次輪到托塔李天王首先上門挑戰，打得一陣，李天王詐帝敗退，火德星君就指揮一眾火神一齊放火，咩火箭火槍火刀火葫蘆全部用晒出嚟。一時之間只見漫山遍野都係熊熊烈火，個陣勢仲勁過周瑜火燒赤壁。

殊不知獨角兒大王又拋起個圈圈，一下子將啲火刀火箭連同滿山大火一齊收晒入去，然後就施施然得勝收兵喇。

孫悟空見佢唔怕火，於是又走上天宮搵水伯幫手。水伯裝咗半盂水，就跟孫悟空過去。孫悟空覺得好奇怪，問水伯話：「你嗰半碗水，點夠使啊？」水伯答話：「我呢個白玉盂，一盂就係一條黃河嘅水嚟啦，你話半盂夠唔夠？」

孫悟空猛咁話夠，心諗今次實掂啦！點知水伯去到之後放水淹山，竟然冇灌入個妖怪嘅山洞，激到孫悟空扎扎跳，赤手空拳就入去搵個妖怪隻抽。

獨角兒大王見孫悟空冇咗兵器，亦都同佢空手過招。打打下，孫悟空搣一揸毫毛喝一聲「變！」變出幾十隻馬騮仔，圍住獨角兒大王猛咁打，獨角兒大王手忙腳亂，又再攞個圈

圈出嚟，將班馬騮仔收晒去。

孫悟空冇計，惟有走返去同李天王佢哋商量對策。雷公就建議話：「大聖，呢個妖怪淨係個圈圈犀利，想當年你偷御酒偷蟠桃偷金丹，膽大心細妙手空空。不如今次又去將個圈圈偷出嚟，嗰個妖精就冇揸拿啦！」

孫悟空一聽大叫好計，馬上變成隻烏蠅飛入山洞裏面。飛到入去，佢見到獨角兕大王正喺度打赤膊瞓覺，個圈圈正箍喺佢手臂上面。

孫悟空又再搖身一變，變成隻跳蝨，一啖叮落妖怪隻手臂上。但個妖怪皮粗肉厚，雖然畀孫悟空叮到又痕又痛，但就淨係用個圈捽咗兩嘢又繼續瞓。孫悟空見佢防得咁緊，惟有去其他地方睇睇有無機會，結果畀佢搵到個妖怪收翻嚟嘅各種兵器。於是孫悟空用毫毛變出一羣馬騮仔，將啲兵器全部搬晒出去。一班天兵神將攞翻兵器，又去同個妖怪打過，結果仲係鬥唔過佢個圈圈，又畀佢一次過收晒啲兵器走。

孫悟空實在冇晒符，就一個筋斗飛去西天，想搵如來佛祖問下呢個妖怪究竟係何方神聖。結果如來佛祖咩都唔肯講，淨係派兩個羅漢帶住十八粒金丹砂去幫手。

今次獨角兕大王出到嚟，同孫悟空打得一陣，降龍伏虎兩位羅漢就放出金丹砂，只見周圍飛沙走石，只不過一陣間地下已經積咗幾尺嘅砂，眼睇再過得一陣，就要將獨角兕大王埋喺砂裏面了。

獨角兕大王都有啲緊張，馬上攞個圈圈出嚟，叫一聲

「着！」又將金丹砂收晒返去。

兩位羅漢見金丹砂都搞個妖怪唔掂，就對孫悟空話：「如來佛祖臨行之前吩咐，如果金丹砂都搞唔掂，大聖可以去兜率宮請下幫手諗下辦法。」

孫悟空一聽馬上醒水，即刻飛去兜率宮搵太上老君。一去到，孫悟空就四圍咁望，忽然發現牛欄旁邊嘅童子瞓着咗，頭青牛唔知去咗邊。太上老君出嚟見到嗰嘅情形亦大吃一驚，一問先知原來個童子偷食金丹之後瞓着咗，畀隻青牛偷咗個金剛琢，私自走落人間。

孫悟空一聽就話：「原來嗰個圈圈就係當年打我頭嗰隻金剛琢，唔怪知得咁犀利啦！」

於是太上老君馬上跟孫悟空去到金峴山，由孫悟空上門挑戰，將獨角兕大王引出洞外，太上老君喺山峯上用芭蕉扇一潑，大聲話：「青牛青牛，仲唔返屋企？」

嗰個妖怪畀太上老君一潑一喝，當堂腳都軟晒，變翻隻青牛，太上老君用個金剛琢穿住佢個鼻哥，牽住佢返去天宮。

繼而孫悟空同一班天兵天將一齊將山洞裏面啲小妖打死晒，救返唐三藏、豬八戒同沙和尚出嚟，然後就收拾行裝，又再繼續上路了。

「冇符」—— 粵語裏面形容冇辦法，有個講法叫做「冇符」、「冇晒符」，呢個講法源自於道士作法。以前道士作法，往往會使用黃紙同硃砂寫成嘅符咒，呢個做法喺好多影視作品裏面都可以見到。據講有一次，有個道士幫人捉鬼，燒咗好多道符都唔見成效，最後身上嘅符都燒晒喇，惟有同主人家講：「冇辦法，冇晒符啦！」所以後來大家就用「冇符」嚟形容冇辦法。

歷史文化知多啲

太上老君嘅青牛 —— 前面講過，道教認為老子係太上老君嘅化身，所以喺道教傳說裏面，太上老君同老子一樣，坐騎都係一頭青牛。呢一回裏面嘅妖怪，正係太上老君嘅坐騎。不過根據《山海經》記載，太上老君呢頭坐騎係一種上古瑞獸，叫做「兕」（讀如「字」音），樣子雖然同牛相似，但其實唔係普通嘅牛。至於老子，相傳佢喺東周時期出函谷關，自此之後不知所蹤。因為當時大部分人都係坐牛車，所以後世一般認為老子係坐牛車或者騎牛出函谷關嘅，所以關於老子嘅藝術形象，就通常都配一頭青牛喇。

聽古仔

# 第二十八回

# 女兒國聖僧懷胎

話說唐三藏師徒過咗金峴山，一路繼續西行，不知不覺 峴
已經係冬去春來，又過咗一年喇。呢一日，佢哋行到一條河
邊，只見水波清澈，岸邊柳色青青，對岸仲有幾處房舍。孫
悟空話：「對面有人家，必定有擺渡嘅人。」

豬八戒就放開喉嚨大叫：「擺渡人！擺渡人！」

過得一陣，果然就有條船仔駛到岸邊，只見船上嘅唔係
艄公，而係個婦人。唐三藏佢哋雖然覺得奇怪，不過既然有
船過河，亦就唔理咁多喇。

條船好快就過咗河。上岸之後，唐三藏覺得口渴，於是
叫豬八戒打一缽河水嚟飲。豬八戒見師父飲剩一半，就將嗰
缽水攞過嚟自己一飲而盡。

誰不知過咗一陣，唐三藏同豬八戒就忽然肚痛起身，跟
住個肚竟然越漲越大，摸下裏面竟然仲好似有嘢喺度哪緊。

孫悟空見到前面有個賣酒嘅人家，就帶佢兩個過去諗住
搵啲熱湯醫肚痛。點知個賣酒嘅阿婆一聽講唐三藏同豬八戒
飲咗河水就哈哈大笑起嚟，笑到肚都痛埋，仲叫晒啲隔籬鄰
舍過嚟睇嘢。

孫悟空就發火了，攞條金箍棒出嚟嚇鬼佢哋，嗰個阿婆

先至解釋話：「我哋呢度係西梁女國，成個國家都係女人，冇男人嘅。嗰條河叫做子母河，我哋國家嘅女仔到咗二十歲，就會去飲河水。飲完就會懷胎生子㗎啦。你師父飲咗河水，而家係有胎氣啦。」

唐三藏一聽嚇到面都青埋，大叫話：「悟空，咁點得㗎？」

豬八戒亦都被嚇到鬼殺咁嘈：「死咯，我係男兒身嚟㗎嘛，點生仔啊？」

孫悟空就笑佢話：「古人都話瓜熟蒂落，你使乜擔心，到時自然生得出㗎啦。」

唐三藏一聽就更加緊張，猛咁叫孫悟空諗辦法。嗰個阿婆又話：「我哋呢度正南街上有座解陽山，山上有個破兒洞，洞裏面有個落胎泉。只要飲咗落胎泉嘅水胎氣就會解㗎啦。不過前幾年嚟咗個道人叫做如意真仙，霸佔住呢眼泉水，喺上面起咗個聚仙庵，邊個要打水都要向佢獻祭先得啊。」

孫悟空一聽到原來有解藥，即時就話：「師父你放心啦，我去打水返嚟畀你飲，你好快就會無事。」然後就一個筋斗飛去解陽山喇。

去到之後，果然見到有座道觀，孫悟空就上去請觀裏面嘅道人通報。點知嗰個如意真仙一聽話孫悟空嚟求水，馬上攞起對如意鉤衝出嚟大鬧：「孫悟空，你害咗我姪仔紅孩兒，我要搵你算賬！」

孫悟空一聽就笑喇：「紅孩兒而家跟住觀音菩薩做善財童

子，都不知幾好。噉點算係害佢呢？」

如意真仙話：「佢自己做山大王，唔好過幫人做跟班？！」講完，舉起雙鈎就打過嚟。孫悟空舞起金箍棒迎戰，三幾下手勢打退咗個如意真仙，然後就入去道觀搵泉水。

入到去之後，佢果然見到有一個水井，於是攞起吊桶準備打水。但如意真仙唔忿輸，不停嚟搞亂，搞到孫悟空顧得頭來顧唔到尾，始終打唔到水。

孫悟空嬲起上嚟，一個筋斗飛返去搵埋沙和尚一齊幫手。佢自己去追住如意真仙嚟打，沙和尚趁機打咗一桶水，然後就施施然走人喇。

佢兩個返到唐三藏身邊之後，噚噚聲將水攞畀唐三藏同豬八戒飲。過得一陣，只見佢兩個猛叫肚痛，即刻走咗去屙肚。屙完幾次之後，佢哋個肚就唔再漲，胎氣已經散咗喇。

孫悟空見師父好翻，就將剩低嘅井水留畀老婆婆，老婆婆千多得萬多謝，話呢桶水夠佢養老喇。第二日，唐三藏師徒又再繼續起程了。

行咗三四十里之後，佢哋嚟到西梁國界。呢度城裏城外全部都係女人，唔見一個男子。守門嘅女官聽講佢哋係東土大唐來客，就將佢哋接入驛站休息，等國王倒換關文。

結果呢個消息報到去西梁女王嗰度，佢忽然開心到不得了，話：「呢個唐三藏係大唐國嘅御弟，我哋西梁女國從來都冇男人，我要招佢做國王，我願意做佢嘅王后。」

於是，女王就派使者去到驛站，向唐三藏求親喇。

唐三藏一聽話女王要嫁畀自己，嚇到手揗腳震，連忙問孫悟空點算好。孫悟空話：「師父你放心應承，老孫自有辦法。」佢對個使者話：「女王要同我師父成親都得，不過要先幫我哋倒換關文，我哋師兄弟三個就代師父去取經。」

　　豬八戒跟住話：「仲要擺一圍允婚酒，我哋食完先得。」

　　個使者見咁容易就完成到任務，開心到不得了，歡天喜地噉就返去向女王回報。女王一聽唐三藏肯留低，驚喜萬分，馬上親自擺駕嚟迎接唐三藏，又吩咐人大排筵席，請唐三藏師徒飲宴。

　　見面之後，女王見唐三藏生得天庭飽滿，眉清目秀，氣宇軒昂，越睇就越鍾意，簡直想馬上入洞房完成婚禮。唐三藏聽咗孫悟空教路，希望儘量拖延時間，於是就話要先送三個徒弟出城，然後再返嚟成親。

　　出城之後，唐三藏忽然走落馬車，對女王話：「陛下，貧僧身負去西天取經嘅使命，唔可以陪伴陛下啦。」

　　講完，豬八戒同沙和尚就走上嚟護住唐三藏準備走人。點知路邊忽然殺出個女子，大聲話：「唐御弟，你既然唔做國王，就跟我返去啦！」講完，颾起一陣旋風，將唐三藏搶走咗。

　　孫悟空本來想使個定身法將西梁國嘅人定住，點知師父忽然畀人搶走咗，真係老貓燒鬚了。佢嚟唔切後悔，馬上一個筋斗就追過去，豬八戒同沙和尚亦都跟住騰雲駕霧而去，嚇到西梁國君臣腳都軟晒。

　　話說個女妖轉眼就將唐三藏捉到返自己山洞，洞門之上

寫住「毒敵山琵琶洞」六個大字。女妖坐喺個亭裏面，叫手下扶唐三藏出嚟相見，拖住唐三藏隻手話：「御弟哥哥，我呢度清閒自在，你就留喺度陪我啦。」

唐三藏正唔知道點對答，孫悟空忽然出現喺眼前。原來佢追到嚟洞外，變成隻蜜蜂飛入嚟打探情況，眼見唐三藏畀女妖誘惑，怕師父把持唔住，所以就即時現出原形，大鬧話：「你個妖精醜人多做作，食我一棍！」講完就一棍打過去。

女妖畀佢撞破好事，亦都破口大罵：「孫悟空，你唔識得老娘？連你如來佛祖都怕咗我啊！」講完，擺出一把三股叉，就同孫悟空大打出手。佢兩個翻翻滾滾，從洞裏面一路打到出洞外面，守喺洞前嘅豬八戒見到，亦都過嚟幫手。三個人打到天昏地暗，始終不分勝負。女妖見打佢兩個唔贏，翻身使出一個倒馬椿，唔知用乜嘢喺孫悟空頭皮上面一拮，痛到孫悟空呱呱叫，敗陣而回。豬八戒見孫悟空受傷，亦都嘩嘩臨走人喇。

女妖打咗勝仗，就返去洞府裏面繼續搵唐三藏。孫悟空個頭本來刀斬雷劈都唔怕，諗唔到今次老貓燒鬚畀個女妖拮傷，惟有叫豬八戒繼續去挑戰。結果豬八戒去到洞門前同個女妖打得一陣，又畀個女妖拮傷個豬嘴，痛到佢鬼殺咁嘈，亦只好「三十六着，走為上着」，慌忙逃走。

眼見女妖厲害，佢哋三師兄弟正係唔知點算好，忽然見到前面有個老婦人行過。孫悟空定眼一睇，原來係觀音菩薩嘅化身，於是馬上上去行禮。觀音就話：「呢個妖精係隻蠍子

精，拮傷你哋嘅係佢條尾上嘅鈎，叫做倒馬毒。佢之前喺雷音寺聽如來講經，如來用手推咗佢一下，結果界佢拮中大拇指，都痛到不得了。你哋想治佢，要搵昴日星官至得。」

孫悟空一聽有辦法，就馬上飛去天宮搵昴日星官。昴日星官好爽快，即刻跟住孫悟空去到毒敵山。佢先係醫好咗孫悟空個頭同豬八戒個嘴，然後就叫孫悟空再去上門挑戰。

個女妖正喺度說服唐三藏同自己相好，聽聞孫悟空又嚟挑戰，就攞住三股叉出嚟迎戰。打得一陣，孫悟空忽然大喝一聲：「星官喺邊？」

話音剛落，就見昴日星官喺山坡之上現出真身，原來係一隻雙冠大公雞。佢對住個女妖大叫一聲，女妖當堂嚇到現出原形，原來係隻琵琶咁大嘅蠍子精；昴日星官再叫一聲，隻蠍子精即時手腳冇力，孫悟空趁機上去一棍，將佢打死咗。

搞掂咗個妖精，三師兄弟就闖入山洞救翻唐三藏，多謝過昴日星官，又再繼續上路喇。

「老貓燒鬚」—— 粵語裏面形容老手都出錯，有個講法叫做「老貓燒鬚」。原來喺冬天，因為夜晚溫度低，家養嘅貓都鍾意匿喺熄火嘅爐灶旁邊取暖。而到咗第二日一早，因為

主人要重新點火，有經驗嘅老貓就會自動自覺行開，以免被燒到，而冇經驗嘅貓仔就容易中招。所以粵語就用「老貓燒鬚」，來形容嗰啲有經驗嘅人都會出錯喇。

**歷史文化知多啲**

　　「女兒國」──呢一回裏面講到嘅「西梁女國」，又稱為「女兒國」，裏面只有女人冇男人，當然只係小說嘅藝術創作。而喺現實之中，中國雲南省瀘沽湖嘅摩梭族，亦都被稱為「女兒國」，因為呢度被稱為中國最後嘅母系氏族社會。摩梭人以母系家庭為基本生活單位，實行走婚制度，男女都生活喺自己嘅母系家庭之中，「男不婚女不嫁」，係一種非常獨特嘅社會型態。

聽古仔

# 第二十九回

# 難辨真假美猴王

　　唐三藏師徒離開咗西梁女國，一路繼續前行，呢一日行到一段平陽之地。豬八戒見道路寬闊平坦，就想表現下，走去催白龍馬跑快啲。點知白龍馬唔聽佢支笛，照樣行得不緊不慢。孫悟空喺旁邊見到就偷笑啦，話：「八戒你行開，等我嚟趕馬。」跟住行埋去用金箍棒揮一揮，喝咗一聲，嗰匹白龍馬就跑到飛咁快。

　　原來，孫悟空當年喺天庭做過弼馬溫，所以係馬都怕佢嘅。

　　白龍馬背上仲坐住唐僧，但佢就係咁跑，一路跑咗二十幾里路先慢翻落嚟。到得白龍馬剛剛想慢慢行嘅時候，忽然一聲鑼響，路邊衝出幾十個山賊，要攔路打劫。唐三藏就話：「貧僧係東土嚟嘅僧人，沿路靠化緣為生，冇錢㗎！」

　　嗰班賊人邊度肯信？一味喺度要打要殺，唔肯放唐三藏走。唐三藏冇計，惟有推託話自己嘅徒弟喺後邊，佢哋身上有錢。班賊人於是將唐三藏綁住吊喺樹上，等佢嘅徒弟過嚟。

　　孫悟空遠遠見到師父畀人吊咗起身，知道遇到山賊，於是搖身一變，變成個和尚仔，走上去見唐三藏。班賊人見到佢過嚟，第一時間問佢攞錢，孫悟空就話：「畀錢你哋都得，

但有錢兩份分，我都要一份。」

領頭兩個賊人笑住話：「你個和尚仔都幾蠱惑啵，仲想瞞住師父留翻一份，好啦，如果有多就畀啲你啦。」

點知孫悟空話：「我係話你哋打劫嘅銀兩，分一份畀我啊。」激到班山賊火都飆晒，刀槍並舉就過嚟打孫悟空。孫悟空任由佢哋斬咗幾十刀，毛都冇少一條。班山賊畀佢嚇咗一跳，孫悟空點會放過佢哋？於是攞條金箍棒出嚟，一棍一個打死領頭嘅賊人，剩低嘅山賊亦就一哄而散了。

孫悟空打死咗山賊，將唐三藏救翻落嚟。點知唐三藏又怪責佢亂殺人，鬧咗佢一餐，搞到孫悟空條氣好唔順。

匯合豬八戒同沙和尚之後，佢哋繼續前行，嚟到一對老夫婦嘅屋企前。老夫婦招呼佢哋食齋，又歎氣埋怨自己個仔唔生性，喺外面做打劫嘅營生。唐三藏師徒聽完都唔知點搭話好了。到咗夜晚，唐三藏師徒都已經瞓落牀，卻突然發現嗰班山賊搵到上門！原來，老夫婦個仔正係呢班山賊嘅其中之一人。

老伯唔忍心唐三藏佢哋被殺，於是偷偷打開門，叫佢哋快啲走。結果嗰班賊人唔識死仲喺後邊追趕，最後畀孫悟空三兩下手勢全部打死晒。

唐三藏覺得孫悟空兇性不改，無啲慈悲心腸，又再亂咁殺人，發起火上嚟又要趕佢走，孫悟空梗系唔肯走啦，但唐三藏念起緊箍咒佢又實在痛到頂唔順。孫悟空冇晒辦法，惟有飛去搵觀音菩薩鳴冤。

唐三藏趕走咗孫悟空，嬲爆爆噉帶住豬八戒同沙和尚繼續上路。行到又渴又餓嘅時候，佢叫豬八戒同沙和尚去打水。結果兩兄弟去咗好耐都未返，反而忽然見到孫悟空返咗嚟，捧住碗水話：「師父，我唔喺度你連水都冇得飲，點去西天啊？」

　　唐三藏鬧佢話：「你快啲走，我渴死都唔飲你嘅水！」

　　點知呢個孫悟空忽然發爛鮓，擢起鐵棍喺唐僧背後打咗一下，打到唐僧當堂暈咗，然後佢將兩個包袱搶咗就走，不知所終。

　　豬八戒同沙和尚化緣返嚟，赫然發現師父暈低喺地，仲以為佢畀山賊打死咗添。等到唐三藏醒翻，講出孫悟空打人搶行李嘅事，佢兩個都覺得十分之奇怪。三個人討論咗一番，最後決定由沙和尚去花果山搵孫悟空要行李。

　　沙和尚趕到花果山，孫悟空竟然對佢話：「唐三藏呢個和尚真係冇鬼用，我搶佢行李度牒，正係打算自己去西天取經。」

　　沙和尚覺得好奇怪：「從來都係唐三藏取經，冇聽過孫行者取經嘅。大師兄，你去到西天，佛祖都唔會傳經畀你㗎啦。」

　　孫悟空一拍手話：「我另外搵個唐三藏咪得咯，有請師父！」跟住，只見一個唐三藏，一個豬八戒同一個沙和尚從後面走出嚟，真係同佢哋生得一模一樣。

　　沙和尚一見就發火啦，舉起降魔杖一杖打過去，將個假

沙僧打死咗，原來係個猴精。

孫悟空見沙和尚出手，亦都舉起金箍棒嚟打。沙和尚唔敢迎戰，駕起雲霧就飛去南海，搵觀音菩薩告狀。

誰不知佢去到南海見到菩薩，菩薩就對佢講：「孫悟空？佢幾日前就已經嚟咗我呢度，一路都冇走過㗎！你點會喺花果山又見到佢？」

沙和尚一睇，果然見到孫悟空喺菩薩身邊。而孫悟空聽講花果山仲有個孫悟空，亦都好火滾，拉住沙和尚就飛去花果山要問個究竟。去到之後，孫悟空果然見到有另一個孫悟空喺度指手畫腳，忍唔住破口大罵：「你係何方妖孽，竟然敢冒充你祖宗？」講完，舉起金箍棒就打過去。

而另一個孫悟空見佢打到過嚟，亦都舉起金箍棒相迎，兩個孫悟空打到天翻地覆，你來我往打咗半日都不分勝負，睇到沙和尚眼都花埋，唔知邊個係真邊個係假，想幫手都幫唔到。

最後，其中一個孫悟空話：「師弟，你既然幫唔到手，就返去回覆師父，我同佢去南海搵觀音菩薩辨個真假。」另一個孫悟空亦都係咁話，沙和尚始終分唔出真假，頭都大埋，無法子惟有返去回報唐三藏。嗰兩個孫悟空就一路打到南海搵觀音菩薩。

觀音菩薩見兩個孫悟空一模一樣，本事不分高下，一時之間亦都分辨唔出，於是偷偷念起緊箍咒，諗住頭痛嗰個就係真㗎啦。點知兩個孫悟空一齊叫頭痛，抱住個頭喺地下打

滾，觀音一停口，又兩個都冇晒事。

今次連觀音菩薩都冇辦法了，只好話：「你當年做過弼馬溫，天宮神將應該認得你，你去天庭試下啦。」

兩個孫悟空繼續拉拉扯扯，一路去到南天門。天宮嘅守將見到有兩個孫悟空，都嚇咗一跳，心諗當年一個孫悟空都搞到天翻地覆，而家兩個仲得嘅？馬上去向玉帝通報。

去到寶殿之上，玉帝見嗰嗰情形，就叫托塔李天王攞塊照妖鏡出嚟，心諗只要一照就知道邊個真邊個假啦。

但李天王用塊照妖鏡一照之下，仍然只見鏡裏面兩隻都係馬騮，衣着毛髮都一模一樣，根本分唔出邊個打邊個。玉帝都冇晒符，其中一個孫悟空呢個時候又叫到：「你跟我去見師父！」

於是兩個孫悟空又飛返凡間搵唐三藏。唐三藏見到兩個孫悟空亦都好驚訝，又係諗住念緊箍咒試下，結果兩個孫悟空反應一模一樣，佢都仲係分辨唔出。

眼見唐三藏都冇辦法，兩個孫悟空又一路打到去地府，嚇到十殿閻王一個二個手揗腳震，話孫悟空當年勾銷咗生死簿，而家查唔到資料。

正喺大家爭持不下嘅時候，地藏菩薩出聲了：「你哋等等，我叫諦聽嚟試下。」原來，諦聽係地藏菩薩經案下面嘅神獸，能夠瞬間查清天下萬物。諦聽趴喺地下聽咗一陣，就對地藏菩薩話：「妖怪嘅名就查到喇，不過唔講得，我哋亦都唔可以幫手捉佢。」

地藏菩薩問佢點解，諦聽話：「呢個妖怪嘅神通同大聖一樣，我哋呢度搞佢唔掂，都係搵如來佛祖出手先得。」

於是地藏菩薩就叫兩個孫悟空去雷音寺搵佛祖。兩個孫悟空於是一路打一路飛，好快就去到西天雷音寺。一眾尊者羅漢都攔佢哋唔住，兩個孫悟空一齊嚟到咗如來佛祖面前。

呢個時候，觀音菩薩亦都嚟到，如來就對佢話：「周天之內，有五仙五蟲，除此之外仲有混世四猴，唔屬於呢十類。」

觀音就問：「係邊四猴呢？」

如來話：「第一係靈明石猴，第二係赤尻馬猴，第三係通臂猿猴，第四係六耳獼猴。其中六耳獼猴能夠知千里之外嘅事，善於聽音明理，呢個假孫悟空就正係六耳獼猴喇。」

嗰個假孫悟空一聽如來佛祖講得出佢嘅來歷，知道今次瞞唔住了，搖身一變變成隻蜜蜂就想走人，結果如來佛祖拋出個金缽盂一下罩落去，將佢罩喺裏面。等到再打開嚟睇嘅時候，個假悟空已經現出原形，果然係一隻六耳獼猴。

孫悟空忍唔住火起，舞起金箍棒兜頭就打落去，將隻六耳獼猴打死咗。

如來見孫悟空仲係咁衝動，就教訓咗佢一番，然後叫觀音菩薩送佢返去搵唐三藏，將事情嘅經過都講翻畀唐僧知。師徒兩個卒之重歸於好，繼續行佢哋西天取經嘅路了。

## 粵語知多啲

「聽笛」—— 呢一回講到白龍馬唔聽豬八戒支笛,粵語裏面「聽笛」係聽話、聽指揮嘅意思。據講呢個「笛」,其實係指喪葬儀式上吹奏嘅嗩吶。因為殯葬樂器以嗩吶為主,其他樂器都要配合,儀式舉行亦都要由嗩吶指揮,而以前習慣將吹奏嘅樂器都稱為「笛」,所以粵語就將「聽笛」引申為聽話、聽指揮嘅意思。由此仲派生出個歇後語「阿聾送殯 ── 唔聽你支死人笛」。

## 歷史文化知多啲

諦聽 —— 喺呢一回裏面,能夠識別真假美猴王嘅,除咗如來佛祖,仲有地藏菩薩嘅坐騎諦聽。諦聽係傳說之中嘅神獸,集多種動物嘅特徵於一身,有虎頭、獨角、犬耳、龍身、獅尾、麒麟足。民間認為諦聽有辟邪、消災、護身嘅作用,所以喺好多地方都有供奉諦聽嘅習俗。

聽古仔

# 第三十回

# 火焰山悟空借扇

　　話說唐三藏師徒一路繼續西行，不知不覺已經係深秋時分。但係好奇怪嘅係，佢哋越行就越覺得天氣炎熱，天地之間好似個蒸籠噉。唐三藏就問：「悟空，而家已經係秋天，點解呢度會咁熱嘅？不如你搵個人問下啦。」

　　孫悟空見到前面有個莊園，就走過去敲門求宿，順便問裏面個老伯點解天氣會咁熱。個老伯招呼佢哋入屋休息，然後解釋：「我哋呢度叫做火焰山，一年四季都咁熱㗎。你哋要往西邊去，再行六十里，就有八百里嘅火焰，周圍寸草不生。嗰度係個生人勿近嘅地方 ，就算你係銅頭鐵骨都會被燒到熔啊！唔去得㗎！」

　　唐三藏一聽大驚失色，當堂無晒心機。正好呢個時候外面有個少年人喺度叫賣米糕，孫悟空就去買咗件米糕諗住孝敬師父，順便問佢：「呢度咁熱，五穀都冇辦法生長，你啲米糕點嚟㗎？」

　　個少年回答：「喺千里之外嘅翠雲山芭蕉洞有位鐵扇仙，佢有把芭蕉扇，一扇熄火，二扇生風，三扇落雨。只要求到佢借扇，潑熄大火，及時播種收割，咁我哋就有糧食㗎啦。不過要好多禮物先求到仙人借扇㗎！」

孫悟空一聽有芭蕉扇就覺得好辦啦，於是問清楚地頭，就一個筋斗飛過去翠雲山芭蕉洞，要搵鐵扇仙借扇。

去到翠雲山，孫悟空一打聽，先知原來呢個鐵扇仙係牛魔王嘅原配，叫做羅剎女，外號鐵扇公主，正係紅孩兒嘅娘親。佢心諗：「今次麻煩喇，之前喺女兒國嗰個如意真仙話係紅孩兒阿叔，已經對我好大意見，而家呢個羅剎女係紅孩兒嘅阿媽，豈不是當我係眼中釘？」

不過既然自己有求於人，要畀人鬧都冇辦法了，孫悟空惟有硬住頭皮去芭蕉洞，求見鐵扇公主。果然，鐵扇公主一聽係孫悟空搵上門，攞起一對寶劍披掛整齊就衝出嚟，指住孫悟空大鬧話：「你隻死馬騮，害咗我個寶貝仔，仲夠膽搵上門？」

孫悟空笑住話：「阿嫂，你嘅講法就唔啱喇。紅孩兒而家喺觀音菩薩嗰度做個善財童子，已經係修成正果，與天地同壽，你應該多謝我至係啊。」

鐵扇公主話：「你仲好講，我而家都唔知幾時先可以見個仔一面！」

孫悟空一聽就話：「你想見個仔就好辦啦，你借把芭蕉扇畀我，等我扇熄火焰山嘅大火，送我師父過去繼續取經，然後我即刻去南海叫紅孩兒嚟見你，順便還翻把扇畀你咪得囉！」

鐵扇公主一聽更加火滾：「你畀我斬幾劍，斬你唔死我就借把扇畀你！」

孫悟空馬上伸個頭出去笑住話：「阿嫂，嚟啦，隨便斬！斬完記得借扇畀我就得啦！」

鐵扇公主亦唔客氣，舉起雙劍兜頭就猛斬落去。點知乒乒兵兵連斬十幾劍後，孫悟空仲係一啲事都冇。鐵扇公主見傷唔到孫悟空，擰轉頭就走，芭蕉扇都未到手，孫悟空又點肯放過佢？於是攞出金箍棒就追上去。兩個人打得一陣，鐵扇公主唔係對手，於是攞把芭蕉扇出嚟對住孫悟空一潑，就將孫悟空潑到無影無蹤。

孫悟空呢下老貓燒鬚，畀羅剎女一扇潑到冇雷公咁遠，好不容易先停落嚟。佢定眼一睇，原來已經到咗小須彌山靈吉菩薩嘅地頭。孫悟空之前對付黃風怪嘅時候嚟過一次，於是就入去搵靈吉菩薩幫手。靈吉菩薩聽聞孫悟空係畀芭蕉扇潑到嚟呢度，就笑住話：「嗰把芭蕉扇一扇就可以將人送出八萬四千里，你能夠嚟到呢度就停低都算犀利㗎啦。正好當年如來佛祖賜我一粒定風丹，你攞住去就唔怕芭蕉扇㗎啦。」

孫悟空得咗定風丹，駕起筋斗雲又飛返到翠雲山芭蕉洞，大叫：「阿嫂開門！」

鐵扇公主見佢咁快返轉頭，都嚇咗一跳，攞起雙劍又出嚟同孫悟空廝殺。打得一陣，佢又用芭蕉扇嚟潑孫悟空，但係今次孫悟空有定風丹幫手，鐵扇公主點潑都潑佢唔郁，冇辦法之下只好走翻入去關實洞門就係喇。

孫悟空見鐵扇公主唔肯出嚟，搖身一變變成一隻小蟲，從門罅捐入去洞裏面，正好見到鐵扇公主喺度飲茶。孫悟空

一飛飛入杯茶裏面，畀鐵扇公主一啖就飲咗落肚。入到鐵扇公主肚裏面之後，孫悟空現出原身大叫：「阿嫂，借把扇畀我啦！」突然喺自己嘅洞府裏面聽到孫悟空把聲，鐵扇公主嚇到面都青晒，慌忙問孫悟空究竟喺邊度。

孫悟空話：「我喺你肚裏面啊！」講完，一腳就踢咗鐵扇公主一下，痛到佢成個跌咗落地。跟住孫悟空喺裏面打武噉呢度一拳嗰度一腳，痛到鐵扇公主滿地打滾，大叫話：「孫叔叔，饒命啊！我借把扇畀你就係啦。」

講完，就叫手下女童攞出一把芭蕉扇。孫悟空咁先從鐵扇公主個口度飛出嚟，攞起把扇就飛返去搵唐三藏喇。

唐三藏見孫悟空借到芭蕉扇，十分高興，馬上上路。行到火焰山附近，孫悟空飛到半空，用把芭蕉扇一潑，只見啲火竟然越潑越大，潑到第三下啲火頭仲飛到千丈咁高，連孫悟空屁股啲毛都燒到冇晒。孫悟空嚇到馬上走返轉頭，搵個土地出嚟一問，先知呢把芭蕉扇係假嘅。

孫悟空問土地去邊度搵真芭蕉扇，土地答話：「大聖你當年大鬧天宮，踢翻老君嘅煉丹爐，跌咗幾塊爐磚落嚟，先有咗呢座火焰山。你要搵真芭蕉扇，就要去搵牛魔王。佢而家做咗玉面公主嘅上門夫婿，喺積雷山摩雲洞啊。」

孫悟空聽咗之後，吩咐豬八戒同沙和尚保護好師父，自己就飛去積雷山搵牛魔王喇。

去到積雷山，只見山間有個女子，生得國色天香，閉月羞花，孫悟空就上去自稱係鐵扇公主派過嚟搵牛魔王嘅。嗰

個女子一聽就發火大鬧話：「嗰個賤人，牛王嚟咗我呢度兩年，我不停噉送禮畀佢，噉都仲唔知醜要嚟搵人？！」

孫悟空一聽，知道呢個必定係玉面公主，於是攞出金箍棒大鬧話：「你呢個女人用錢買老公，簡直不知羞恥！點好意思話人？！」嚇到玉面公主一仆一碌走返去摩雲洞，搵牛魔王告狀。

牛魔王見玉面公主喊到梨花帶雨，埋怨鐵扇公主派人嚟打佢，就話：「我呢個夫人身邊並冇男子，一定係有人招搖撞騙啫，等我出去打佢！」於是佢披掛整齊，攞起一條混鐵棍，就出門嚟睇下咩回事。

孫悟空見牛魔王出嚟，就上前行禮，叫一聲：「兄長，好耐冇見！仲認唔認得小弟？」

牛魔王定眼一睇，認得係孫悟空，就鬧佢話：「我聽聞你大鬧天宮，後來又跟唐三藏去取經。你好好地取你嘅經就係啦，點解要害我個仔，而家又嚟欺負我小妾啊？」

孫悟空就話：「兄長明鑒啊！係紅孩兒想害我師父先嘅，後來得觀音菩薩勸佢改邪歸正，而家做咗善財童子，不知幾開心。之前個女子我唔知係二嫂，兄長你有怪莫怪，就寬恕我啦！我今次嚟係想請兄長幫手，借芭蕉扇畀我，保唐三藏過火焰山啊！」

牛魔王一聽就發火喇：「豈有此理，你一定係搵過我夫人，佢唔肯借扇畀你，你先嚟搵我嘅。我兩個老婆你都蝦，是可忍孰不可忍！」講完，舉起混鐵棍就打過嚟。

孫悟空見講唔掂數，惟有舞起金箍棒迎戰。佢兩個五百年前曾經結拜為兄弟，本事都差唔多，而家兩條鐵棍碰到，果然打到天花亂墜，始終不分勝負。

打咗半日，忽然聽到山上有人大叫：「牛王，我家大王請你去飲宴啊！」

牛魔王於是叫停孫悟空，話自己要去飲宴，等佢飲完先再同孫悟空打過。講完就返入洞中換咗一身衫，騎上辟水金睛獸，趕去赴會喇。

粵語知多啲

「冇雷公咁遠」—— 呢一回講到孫悟空畀鐵扇公主用芭蕉扇潑到「冇雷公咁遠」。喺粵語裏面，經常會用呢個俚語嚟形容非常遙遠嘅距離。關於呢個俚語，有兩種講法。一種認為所謂冇雷公咁遠，係指連雷神都劈唔到嘅地方。傳說之中雷神會用雷電懲罰惡人，一個地方連雷神都劈唔到，當然係好遠啦。另一個講法就認為呢個詞源自於屈大均嘅《廣東新語》，裏面提到「北方有無雷之國，南方有無日不雷之境。」亦就係話北方有啲地方成年都唔打雷，而古時候交通唔夠發達，北方對於南方人嚟講，當然就係好遠嘅地方喇。

## 歷史文化知多啲

「火焰山」——《西遊記》呢一回講到「火焰山」，而喺現實之中亦都有一座火焰山。呢座山位於新疆吐魯番盆地嘅北部，氣候極其炎熱，夏季可以去到四十七八攝氏度，山體表面更加可以去到八十幾攝氏度，真係雞蛋都煮得熟，係中國最熱嘅地方。火焰山喺維吾爾語裏面稱為「克孜勒塔格」，係「紅山」嘅意思。因為夏天炎熱嘅時候，山體喺烈日照射之下，熾熱嘅氣浪翻滾蒸騰，礫石閃閃發光，就好似火焰滔天一樣，所以被稱為「火焰山」。

## 第三十一回

# 眾神惡鬥牛魔王

話說牛魔王同孫悟空打到一半，就畀人叫咗去飲宴。孫悟空心諗：「老牛唔知識咗咩新朋友，等我跟住去睇下咩情況先。」

於是，孫悟空化作一道清風，一路跟住牛魔王，去到一個清水潭，牛魔王就唔見咗人了。孫悟空行近一睇，只見潭邊寫住「亂石山碧波潭」幾個字。孫悟空知道牛魔王肯定係入咗碧波潭裏面，於是搖身一變變成隻螃蟹，亦緊跟住潛入個水潭中。

潛到落水底，孫悟空果然見到一座玲瓏剔透嘅牌樓，牛魔王就坐喺裏面同個老龍精飲宴。佢心諗：「等到你飲完都唔知幾時，而且又未必肯借扇畀我，我都係自己諗辦法好過喇。」

於是孫悟空趁無人發現，又行出龍宮，偷咗牛魔王嘅辟水金睛獸，搖身一變變成牛魔王嘅模樣，就飛去翠雲山芭蕉洞搵鐵扇公主喇。

鐵扇公主見牛魔王忽然嚟到，真係又驚又喜，馬上擺開酒席陪佢飲酒。一邊飲佢就一邊埋怨牛魔王咁耐都唔返嚟，仲埋怨起孫悟空嚟借扇嘅事。

孫悟空詐帝大吃一驚話：「哎呀，夫人，你將芭蕉扇畀咗孫悟空啊？噉點得㗎？」

　　鐵扇公主話：「大王你唔使緊張，我畀佢嗰把扇係假嘅，真嗰把喺呢度。」講完，佢從口裏面吐出一把杏葉咁大嘅扇，遞畀孫悟空話：「呢把先至係真寶貝。」

　　孫悟空見把扇咁細，忍唔住問：「咁細把扇，點潑得熄八百里大火啊？」

　　鐵扇公主飲多兩杯，隨口答到：「大王你咁耐唔返嚟，連自己嘅寶貝都唔記得啦？你只要用左手大拇指撳住扇柄上第七條紅絲，念一句咒語，把扇就變大㗎啦。」

　　孫悟空一聽就高興啦，將把扇放入口裏面，一抹塊面現出本相，大笑話：「阿嫂，你睇下我係邊個？」講完就一個筋斗飛走咗，激到鐵扇公主幾乎暈低。

　　孫悟空帶住芭蕉扇一路飛返去搵師父。行到半路，佢忽然想試下鐵扇公主教嘅咒語靈唔靈，於是跳上個山頭，攞把扇出嚟按照鐵扇公主教嘅辦法一試，果然使得，把芭蕉扇變到一丈二尺咁長。不過孫悟空淨係學識變大，冇學到變細，惟有托住把扇繼續飛返師父度。

　　嗰邊廂牛魔王飲完酒出嚟，發現唔見咗頭金睛獸，估到一定係孫悟空搞鬼，於是飛去芭蕉洞搵鐵扇公主。一見面，鐵扇公主就喊到梨花帶雨，哭訴孫悟空變成牛魔王嘅樣子，呃走咗芭蕉扇。

　　牛魔王聽完大發雷霆，攞起鐵扇公主嘅雙劍就去追孫悟

空。好快，佢就見到孫悟空喺前面托住芭蕉扇悠哉悠哉飛緊返火焰山。牛魔王心諗：「我如果問佢攞翻把扇，佢一定唔肯畀，到時一扇將我扇飛咗去，噉咪冇晒符？等我又整蠱翻你先。」

於是牛魔王搖身一變，變成豬八戒個樣，飛過去對孫悟空話：「師兄啊，師父見你咁耐都唔返嚟，叫我嚟搵你啊。」

孫悟空笑住答話：「我趁牛魔王去飲酒，變成佢個樣搵鐵扇公主呃咗把扇返嚟啦。」

牛魔王又話：「師兄真係辛苦啦，不如我幫你托住把扇啦。」孫悟空冇防備，隨手就將把扇遞咗畀佢。牛魔王攞翻芭蕉扇，念個咒語將把扇變細，然後顯出原形大鬧：「死馬騮，你認唔認得我？」

孫悟空今次畀牛魔王玩翻轉頭，激到扎扎跳，舉起金箍棒就打過去。牛魔王本來想用芭蕉扇潑佢，但係孫悟空有定風丹，邊度可以潑得喎？佢只能舞起雙劍，同孫悟空打起上嚟。

佢兩個嘅本事半斤八兩，相差無幾，所以呢一場大戰打到飛沙走石，地動山搖，仲係不分勝負。呢個時候豬八戒搵到過嚟，見佢兩個打得咁燦爛，亦都舉起九齒釘耙幫手。牛魔王打一個孫悟空都仲頂得順，嚟多個豬八戒就有啲招架唔住了，於是佢搖身一變變成隻天鵝，落荒而逃。

但孫悟空唔肯放過佢，亦都搖身一變變成隻海東青，追住隻天鵝嚟咬。牛魔王又再搖身一變，變成隻黃鷹追翻轉頭。

佢兩個各顯神通，你變白鶴我變丹鳳，你變山豹我變老虎，最後牛魔王變到冇嘢好變，乾脆現出本命原形，原來係隻成千丈咁長，八百丈高嘅大白牛，一對角好似兩座鐵塔咁。孫悟空見佢咁厲害，亦都使出神通，大喝一聲「長！」一眨眼佢都變到身高萬丈，頭如泰山，舉起金箍棒就打落牛魔王度。而牛魔王就用對角硬生生嘅接招。

　　佢兩個呢一番龍爭虎鬥，驚動咗滿天神佛，六丁六甲、十八護教伽藍都一齊過嚟圍攻牛魔王。牛魔王雙拳難敵四手，只好走返去芭蕉洞縮埋。

　　但係區區一個山洞點能夠擋得住孫悟空、豬八戒同滿天神佛呢？豬八戒一耙就將個洞門打到爛晒，牛魔王冇辦法，惟有出嚟繼續應戰。呢個時候，唔單只佛祖座下嘅金剛羅漢過嚟幫手，連玉皇大帝都派托塔李天王、哪吒三太子領兵嚟到了。

　　牛魔王見對方人多勢眾，又再變翻隻大白牛，用對角周圍亂撞。哪吒用斬妖劍斬咗佢個牛頭，佢又生翻一個出嚟。

　　托塔天王見到嘅嘅情形，就攞出照妖鏡照住牛魔王，然後哪吒將風火輪掛喺一對牛角上面，燒到牛魔王狂吼大叫，搖頭擺尾，卒之頂唔順喇，大叫話：「饒命啊饒命啊，我情願歸順佛家啦！」

　　鐵扇夫人見牛魔王戰敗，惟有將芭蕉扇捧出嚟交畀孫悟空。孫悟空得咗芭蕉扇，歡天喜地嘅同一眾金剛天神返去見唐三藏喇。

　　唐三藏多謝過大家，然後就叫孫悟空去滅火。孫悟空飛

到去火焰山附近，舉起芭蕉扇出力一扇，只見火焰山嘅大火果真漸漸熄滅；再扇一下，就覺得涼風習習，扇第三下，真係落起雨上嚟添！

鐵扇公主見孫悟空潑熄咗大火，就嚟搵孫悟空攞翻把扇。孫悟空問佢：「你把扇潑一次只能夠保一年，嗽點先可以斷絕後患呢？」

鐵扇公主答話：「只要連潑四十九扇，大火就永遠唔會再發㗎啦。」

孫悟空聽咗，就出行力向住火焰山連潑四十九扇，之後天上落起滂沱大雨，火焰山終於再都唔會起火喇。

搞掂晒之後，孫悟空亦都言而有信，將芭蕉扇還翻比鐵扇公主，然後師徒四人就從涼風習習嘅火焰山出發繼續上路。

## 粵語知多啲

「潑扇」 —— 粵語裏面講「搧扇子」、「搖扇子」，叫做「潑扇」。有研究者認為嗰個「潑」字嘅本字應該係「撥」字，指搖擺嘅意思，不過發音就係發「潑」音。關於潑扇，仲有個歇後語，叫做「老公潑扇 —— 妻（淒）涼」，表面上係指老公幫老婆潑扇，老婆覺得涼爽，實際上以淒、妻同音，指淒涼、陰功嘅意思。

## 歷史文化知多啲

正妻 ── 呢兩回「三借芭蕉扇」裏面提到，牛魔王除咗結髮妻子羅剎女，仲有個小妾玉面狐狸。好多人都以為中國古代嘅婚姻制度係一夫多妻制，但實際上中國古代實行嘅係一夫一妻多妾制，亦就係話正妻只有一個，妾就可以有好幾個。無論喺社會定係家庭裏面，正妻嘅地位都比較高，而且財產權、子女繼承權等都受到一定程度嘅法律保護；而妾侍嘅地位就比較低，有時甚至會被當成財產出賣或者送人。

聽古仔

# 第三十二回

# 寶塔舍利歸原主

　　唐三藏師徒四個過咗火焰山，行得一段時間，又嚟到一座城池附近。只見呢座城池虎踞龍盤，樓台高聳，氣勢非凡，一睇就知道係一國之都。

　　行到入城裏面，只見市面上一片繁華景象，唐三藏本來都睇得好開心。點知忽然間，佢哋見到有幾十個和尚披枷帶鎖、衣衫襤褸，喺街邊行乞，十分「折墮」。唐三藏覺得於心不忍，就叫孫悟空上去問下佢哋點解會搞成噉。

　　孫悟空一問先知，原來呢班和尚係祭賽國金光寺嘅和尚。金光寺裏面嘅寶塔原本供奉住佛法舍利，金光萬丈，引嚟各國朝貢。但係三年前一場血雨之後，寶物就唔見咗，國王怪罪寺裏面嘅僧人，所以先要佢哋披枷帶鎖。

　　唐三藏跟住班和尚去到金光寺，只見寺裏面有座十幾層高嘅寶塔，不過因為冇人打理，已經顯得十分殘舊。唐三藏就話：「我曾經發願，逢廟燒香，遇寺拜佛，見塔掃塔。既然寺裏面嘅僧人係因為寶塔蒙塵，所以含冤負屈，我就上去掃塔，順便睇睇寶塔係咩原因被污損吧！」

　　於是到咗夜晚，唐三藏就沐浴更衣，同孫悟空一齊一人攞住把掃把，逐層逐層掃上去。

不過呢座寶塔實在十分宏偉，唐三藏掃到第七層，已經係二更時分，再掃多三層，更加係腰酸背痛，惟有對孫悟空話：「悟空，剩低嗰幾層，你幫我掃埋佢啦。」

孫悟空應承咗一聲，打起精神就繼續向上掃塔。掃到第十二層嘅時候，忽然聽到塔頂有人傾偈。佢心諗：「三更半夜，點會有人喺塔頂？一定係妖邪作怪。」於是佢放低掃把，跳上雲頭定眼一睇，只見十三層塔頂果然坐住兩個妖精，喺度猜拳飲酒。

孫悟空一睇就高興喇，攞住金箍棒攔住塔門話：「原來係你兩個妖怪偷咗寶物！」

嗰兩個妖怪嚇咗一跳，正想走人，但係畀孫悟空條金箍棒壓住，邊度喐得？佢哋只好老實交代話：「唔關我哋事㗎！我哋一個叫做奔波兒灞，一個叫做灞波兒奔，係亂石山碧波潭萬聖龍王派嚟巡塔嘅。我哋龍王有位萬聖公主，招咗個九頭駙馬，前幾年專登降落一場血雨偷咗塔上面嘅舍利佛寶。龍王話聽聞有個孫悟空會路過，佢鍾意抱打不平，所以叫我哋嚟巡查。如果見到孫悟空嚟到，龍王就要早作準備了。」

孫悟空諗起之前牛魔王去赴約飲宴，正係去呢個碧波潭見個老龍王，估唔到原來金光寺嘅寶物被盜同佢有關。於是，孫悟空將兩個妖怪捉去見唐三藏，然後第二日，就帶住兩個妖怪去王宮見祭賽國嘅國王。

國王聽唐三藏話寶塔唔再發光，原來係因為有妖怪偷咗寶物，然後又親眼見到兩個妖怪，當堂信晒唐三藏嘅說話，將金光寺嘅和尚放翻晒，又大排筵席招待唐三藏師徒，然後

就懇求唐三藏幫手去搵寶物返嚟。

唐三藏話：「貧僧唔識降妖啵，不過我幾個徒弟嘅本事都唔錯。」

孫悟空見師父讚自己，即時拍行心口，保證幫國王攞翻件寶貝，然後就帶住豬八戒一齊出發去碧波潭喇。國王同滿朝文武見孫悟空豬八戒騰空而去，嚇到連連稱讚東土聖僧果然不同凡響。

孫悟空佢哋嚟到碧波潭，叫兩個小妖入去報信。老龍王一聽，嚇到腳都震埋，但係個九頭駙馬就話：「岳父大人你放心，有我喺度，唔使怕佢孫悟空。」講完，就披掛整齊，手執月牙鏟，出嚟水面迎戰喇。只見呢個九頭駙馬條頸上面真係有九個頭，前後左右嘅動靜都可以睇得一清二楚。佢一見到孫悟空就大喝話：「你個取經嘅和尚，唔去取經，嚟呢度多管閒事做乜啊？」

孫悟空答話：「你偷咗金光寺嘅寶貝，害到班僧人含冤負屈，我哋同出一門，梗係要出下力先得啦。」

九頭駙馬見講唔掂孫悟空，舉起月牙鏟就同孫悟空打起上嚟。佢兩個棋逢敵手將遇良才，打到水面之上波濤洶湧，旁邊嘅山頭飛沙走石，始終都係不分勝負。

豬八戒見佢兩個打得咁激烈，偷偷哋飛到九頭駙馬身後一耙就鋤過去。點知九頭駙馬有九個頭，身後有眼睇得一清二楚，及時用鏟尾擋住咗九齒釘耙，豬八戒傷唔到佢。

不過有豬八戒上嚟幫手，九頭駙馬漸漸抵擋唔住，只見

佢大叫一聲，騰空而起現出本相，原來係隻巨型九頭蟲。佢嘅雙腳尖利如鉤，背後有一對大翼，十幾隻眼一齊放出金光，認真得人驚。

孫悟空同豬八戒見到佢呢個樣都嚇咗一跳，但孫悟空藝高人膽大，一邊講「確係少見！」一邊飛上半空舉棍就打。點知隻九頭蟲一個轉身避開金箍棒，又從腰間伸出一個頭，張開血盆大口，一啖咬住豬八戒將佢拖咗落水底。

孫悟空水性麻麻哋，唔敢追趕，於是搖身一變變成隻螃蟹，熟門熟路游到去水底龍宮。去到之後，趁老龍王掛住同九頭駙馬飲酒慶功，孫悟空偷偷哋將豬八戒救翻出嚟。

豬八戒攞翻九齒釘耙後就直接衝入龍宮，完全不管不顧，一耙又一耙噉乱打一通。老龍王同九頭駙馬措手不及，畀豬八戒打到個龍宮亂晒大龍。九頭駙馬急急腳返去安置好公主，攞出月牙鏟，就出嚟同豬八戒廝殺。萬聖龍王亦都帶住一班龍子龍孫一齊上嚟幫手。

豬八戒見對方人多勢眾，轉身就走返上水面，九頭駙馬同老龍王喺後面緊追不捨。點知孫悟空早就喺水面等緊了，見到老龍王出嚟，兜頭一棍打落去，將佢當堂打死咗。

九頭駙馬見龍王死咗，惟有帶住屍首返去龍宮。

孫悟空旗開得勝，正喺度同豬八戒商量下一步點樣搶翻件寶物，忽然見到天上風起雲湧，原來係二郎神帶住梅山兄弟打獵路過。

孫悟空就叫豬八戒上去攔住佢哋，請二郎神幫手降妖。

二郎神一聽馬上滿口應承，叫豬八戒再去挑戰，將九頭駙馬引出嚟。等個九頭駙馬出到嚟水面，孫悟空、二郎神、梅山兄弟一擁而上，打到班龍子龍孫死傷無數。

九頭駙馬見唔對路，又再現出九頭蟲原形，滿天亂飛。二郎神攞出金弓，用銀彈猛打，痛到九頭蟲呱呱叫，飛到埋二郎神身边，又從腰間伸出個頭要咬二郎神。點知二郎神隻哮天犬從旁邊撲上去，一啖就將佢個頭咬咗落嚟。

九頭蟲受咗重傷，擰轉頭就向北海飛咗去。孫悟空亦都唔再追趕，搖身一變變成九頭駙馬嘅樣，落去龍宮搵到萬聖公主話：「嗰個豬八戒同孫悟空好厲害，我哋都係先將寶物收好，再同佢哋打過。」

公主唔知呢個駙馬係孫悟空，馬上將寶物攞出嚟畀佢。孫悟空攞到寶物，用手一抹塊面現出本相，笑住話：「公主，你睇我係唔係你駙馬？」

萬聖公主知道中計，慌忙想上前搶寶物，結果畀豬八戒喺後面一耙打死咗。孫悟空同豬八戒攞到寶物，多謝過二郎神同梅山兄弟，就捉咗個老龍婆返去見國王同唐三藏喇。

返到祭賽國，孫悟空將佛寶舍利還翻畀國王，重新供奉上金光寺嘅寶塔。寶塔果然又再變得霞光萬道，瑞氣千條。然後，孫悟空又將老龍婆用鐵鏈鎖住，安排佢負責守塔，建議國王將「金光寺」改名為「伏龍寺」，咁就可以長久喇。

國王十分高興，再三多謝唐三藏師徒，幫寺廟掛上「敕建護國伏龍寺」嘅牌匾，又叫人畫低唐僧師徒嘅畫像，供奉

喺寺廟裏面，咁先送唐僧師徒繼續西行。

## 粵語知多啲

「折墮」—— 呢回講到祭賽國嘅和尚披枷帶鎖喺街頭行乞，十分「折墮」。「折墮」呢個詞拆開嚟係「挫折」同「墮落」嘅意思，形容景況淒涼。喺粵語裏面仲有句頗有哲理嘅諺語 ——「有咁耐風流，就有咁耐折墮」，意思係人喺得意嘅時候如果過於放縱，就好容易遭遇挫折同失敗，繼而景況淒涼喇，有「因果循環，報應不爽」嘅含義。

## 歷史文化知多啲

「舍利」—— 呢一回講到祭賽國寶塔嘅舍利畀九頭駙馬偷走咗。所謂「舍利」，又稱為「舍利子」，喺梵文裏面係遺骨嘅意思，原本係指釋迦牟尼遺體火化之後結成嘅珠狀物，歷來都被視為佛門至寶。後來，舍利亦都泛指高僧嘅遺骨，歷史上有唔少高僧圓寂火化後都留低舍利。相傳釋迦牟尼涅槃之後，火化所得嘅舍利由當時八位國王分得，八位國王都將舍利帶返自己國家，修建寶塔供奉。

# 第三十三回

## 小雷音寺鬥黃眉

話說唐三藏師徒一路繼續西行，不知不覺行到一座高山前面。只見呢座山高聳入雲，遠遠望過去好似頂到上天嗽，十分壯觀。再行近一啲，就見山上有一座寺院，祥光靄靄，彩霧紛紛，仲隱隱聽到悠揚鐘聲。唐三藏見到就心生嚮往，當堂精神晒，話要入去寺廟禮佛。

孫悟空望多兩眼，對唐三藏話：「師父，呢座寺院佛光之中帶有凶氣，睇起身似雷音寺，但係道路又唔啱，都係唔好入去為好。」

但係唐三藏就堅持要入去：「你都話佢似雷音寺咯，就算唔係，都係一個佛門聖地，我一場嚟到，點都要入去禮佛嘅。」

孫悟空拗唔過師父，只好跟住佢行過去。眾人嚟到寺廟門前，只見牌匾上寫住「小雷音寺」四個字，唐三藏更加興奮，專門披上袈裟，整理好衣冠，好鄭重嗽入寺拜佛。

點知佢一入門口，就聽到有人喝話：「唐僧，你從東土嚟見到我佛，仲敢怠慢？」嚇到唐三藏馬上跪地叩頭禮拜，豬八戒同沙和尚亦都跟住一齊叩頭，唯獨孫悟空牽住白龍馬喺後面行。

上到大殿，只見如來佛祖端坐寶台之上，下面五百羅漢、三千揭諦等等亦都齊齊整整。唐三藏一步一拜，一路拜到靈台前面，但係孫悟空仲係一碌木噉企喺度。

　　蓮台上有人喝問話：「孫悟空，你見到如來佛祖點解唔拜？」

　　點知孫悟空一啲都唔緊張，又繼續行近仔細觀察，確認咗呢度成班都係妖精嘅嘅，於是攞出如意金箍棒發火大鬧話：「你哋係何方妖孽，竟然敢冒充我佛如來，敗壞佢嘅清名！唔好走，先食老孫一棍！」講完，就跳起身一棍打過去。

　　點知半空之中忽然飛落嚟一個金鐃鈸，將孫悟空扱咗喺裏面。原來蓮台上假冒佛祖嘅真係個妖王！呢個時候，妖王旁邊嗰啲羅漢金剛揭諦菩薩見孫悟空已經被法寶禁錮住，就一個二個現出原形，一擁而上，將唐三藏豬八戒同沙和尚捉咗起身。

　　妖王叫班小妖先將唐三藏佢哋綁起身，等三日之後孫悟空畀個金鐃鈸化咗，就可以安心享用唐僧肉喇。

　　孫悟空喺個金鐃鈸裏面又悶又焗，急到滿頭大汗，舉起金箍棒亂打一通，個金鐃鈸仲係紋絲不動。佢念個口訣，變到千百丈咁高，個金鐃鈸就跟住變大；佢變到蚊滋咁細，個金鐃鈸又跟住變細，搞到孫悟空頭都大晒。

　　最後孫悟空冇晒辦法，惟有將五方揭諦、六丁六甲、護法伽藍叫晒過嚟幫手，但係一眾護法神明亦都打唔開個金鐃鈸。五方揭諦見到嗰嘅情形，就叫其他神明先去保護唐三藏，

自己就飛上南天門，搵玉皇大帝幫手。玉皇大帝聽咗，命令二十八星宿下凡相助。

不過二十八星宿過到嚟，各自出盡八寶，仲係撬唔開個金鐃鈸。最後亢金龍將頭頂隻金角變到繡花針咁細，沿住金鐃鈸嘅罅隙一路鑽入去，終於鑽到入孫悟空身邊。孫悟空見佢隻角雖然伸到入嚟，但係畀個金鐃鈸夾到實，一啲罅隙都冇，於是用金箍棒喺亢金龍隻角度鑽咗個窿，自己縮到細一細捐喺裏面，然後叫亢金龍挵翻隻角出去。

亢金龍出盡九牛二虎之力，終於將隻角挵咗出嚟，孫悟空亦都跟住出翻嚟。佢喺個金鐃鈸裏面悶到抽筋，一出到嚟，唔理三七二十一就一棍打落個金鐃鈸度，當堂將件寶貝打成碎片。

老妖喺裏面聽到一聲巨響，嚇到馬上披掛整齊，攞住條狼牙棒衝出嚟同孫悟空佢哋交鋒。孫悟空見佢個樣似獸唔係獸，似人又非人，於是喝問道：「你究竟係何方妖孽，夠膽假扮如來佛祖？！」

個妖怪話：「我道號黃眉老佛，啲人唔知，就只叫我黃眉老祖或者黃眉爺爺。呢座小雷音寺係上天所賜嘅。你有本事打贏我，我就放翻你師父。你打輸咗，就等我取代你哋去西天取經啦。」

孫悟空聽佢噉講真係畀佢激到笑，大喝一聲：「噉就嚟領棍啦！」講完舉起金箍棒就打過去，黃眉老妖亦都舉起狼牙棒迎戰。兩個人你來我往打咗幾十個回合，旁邊嘅二十八宿、

五方揭諦眼見雙方仲係不分勝負，就紛紛舉起兵器過嚟助戰。

黃眉老妖見對方人多勢眾，又唔驚青啵，只見佢一隻手舞住狼牙棒，另一隻手喺腰間解落個殘殘舊舊嘅白布袋，往天上一拋，當堂將孫悟空、二十八宿、五方揭諦一齊裝晒入去。然後黃眉老妖就施施然嘅拎起個布袋，得勝而歸喇。

返到入小雷音寺，黃眉老妖叫小妖將捉返嚟嘅天兵神將全部綁起身，自己就去飲酒慶功。到咗半夜，孫悟空使個遁身法，偷偷哋出去救翻唐三藏豬八戒同沙和尚，又放晒一班天兵神將。佢正準備去攞翻啲行李包袱，點知一個唔覺意件行李跌咗落地，驚醒咗黃眉老妖。

黃眉老妖見捉返嚟啲人都走晒，拎住狼牙棒就追出嚟。孫悟空同一眾天兵神將一齊迎戰，老妖手下嘅小妖亦都一擁而上，雙方一場混戰，打到天昏地暗、飛沙走石，黃眉老妖見打極都贏唔到，又伸手去攞個舊布袋。孫悟空眼利，見佢伸手馬上醒水，大叫一聲：「大家快啲走！」跟住一個筋斗就跳到九霄雲外。但係其他人冇佢反應咁快，結果又畀黃眉老妖用個布袋捉晒返去。

孫悟空見個妖怪法寶厲害，不由得一時感慨，既為損失咁多天兵神將恐怕會無辦法向玉帝交待而發愁，亦都為師父處處遇到妖精嘅際遇而歎息。流咗幾滴馬騮淚之後，佢忽然諗起有位天神叫蕩魔天尊，就決定去武當山試下搵佢幫手。蕩魔天尊見孫悟空搵到上門，就話：「我未得到玉帝御旨，唔敢隨便出手啊。噉啦，我派龜、蛇兩位大將，同五大神龍去

幫你手，應該都搞得掂㗎啦。」

於是，孫悟空就帶住龜、蛇兩位大將同五大神龍，一齊嚟到小雷音寺門前挑戰。黃眉老妖見孫悟空又殺到上門，攞住狼牙棒就出嚟迎戰。龜蛇二將同五大神龍各顯神通，水火齊施，打到黃眉老妖有啲手忙腳亂。佢見自己雙拳難敵四手，又伸手去攞個舊布袋。孫悟空一睇見就大叫：「大家小心！」講完就飛咗上天，嗰幾位神將唔知佢叫大家小心啲乜，結果又畀黃眉老妖用個布袋裝晒返去。

孫悟空見連蕩魔天尊嘅部下都打唔贏個妖怪，一時之間無計可施，十分惆悵。呢個時候，一直暗中守護佢哋嘅值日功曹提醒佢，可以去南贍部洲，搵一位大聖國師王菩薩座下嘅小張太子過嚟幫手。但係呢位太子亦始終都係搞唔掂個布袋，又畀黃眉老妖捉埋返去。

連續折損多方人馬，孫悟空又急又嬲，正喺度頭痕，忽然見到天上一朵彩雲落地，有人大聲話：「孫悟空，你認唔認得我啊？」

孫悟空定眼一睇，原來係滿面笑意盈盈嘅彌勒佛祖。佢馬上走上去行禮問好，彌勒佛祖就話：「我今次嚟，係專門幫你降伏呢個妖怪嘅。佢原本係我座下司磬嘅黃眉童子，趁我去見元始天尊嘅時候私自下凡，仲偷咗我幾件寶貝。嗰個布袋係我裝嘢用嘅，叫做人種袋，嗰條狼牙棒係用嚟敲磬嘅。」

孫悟空一聽就大叫：「好啊，你個彌勒佛，座下童子竟然假扮如來，該當何罪先？」

彌勒佛有啲慚愧了：「呢次確實係我唔小心，不過你哋師徒魔障亦都未完，所以先有各方神靈下界為禍。我而家咪嚟幫你手囉。」

講完，彌勒佛叫孫悟空再去寺前挑戰，引黃眉老妖去到一塊西瓜田度，然後孫悟空自己再變成隻西瓜。等黃眉老妖食咗落肚，嗽就任得孫悟空處置啦。

孫悟空言聽計從，又再去到小雷音寺門前挑戰，黃眉老妖出嚟笑佢話：「你周圍班救兵都唔夠我打，今次得你自己一個又點係我對手啊？」

孫悟空唔睬佢咁多，一棍就打過去。兩個人又再你來我往打起身。孫悟空且戰且退，嚟到一片西瓜田旁邊，就地一碌，變成一隻大西瓜。黃眉老妖追到過嚟，唔見咗孫悟空，淨係見到滿地西瓜。佢打咗咁耐都覺得口渴了，就大聲問：「啲西瓜係邊個種㗎？」

彌勒佛變成個瓜農行出嚟話：「係小人種嘅，大王要食啊？我揀個熟嘅畀你啦！」

講完，彌勒佛就將孫悟空變成嘅西瓜遞畀黃眉老妖。黃眉老妖唔知頭唔知路，攞起個西瓜就食，孫悟空趁機一個筋斗就捐咗入黃眉老妖個肚裏面。入到去之後孫悟空就得戚啦，又係打筋斗，又係豎蜻蜓，喺裏面翻江倒海，痛到個黃眉老妖滿地打滾。呢個時候，彌勒佛祖現出本相，笑笑口話：「孽畜，你認唔認得我啊？！」

黃眉老妖見主人駕到，仲邊度敢作怪？猛咁求孫悟空饒

命。彌勒佛攞翻個舊布袋同個敲磬槌，叫翻孫悟空出嚟，用個布袋一下子將黃眉老妖裝咗入去，然後又將孫悟空打碎嘅金鐃鈸整翻好，就告辭離開了。

　　孫悟空跟手殺入小雷音寺，將剩低嘅妖怪打死晒，然後將唐三藏豬八戒沙和尚，仲有一眾天兵天將全部救返出嚟。

　　——多謝過佢哋之後，孫悟空就一把大火燒咗個小雷音寺，一行四人繼續上路。

粵語知多啲

　　「出盡八寶」—— 粵語裏面形容用盡辦法，叫做「出盡八寶」。所謂「八寶」，有好多唔同嘅講法，例如佛家八寶 —— 法螺、法輪、寶傘、寶蓋、蓮花、寶瓶、金魚、盤長結；道家八寶 —— 葫蘆、團扇、寶劍、蓮花、花籃、魚鼓、橫笛、玉板；雜八寶 —— 石磬、金錠、銀錠、寶珠、珊瑚、古錢、如意、犀角等等。無論係邊一種「八寶」，總之八寶都出盡，就形容所有辦法都用過，盡晒力喇。

## 歷史文化知多啲

　　彌勒佛 —— 又稱為彌勒菩薩，係中國民間知名度最高嘅菩薩之一，相傳係未來繼承釋迦牟尼佛成為未來佛嘅菩薩。彌勒佛嘅民間形象通常係一個笑口常開、大腹便便嘅和尚，所以又被稱為「笑口佛」、「大肚佛」。喺中國歷史上，著名嘅彌勒教、白蓮教都係信奉彌勒佛或者彌勒轉世，曾經多次以此號召聚眾造反，而武則天也曾經為咗稱帝而自稱彌勒佛轉世。可見彌勒佛喺中國影響十分深遠。

聽古仔

# 第三十四回
# 八戒開山立頭功

　　唐三藏師徒離開小雷音寺繼續上路，行咗一個幾月，眼睇又已經係春暖花開嘅時節喇。呢一日，佢哋見到路前方有個山莊，就上去敲門希望可以借宿一晚。開門嘅老人家聽講佢哋係東土大唐嘅和尚，要去西天取經，就話：「你哋要借宿好容易嘅啫，但係要去西天就難咯，淨係我哋呢度都過唔去啊。」

　　唐三藏一聽就緊張啦，問佢點解，老人家解釋話：「呢度叫做小西天。我哋條村往西三十里，有一條稀柿衕，又叫七絕山。嗰度滿山都係柿果。因為少人行，所以成條路畀柿果堆滿晒，時間一長就全部爛晒發霉，塞滿晒成條山路，根本行唔過去，而且臭到不得了，簡直係生人勿近啊！」

　　孫悟空滿不在乎嘅話：「你個老人家咪淨係識得嚇人先得噃！我哋師兄弟一路之上都不知降伏幾多妖魔鬼怪了，仲會怕一條區區爛路？」

　　老人家見孫悟空話自己靠嚇本來都有啲嬲，點知後來一聽孫悟空話識得降妖伏魔，當堂表情都變晒，好聲好氣招呼佢哋入屋休息，又擺開齋飯嚟招呼佢哋。

　　孫悟空見佢忽然咁好招呼，知道呢位老人家一定有事

相求，就開門見山問佢有咩需要幫手。老人家好客氣噉起身答：「老漢姓李，呢度叫做駝羅莊，本來生活都幾安定嘅。點知三年前忽然嚟咗個妖怪，不論男女老幼、家禽走獸，都一啖吞落肚。三年來佢都不知傷咗我哋幾多條人命了。我哋請人嚟想降服佢，但始終都搞唔掂。長老如果能夠降妖，我哋莊一定重重酬謝，不論係要錢、要田地都隨便你哋揀！」

孫悟空聽完就哈哈大笑話：「我哋係要去取經嘅僧人，唔需要啲咩酬謝，有餐飯食就得㗎啦。」咁啱得咁橋，佢啱啱講完，就聽到外面狂風陣陣，李老伯聲震震噉話：「妖怪嚟啦！」於是一班人拉埋唐僧一齊慌忙避入屋。

孫悟空叫豬八戒同沙僧守住門口，佢自己就攞出條金箍棒，一個翻身跳上半空，攔住妖怪大喝一聲：「你係何方妖孽，夠膽喺度傷害人命？」

點知個妖怪粒聲都唔出，淨係攞枝槍亂咁舞。孫悟空見佢唔講嘢，亦就唔再同佢廢話，舉起金箍棒打過去，打到個妖怪只有招架之功，毫無還手之力。豬八戒喺下面見到妖怪只識抵擋唔識進攻，亦都跳上去幫手。點知個妖怪見九齒釘耙打到過嚟，又使多一枝槍擋住。豬八戒就奇怪啦，問孫悟空呢個到底係咩妖怪，孫悟空話：「呢個妖怪未識講嘢，陰氣重怕太陽，所以天光時實會逃走，到時我哋唔好放過佢！」

過得一陣，旭日東升，個妖怪果然馬上走翻轉頭，一下子就捐入個山窿裏面。原來佢係一條紅鱗大蟒蛇，嗰兩枝槍正喺佢條開叉嘅蛇信。豬八戒一耙鋤落去，淨係鋤中條蛇尾，

條蛇嘅大半截捐咗入山窿點都搰唔出嚟。

孫悟空就話：「八戒，你放開佢，呢條蛇嘅蛇身咁長，喺山洞裏面好難轉彎，一定有另一個窿出嚟嘅，我哋去另一頭等佢。」

於是豬八戒放開條蛇尾，然後同孫悟空跑到去前山，果然條蛇係前山的洞口竄咗出嚟。佢見孫悟空同豬八戒趕到過嚟，諗都唔諗張開血盤大口就咬，豬八戒嚇到猛咁向後退，但係孫悟空就反而迎上去，畀條蛇一啖吞咗落肚。

豬八戒見孫悟空都畀條蛇吞咗，心諗：「弊傢伙，我同隻馬騮聯手都打佢唔贏，而家得翻我一個，點打啊？！」佢正係嚇到不知如何是好，忽然聽到孫悟空喺條蛇嘅肚裏面大叫：「八戒唔使驚，我無事！你想唔想睇下條蛇變成一座橋？」話音剛落，豬八戒就見條蛇忽然成條拱咗起身，真係好似條橋，肯定係孫悟空喺佢肚裏面戙起條金箍棒撐成嗰樣啦。孫悟空喺條蛇肚裏面玩得興起，可憐條大蟒蛇一陣變成一條船，一陣又變成一支桅杆，被佢玩到死去活來。最後條蛇妖實在抵受唔住折磨了，猛咁向前竄出二十幾里路，掙扎咗幾下，終於斷氣。孫悟空見已經無得再玩，就喺蛇肚皮度開咗個大窿，施施然走翻出嚟。

打死咗妖怪，豬八戒同孫悟空拖住條大蟒蛇返到駝羅莊，莊裏面嘅人對佢哋感恩戴德，千多得萬多謝，留唐三藏師徒住咗好幾日先肯放佢哋走。

啟程嘅呢一日，唐三藏師徒繼續上路，有幾百個駝羅

莊嘅村民一齊嚟送行。一大班人行到嗰個稀柿衕嘅山口，只聞到一陣惡臭，原來係山路上塞滿晒爛柿，完全冇辦法行得過去。

駝羅莊嘅人就話要另外開一條山路畀唐三藏佢哋，孫悟空就笑了：「你哋新開一條山路，都唔知要搞到何年何月。我有個辦法，你哋攞多啲食物過嚟，畀我呢個長嘴師弟食飽咗，佢就可以負責開路㗎啦。」

豬八戒一聽就耍手兼擰頭：「大師兄，你哋個個都怕臭，唔通我唔怕㗎咩？」

唐三藏見佢噉講，就喺旁邊打氣鼓勵佢話：「悟能，呢次如果你可以開到路，就記你一個頭功！」

豬八戒見師父都出聲同佢打氣，當堂滿心歡喜，搖身一變就變成一隻百丈咁高嘅巨型山豬，風捲殘雲噉將村民送嘅食物一掃而光，然後就用隻豬嘴不斷向前拱，往前開路。而駝羅莊嘅村民亦都好齊心，不斷接力送食物過嚟。就係噉樣，豬八戒吃完就開工拱路，攰咗又繼續食嘢，兩日後真係畀佢打通咗條路啵！唐三藏師徒得以繼續西行，而七絕嶺呢條山路亦都可以畀百姓重新通行喇。

過咗七絕嶺，唐三藏師徒繼續一路前行，好快又嚟到一座城池附近。只見城門上門寫住「朱紫國」三個大字，城裏面車水馬龍，一副繁華景象。

去到會同館，負責接待嘅官員就安排唐三藏去見國王倒換關文。唐三藏怕三個徒弟嚇親國王，所以將佢哋留咗喺會

館。國王見到唐三藏十分高興，話：「寡人病咗好耐，今日剛剛先出榜招醫，就有高僧來訪，真係好意頭咯。」於是下令設齋宴款待唐三藏。

孫悟空佢哋幾個喺會同館裏面無所事事，沙僧話要準備煮飯了，於是孫悟空就捉住豬八戒出去買調料。行到鼓樓附近，豬八戒見店舖附近人多擠逼，點都唔肯再行，要企喺牆邊等孫悟空返嚟。孫悟空一個人行行下，見到路邊有一大班人聚集喺度議論紛紛，於是走埋去八卦下。原來係朱紫國國王因為久病難癒，所以發榜招募名醫，仲話邊個可以醫好國王嘅病，國王就願意將一半江山送畀佢。

孫悟空一睇就高興喇，佢使個隱身法偷偷哋上去揭咗王榜，諗住返去搵埋豬八戒一齊走。點知去到牆邊，見到豬八戒企喺度用個豬嘴頂住牆，瞓得不知幾香甜！佢玩心大發，決定整蠱一下豬八戒，於是輕手輕腳將張王榜塞落豬八戒度。

看守王榜嘅太監校尉搵唔到張王榜，嚇到四圍咁搵，結果發現原來王榜被塞喺豬八戒懷裏面。佢哋高興到不得了，拉住豬八戒就要帶佢入王宮幫國王醫病。

豬八戒一頭霧水，知道一定係孫悟空整蠱自己，於是要班太監校尉叫埋孫悟空，噉先肯一齊入宮。

孫悟空去到王宮，準備幫國王醫病。點知國王一見佢尖嘴猴腮嘅面容，即時被嚇到跌咗落龍牀，連連推託話自己病得緊要，唔見得陌生人，唔肯再出嚟見孫悟空。孫悟空就話：「唔使見面都得，我可以懸絲診脈。」

講完，孫悟空揪咗三條毫毛，吹一口氣喝一聲「變！」毫毛就變成咗三條絲線，然後佢叫太監將絲線嘅一頭綁喺國王手腕上面，自己就喺另一頭幫國王把脈。

把咗一陣，孫悟空就話：「國王呢個叫做雙鳥失羣症，係因為雌雄雙鳥畀風雨驚散，不能相見所致。」百官聽完馬上對孫悟空刮目相看，大讚孫悟空果然厲害，一睇就知道病因。

跟住孫悟空叫醫官準備咗八百零八味藥送到會同館，然後選咗大黃、巴豆各一兩，刮咗半碗鑊撈，再搵白龍馬屙一篤尿混和喺一齊，搓成三粒大藥丸。

第二日，孫悟空將呢三粒藥丸送入王宮，話呢三粒叫「烏金丸」，又囑咐醫官：「陛下食完呢三粒藥丸，我保證佢藥到病除，不過要用未落地嘅無根水送先得。」

醫官就問：「噉豈不是要等落雨先可以服藥？」

孫悟空話：「好人做到底，我就幫你落一場雨啦！」講完一個筋斗跳上半空，將東海龍王叫咗過嚟，叫佢打個乞嗤，人間即時就落咗一場小雨。朱紫國嘅官員百姓紛紛攞器皿出嚟裝水，好快就裝滿咗三盞。

國王用雨水送藥，食咗三粒「烏金丸」，好快就大瀉特瀉，將腹中積滯都排空晒，當堂神清氣爽。再食埋個飯，佢就更加全身有力，可以落牀上殿，拜謝唐三藏喇。

## 粵語知多啲

「鑊撈」—— 喺呢一回裏面，孫悟空用大黃、巴豆、鑊撈同馬尿做成藥丸，畀國王醫病。其中嘅「鑊撈」，指嘅係鑊底積存嘅炭灰，事關以前喺廚房主要燒柴，所以鑊底會積存好多燒完嘅炭灰。因為鑊撈顏色深黑，所以粵語裏面經常用「鑊撈」來形容黑色，例如：「哇，你塊面仲黑過鑊撈啵！」

## 歷史文化知多啲

「懸絲診脈」—— 呢一回講到孫悟空幫國王「懸絲診脈」，即係通過絲線幫病人診脈。相傳喺古代確實有太醫通過「懸絲診脈」幫皇宮裏面嘅女性診病，不過呢個做法過於傳奇，好難講係咪真係有效。傳統中醫講究「望聞問切」，主要指觀察氣色體徵、聆聽聲息聞嗅氣味、詢問病症、指斷脈象等，係診斷疾病最重要嘅步驟。《古今醫統》裏面講：「望聞問切四字，誠為醫之綱領。」

聽古仔

# 第三十五回

# 悟空智盜紫金鈴

　　孫悟空醫好咗朱紫國國王嘅病，國王感激萬分，大排筵席宴請唐三藏師徒四個。喺宴席之上，國王講起自己得病嘅原因：「寡人有位金聖宮夫人，相當於你哋東土大唐嘅正宮皇后。三年前嘅端午節，寡人同幾位夫人正喺度飲酒睇龍船，點知忽然颳起一陣大風，半空中出現咗個妖怪，自稱賽太歲，將我嘅金聖宮搶走咗。寡人畀佢噉樣一嚇，食咗嘅粽就鬱喺肚裏面，再加上思念金聖宮，所以病咗三年。好彩今次得聖僧醫治，先至得以痊癒。」

　　孫悟空聽完笑住話：「陛下你而家病就好翻喇，想唔想搵翻金聖宮返嚟啊？」

　　國王一聽，馬上話：「聖僧如果可以救得金聖宮返嚟，寡人願意將江山都讓畀聖僧！」

　　孫悟空哈哈大笑話：「我哋要去西天取真經，要你江山做乜？」話音都未落，忽然聽到外面風聲響起，塵土飛揚，國王嚇到面都青晒話：「一講妖怪，妖怪就嚟啦！」

　　只見空中呢個妖怪身高九尺，雙眼似燈，紅毛青面，手執長槍，個樣十分得人驚。孫悟空跳上半空大喝話：「你係邊度嚟嘅妖孽？」

個妖怪答話：「我係麒麟山獬豸洞賽太歲大王座下先鋒，今日奉大王之命，要帶兩個宮女返去服侍金聖宮娘娘。你係邊個，夠膽喺度阻頭阻勢？」

孫悟空聽講佢唔係賽太歲，都費事同佢講咁多，舉起金箍棒就打過去。個妖怪挺起長槍同孫悟空廝殺，但係佢點打得過孫悟空？三兩下手勢，就連條長槍都被打斷咗，嚇到佢擰轉頭就走人。

孫悟空趕走咗妖怪，返去同國王打個招呼，就跟住個妖怪一路飛過去麒麟山，打算幫國王搶翻金聖宮返嚟。

去到之後，孫悟空見到山坳裏面火光沖天，接住又變成濃煙滾滾，黃沙漫天，搞到佢都打咗兩個乞嚏，心諗：「呢個妖怪有啲料到啵！」

過得一陣，煙火散盡，就見到有個小妖喺山路上行。孫悟空搖身一變變成個道童，走上去問佢去邊，個小妖答話：「我叫做有來有去，我哋大王叫我去朱紫國落戰書啊！」

孫悟空又問佢點解要落戰書，有來有去答話：「我哋大王前幾年捉咗金聖宮娘娘返嚟，點知有個神仙送咗件五彩仙衣畀娘娘，大王一掂到佢就好似畀針拮咁痛。今日大王叫前鋒大將去搵兩個宮女返嚟服侍娘娘，又畀朱紫國嘅人打翻轉頭，所以大王咪話要同朱紫國開片咯。」

孫悟空搞清楚來龍去脈，就一棍打死咗有來有去，然後帶住佢嘅屍首返去搵國王。國王見孫悟空旗開得勝，梗係高興啦，畀咗一對黃金寶串過孫悟空，用嚟做信物，請佢去救

金聖宮娘娘。

　　孫悟空去到麒麟山，變成有來有去嘅樣一路行到去獬豸洞，入去見到賽太歲就話：「大王，你叫我去落戰書，搞到我畀人打咗三十棍啊！朱紫國而家人強馬壯，擺滿晒兵器，好得人驚㗎！」

　　賽太歲聽咗就笑了：「呢啲嘅嘅嘢，我一把火就燒晒去啦，你去同金聖宮娘娘彙報下，話我一定打勝仗，叫佢唔好擔心。」

　　孫悟空入去見到金聖宮娘娘，請佢喝退旁邊嘅侍從，就攞出國王畀嘅寶串同佢相認。

　　金聖宮見到寶串，當堂流晒眼淚，請孫悟空救佢出去。孫悟空就問佢話：「我見個賽太歲之前又放火又放煙又放沙，究竟係樣乜嘢法寶？」

　　金聖宮答話：「係三個紫金鈴，第一個搖一下就有三百丈大火，第二個搖一下就有三百丈濃煙，第三個搖一下就有三百丈黃沙，如果人吸咗嗰啲黃沙入去會當堂冇命㗎！呢三個金鈴賽太歲會隨身攜帶，從來都唔離身嘅。」

　　孫悟空聽佢講得咁犀利，就叫金聖宮娘娘邀請賽太歲相聚，然後叫佢將三個金鈴畀金聖宮收藏，噉孫悟空就可以乘機偷咗去喇。

　　金聖宮按照孫悟空嘅計策，將賽太歲請過嚟飲宴，一番好言好語，呃到賽太歲心甘情願將三個金鈴交畀佢保管。

　　孫悟空呢個時候仲係變成有來有去嘅樣，見到金聖宮將

金鈴放喺梳妝台上，就趁住賽太歲唔留意，偷偷哋行過去將三個金鈴攞咗過嚟。佢正準備行出洞外，點知一個唔覺意搖到個金鈴，即時噴火颮煙一齊嚟。賽太歲見到洞裏面失火就即刻出嚟睇下咩回事，結果一眼見到有來有去攞住個金鈴，當堂大發雷霆，叫齊一洞嘅妖怪嚟捉孫悟空。

孫悟空丟開金鈴，現出原形，攞出金箍棒，一路打出洞外，嗰班妖怪邊度擋得佢住？賽太歲惟有執翻三個金鈴，叫小妖關好洞門，又返去搵金聖宮喇。

孫悟空見賽太歲有咗防範，就變成隻蟲仔飛返去搵金聖宮，叫金聖宮繼續陪賽太歲飲酒，佢自己就變成個侍女春嬌喺旁邊侍候。

等賽太歲飲得差唔多，孫悟空搣幾條毫毛放入嘴嚼爛，噴出嚟叫一聲「變！」變成一拃跳蝨，全部飛到賽太歲身上，咬到佢周身痕癢無比。

金聖宮知道呢啲跳蝨實係孫悟空嘅傑作，就順水推舟叫賽太歲將衣物同金鈴都解開，話要幫佢捉跳蝨。孫悟空喺一邊趁機用毫毛變咗三個假金鈴，換咗賽太歲嘅真金鈴走。賽太歲唔知頭唔知路，將假金鈴鄭重其事噉交畀金聖宮收好，然後就告辭去休息喇。

孫悟空得咗三個紫金鈴，出到洞外面就大吵大鬧，自稱係朱紫國派嚟嘅法師，要賽太歲快啲交翻金聖宮娘娘出嚟。

賽太歲喺洞裏面聽講有人嚟挑戰，就搵金聖宮攞翻三個假金鈴，手提宣花大斧出門迎戰。佢同孫悟空打得幾十個回

合，眼見打唔贏，就將三個紫金鈴攞出嚟話：「孫悟空你咪走，我搖一搖金鈴就攞你命！」

孫悟空見到，亦都攞出三個金鈴話：「你有金鈴，我都有，不過你嗰個係公嘅，我呢個係乸嘅，你個金鈴怕老婆，見到我個金鈴就唔敢發作㗎啦！」

賽太歲梗係唔信啦，攞起金鈴就搖，結果搖來搖去都冇厘聲氣。孫悟空笑住話：「你搖完啦？搖完輪到我啦㗎！」講完將三個金鈴出力一搖，當堂漫天煙火，滿地黃沙，嚇到賽太歲魂飛魄散，想走都唔知走去邊。

眼睇住賽太歲就要冇命，只聽到半空中有人大聲叫話：「悟空，停手，我嚟啦。」孫悟空抬頭一睇，原來係觀音菩薩。只見觀音用楊柳灑落甘露，一下子就將煙火平息咗。佢對孫悟空話：「呢個妖怪係我座下嘅金毛犼，私自下凡幫朱紫國王消災，我今日專程嚟收翻佢。」

孫悟空覺得好奇怪，問：「佢明明係嚟朱紫國搞事嘅，點解你話佢係嚟幫國王消災呢？」

觀音解釋話：「朱紫國國王當年做太子嘅時候，打獵射傷咗一對雌雄孔雀。佢哋其實係西方佛母孔雀明王菩薩所生，所以佛母交待，要佢夫妻離別三年。我呢隻金毛犼當時聽到，所以就下凡嚟為國王消災應劫。」講完，佢對住賽太歲喝咗一聲，只見賽太歲就地一碌，就變翻隻金毛犼。觀音菩薩又問孫悟空攞翻三個紫金鈴掛喺佢頸上，就騎住返去南海喇。

孫悟空送走咗觀音菩薩，轉頭走入洞裏面打死晒啲小

妖，將金聖宮娘娘接返去朱紫國。國王見到金聖宮返嚟，高興到飛起，正想伸手去扶，忽然間覺得隻手痛到不得了，原來係金聖宮身上嘅彩衣作怪。

呢個時候，忽然見到天上有位仙人嚟到，原來係紫陽真人。佢當年為咗保護金聖宮，送咗件五彩仙衣畀佢防身，而家功德圓滿，所以嚟收翻件衫。

國王知道金聖宮有仙衣保護，三年來都冇畀妖怪埋身，梗係歡喜啦，再三多謝過唐三藏師徒，然後就依依惜別，送佢哋繼續西行喇。

粵語知多啲

「聲氣」—— 呢個詞喺粵語裏面係消息、回應嘅意思，所以「冇聲氣」就係冇回應，冇效果嘅意思。例如呢一回裏面賽太歲搖個假金鈴，就「冇晒聲氣」喇。關於聲氣，粵語裏面仲有兩個歇後語，一個叫做「賣魚佬 —— 有聲氣」，一個叫做「賣魚佬沖涼 —— 冇晒聲氣」。因為賣魚嘅人身上有魚嘅腥味，而粵語「腥」同「聲」同音，所以大家就用賣魚佬嘅腥味嚟形容聲氣喇。

## 歷史文化知多啲

「獬豸」── 呢一回嘅妖怪賽太歲住喺麒麟山獬豸洞。呢個「獬豸」，係中國古代神話傳說之中嘅神獸，樣子同麒麟相似，全身濃毛，額頭有角。喺傳說之中，獬豸擁有好高嘅智慧，能夠辨別是非忠奸，一旦發現奸邪嘅貪官污吏，就會一啖吞落肚，所以又係司法「正大光明」嘅象徵。蘇軾嘅《艾子雜說》裏面就有一個「獬豸辨好」嘅故事，講齊宣王問艾子知唔知道獬豸，艾子就話呢種神獸專食奸臣貪官，如果養一隻喺宮廷，咁就唔使食其他食物咯，意思係話朝廷上嘅奸臣貪官太多，獬豸淨係食奸臣貪官就飽晒喇。

聽古仔

# 第三十六回

# 盤絲洞蜘蛛成精

唐三藏師徒離開咗朱紫國一路繼續西行，不知不覺又從秋天行到春天。呢一日，正係春光明媚，師徒四個一邊行一邊欣賞沿途景色，忽然間見到一座庵林。唐三藏抽起條筋翻身落馬，話要親自去化齋。

孫悟空勸佢唔住，惟有由得佢自己去試下。於是唐三藏換好衣帽，攞住個缽盂就向住個山莊行過去。

去到莊前一睇，只見裏面坐住四個女子喺度做針線，一個個都生得花容月貌，美麗動人。唐三藏睇咗半日，仲係唔見有男人出現，心諗自己如果親自出嚟化齋都化唔到嘅咪好冇面？惟有硬住頭皮行過去。當佢行到埋去，又見到裏面仲有個亭，亭下面另外坐住三個女子喺度踢球，亦都生得十分活潑嬌俏，同嗰四個女子各有所長。唐三藏望咗一陣，見啲女子始終喺度做自己嘅事情，無人理佢，只好大聲問：「女菩薩，貧僧有禮。可唔可以佈施一啲齋飯呢？」

嗰七個女子見到唐僧，一個二個揼低手頭上嘅嘢，笑容滿面擁過嚟將唐僧拉咗入屋裏面坐低，然後就去幫佢整齋菜喇。不過呢七個女子根本就係妖精嚟嘅，佢哋做嘅邊度係真嘅齋菜？其實都係用人肉、人油、人腦做成齋菜嘅樣子，就

擺出嚟招呼唐三藏。

唐三藏自幼齋戒，一聞就知呢啲唔係齋菜啦，邊度夠膽食？佢一味耍手兼擰頭，企起身就想走人。呢塊到口嘅肥豬肉，嗰幾個女妖點肯放過？於是一擁而上將唐僧捉住，將佢綁起身吊咗喺屋樑上面。

唐三藏正喺度暗暗叫苦，就見到嗰七個女子忽然除起衫上嚟，嚇到佢面都青埋。好在佢哋幾個只係除咗外衣，然後就喺腰間噴出一條條雞蛋咁粗嘅絲線，織成一個大網將成個山莊都包住咗。

嗰邊廂孫悟空豬八戒同沙和尚等極都未見師父返嚟，無所事事。孫悟空窮極無聊跳上樹度摘果子食，忽然望見遠處一片光亮，佢知道一定係有妖精作怪，所以馬上飛過去睇下咩回事。

飛到埋去，只見之前個莊園已經唔見咗，淨係見到層層疊疊嘅都係絲線。孫悟空心諗：「呢啲絲線軟綿綿，一棍打落去未必打得爛，反而打草驚蛇啵。」於是佢念個咒語，將當地土地叫咗出嚟問下情況。土地答話：「我哋呢度叫做盤絲嶺，下面有個盤絲洞，裏面有七個女妖。佢哋佔咗山後面一口濯垢泉，日日都去沖涼。呢個時候應該準備出門㗎啦。」

孫悟空聽咗，搖身一變變成隻烏蠅，喺路邊等咗一陣，果然見到七個女子有講有笑噉行過，仲一邊行一邊講：「今次真係有口福啦！我哋快啲沖完涼，返去就將個和尚蒸咗嚟食。」

孫悟空一路跟住七個女妖去到個濯垢泉，見佢哋跳晒落去玩水，心諗：「老孫如果而家出手，一棍就打死晒啦。不過開講有話男不與女鬥，我就噉打死佢哋都係有啲丟架。等我諗個辦法先！」

只見孫悟空又再搖身一變，變咗隻老鷹，飛埋去一爪就將七個女妖嘅衣物都搶走晒，然後就飛返去搵兩個師弟，打算一齊去救師父。豬八戒聽咗就話：「師兄，你都唔斬草除根，殺埋啲妖精㗎？佢哋返轉頭搵我哋晦氣點算？」

孫悟空就話：「我唔打女人㗎，要打你去打啦！」

豬八戒一聽，即時歡天喜地跑過去個溫泉度，見到七個女妖仲喺度鬧隻老鷹，就笑騎騎噉話：「幾位女菩薩，沖涼啊？不如我又沖埋一份咯。」講完，都唔理人地肯唔肯，一個飛身就跳落泉水度，嚇到嗰幾個女妖咦嘩鬼叫，一齊嚟打豬八戒。

點知豬八戒搖身一變，變成咗條鮎魚，喺水裏面亂咁捐，幾個女妖打到氣都咳晒，始終打佢唔到。

豬八戒見便宜佔得差唔多了，就現出本相，擺出九齒釘耙準備打妖精。點知幾個女妖一齊噴出絲線，織起個網將豬八戒罩喺裏面，然後嗱嗱聲跑返去山莊，派一班小妖出嚟抵擋孫悟空同沙和尚，佢哋自己就走去師兄嗰度避難喇。

孫悟空見到一班蛇蟲鼠蟻化成嘅小妖，都費事自己出手，搲一揸毫毛叫一聲「變！」，變成無數隻麻鷹、魚鷹、鷂鷹，一齊撲落嚟又啄又抓，三兩下手勢就將班小妖打死晒。

呢個時候，豬八戒先至一身絲線，論論盡盡噉行到返嚟。三兄弟入到屋裏面救起唐僧，然後一把火將個莊園燒清光，繼續上路。

佢哋行得一陣，見到路邊有座道觀，門上面寫住「黃花觀」三個大字，唐三藏心諗大家都算係修道之人，於是就落馬入去打個招呼。入到去，只見觀裏面有個老道士，頭戴金冠面容威嚴，似乎係個得道之人，正坐喺度煉丹。佢見唐三藏佢哋入嚟，就馬上起身，好熱情噉招呼佢哋飲茶。

俗語都有話：「是福不是禍，是禍避唔過」。今次真係合該唐僧師徒受難，呢個道士原來正係嗰七個女妖嘅師兄。七個女妖呢個時候正喺後堂休息，聽聞有和尚到訪，馬上叫個小道士將師兄叫咗過去，投訴豬八戒騷擾佢哋。

老道士聽完十分氣憤，決定要幫班師妹出一口氣。於是佢攞出一包藥放落紅棗裏面，然後用紅棗泡咗四杯茶，就攞出去請唐僧師徒飲用。

唐三藏、豬八戒同沙和尚唔知頭唔知路，一啖就飲晒杯茶，唯獨孫悟空夠謹慎，詐帝舉杯飲茶，其實眼角就睇住其他人嘅反應。果然過得一陣，唐三藏佢哋三個口吐白沫，當堂暈低喺地。孫悟空梗係發爛鮓啦，攞出金箍棒就打。道士搇出寶劍迎戰，後堂嘅七個女妖聽到聲響，亦都出嚟助戰。

只見七個女妖一齊從肚臍中間噴出絲線，織成個大網將孫悟空罩喺裏面。孫悟空唔知呢啲絲線咩來頭，於是一個筋斗撞穿天頂走咗出去，又搵個土地出嚟問話。土地話：「呢七

個女妖係蜘蛛精，佢哋吐嘅絲線，就係蜘蛛絲。」

孫悟空一聽就笑喇：「原來如此！噉就濕濕碎啦！」講完，搣出毫毛變成七十個小孫悟空，每人擸一條兩角叉棍，落去出力噉攪啲蜘蛛絲，卒之將啲蜘蛛絲攪斷晒，然後從後堂裏面將七隻蜘蛛精拖咗出嚟。

孫悟空對個道士大叫話：「喂，老道士，還翻師父畀我，我就還翻七個女妖畀你。」

點知個道士起咗貪心，擰晒頭話：「師妹，我要食唐僧肉，救唔到你哋啦。」

孫悟空估唔到呢個道士咁無情無義，自己嘅目的達唔到，佢發起火上嚟，幾棒就打死晒七隻蜘蛛精，然後直取老道士。老道士亦都不甘示弱，舉起寶劍就嚟迎戰。兩個人棒來劍往，打到空中飛沙走石。幾十個回合之後，老道士漸漸招架唔住，於是除低件道袍，舉起雙手。只見佢兩脅之下竟然有成千隻眼，一齊發射金光。金光鋪天蓋地噉將孫悟空罩喺裏面，照到佢頭暈腳軟。孫悟空見唔對路，向上一跳想跳出金光嘅籠罩，點知畀金光彈翻轉頭，撞到頭都痛埋。佢冇晒辦法，惟有搖身一變變成隻穿山甲，捐落地底一直捐咗二十幾里路，噉先脫離金光籠罩嘅範圍。

孫悟空眼見妖道金光厲害，一時之間都唔知點算好。呢個時候，佢忽然見到個婦人行過嚟。個婦人話自己老公正係畀黃花觀嘅道人害死嘅，呢個道人叫做百眼魔君，只有去千花洞請到毗藍菩薩先可以降伏到佢。

孫悟空呢個時候清醒翻喇，定眼一睇，原來呢個婦人係黎山老母變嘅！佢多謝過黎山老母，就飛去千花洞搵毗藍菩薩。

毗藍菩薩聽咗孫悟空嘅講述，攞出一支金針就話：「對付呢個妖怪，要用我呢支繡花針先搞得掂。」

孫悟空就奇怪啦：「要針我都有啊，你呢支有咩咁特別呢？」

毗藍菩薩話：「我呢支繡花針係喺我個仔昴日星官隻眼裏面煉成嘅，梗係唔同啲嘅喇啦。」

於是，毗藍菩薩陪孫悟空飛到嚟黃花觀，見到個百眼魔君仲喺度作法發射金光，就將繡花針拋過去。只聽到「卜」一聲，金光破散，大家就睇到百眼魔君瞇埋眼企喺度唔郁得。

孫悟空將唐三藏佢哋三個救翻出嚟，毗藍菩薩幫佢哋解咗毒，然後又施法將百眼魔君露出原形，原來佢係隻七尺長嘅大蜈蚣。毗藍菩薩用手指挑住條蜈蚣，就帶返去幫自己看門口喇。

豬八戒好好奇，問毗藍菩薩係何方神聖咁厲害，孫悟空解釋話：「佢係昴日星官嘅娘親，昴日星官係隻大公雞，佢應該係隻大雞乸。蜈蚣最怕雞㗎嘛！」

唐三藏脫得大難，向毗藍菩薩離開嘅方向頂禮膜拜，然後就騎上白龍馬繼續西行喇。

「耍手兼擰頭」—— 粵語裏面形容堅決拒絕，有個講法叫做「耍手兼擰頭」。「耍手」係擺手嘅意思，而「擰頭」就係搖頭，兩個動作都係表示拒絕之意。兩個動作同時做，就係非常唔願意，堅決拒絕嘅意思喇。呢種兩個詞並列表示強調嘅詞語喺普通話同粵語裏面都仲有好多，不過「耍手兼擰頭」呢個講法，就係粵語特有嘅喇。

歷史文化知多啲

「昴日星官」—— 呢一回講到毗藍婆菩薩係昴日星官嘅娘親。呢個「昴日星官」，係二十八星宿之一，西方白虎七宿嘅第四宿。昴星團係離地球最近嘅疏散星團之一，大部分位於金牛座。據講喺古代肉眼可以見到七粒星，所以又稱為七姊妹星。但係唔知咩時候開始其中一粒星就暗咗落去，肉眼再都睇唔到，所以民間就開始流傳一個傳說，話呢七粒星係七位仙女，其中排行第七嘅小妹下凡嫁人，所以天上就少咗一粒喇。另外日本對於昴星宿亦好有感情，著名歌手谷村新司嘅代表作《昴》膾炙人口，而知名汽車品牌 Subaru，就係「昴」嘅譯音。

聽古仔

# 第三十七回
# 獅駝嶺上三妖王

　　經歷過盤絲洞同黃花觀中一番驚險，唐三藏師徒繼續向西天雷音寺進發，不知不覺又夏去秋來，天氣越來越清涼。呢一日，佢哋行到一座高山腳下，眼見呢座山山勢險峻，高聳入雲，唐三藏不由得又喺度諗會唔會有咩意外，擔心自己行唔過去了。行到山前，佢哋就見到遠處山坡上有個白鬚白髮嘅老人家，對住佢哋大聲叫：「西行嘅長老，唔好再向前行啦，山上有食人嘅妖怪啊！」

　　唐三藏聽佢噉講，被嚇到心驚膽戰，一時坐唔穩竟然跌咗落馬。幾個徒弟扶起佢，但唐三藏都唔理咁多了，即刻叫孫悟空過去問清楚情況。孫悟空走上去行咗個禮，就問個老人家話：「老人家，我哋係東土大唐嚟嘅和尚，要去西天取經嘅。你話山裏面有妖怪，究竟係咩情況啊？」

　　個老人家答話：「呢位小長老，你哋有所不知啦，呢座山叫做獅駝嶺，山上有個獅駝洞，裏面有三個妖怪。呢三個妖怪神通廣大，天兵天將都打唔過，同如來佛祖都有親，十分犀利，你哋過唔去㗎！」

　　孫悟空一聽就笑了：「三個妖怪算得乜？老孫一棍一個搞掂晒佢哋！」講完，佢就返去向唐三藏彙報情況。點知講得

幾句，忽然發現個老人家唔見咗。沙僧喺旁邊話：「哼！分分鐘個老人家就係妖怪，特登嚟嚇我哋嘅嘛。」孫悟空都覺得唔妥，於是跳上雲頭一睇，發現嗰個老人家原來係太白金星李長庚。

孫悟空鬧佢話：「你個太白金星，有嘢就講啊嘛，做咩喺度整色整水啊？」太白金星答話：「呢三個妖怪非比尋常，真係十分厲害㗎！大聖你唔可以硬碰硬，要諗下辦法先過得去啊！」

孫悟空多謝過太白金星，返去同唐三藏講明情況，然後就飛上山去打探情況先喇。

去到山間，孫悟空只聽到一陣敲梆子嘅聲音，定眼一睇，只見有個小妖敲住梆子行緊過嚟。於是佢搖身一變，亦都變成一個小妖，走上去對嗰個小妖話：「喂，等埋我啦，大王叫我同你一齊行啊！」

嗰個小妖冇咩防備，畀孫悟空呃得幾句，就鬼拍後尾枕，將山洞嘅情況講晒出嚟。原來呢個小妖叫做「小鑽風」，奉咗妖王嘅命令出嚟巡山，打探唐三藏嘅情況。嗰三個魔王各有神通：大魔王把口可以吞十萬天兵，二魔王個鼻捲人即死，三魔王號稱雲程萬里鵬，有個陰陽二氣瓶，如果將人裝咗入去，一時三刻之後人就會化成水，係一件不得了嘅寶貝。

孫悟空心諗：「嗰啲妖怪都唔需要太擔心，但我真係要小心個陰陽二氣瓶先得！」佢搞清楚山上嘅情況，一棍打死咗小鑽風，然後自己變成小鑽風嘅樣子，就走去獅駝洞喇。入

到山洞，只見裏面人強馬壯。嗰三個魔王，一個係隻青毛獅子怪，一個係隻黃牙大象怪，一個係隻大鵬雕，威風凜凜，認真得人驚。不過孫悟空就好老定，向三個魔王彙報話：「三位大王，我去巡山撞啱孫悟空喺度磨棍，話要殺上門啊！」

大魔王嚇咗一跳，馬上叫人關實洞門。孫悟空又繼續嚇佢哋：「嗰個孫悟空仲話，如果入唔到嚟我哋嘅洞府裏面，就變成隻烏蠅飛入嚟喎！」

大魔王聽咗，又馬上吩咐話：「我哋呢度從來都冇烏蠅嘅，大家見到烏蠅就要醒水吖，嗰隻肯定就係孫悟空變㗎啦！」

孫悟空玩到興起，仲想整蠱下呢三個妖怪，於是用毫毛變咗隻烏蠅，喺個大魔王面前飛來飛去，嚇到班妖怪大呼小叫，一齊跑來跑去打烏蠅。孫悟空喺旁邊睇到，一時忍唔住笑出聲。

點知佢噉一笑，就露出咗本來面貌，畀三魔王眼利發現咗，結果大小魔王一擁而上將孫悟空捉住，收咗佢入個陰陽二氣瓶裏面。

孫悟空入到個二氣瓶裏面，發現風涼水冷，忍唔住笑起身話：「嗰個妖精一味作大，呢度咁涼爽，住幾年都冇問題啦。」

點知原來呢個陰陽二氣瓶有個特別之處：人喺裏面唔出聲就冇事，一出聲個瓶入面就會放火。孫悟空呢個時候一講嘢，當堂滿瓶都係大火，好在孫悟空捻個避火訣頂住。過得

一陣，又有幾十條火蛇衝出嚟咬人，孫悟空絲毫都唔驚，三兩下手勢就將啲火蛇捉晒起身，一發力全部拗斷晒。

又過得一陣，瓶入面再衝出三條火龍，上下飛舞。今次真係燒到孫悟空都唔多頂得順，周身啲毛都被燒到軟晒。眼睇住自己就嚟要畀啲火龍燒到熟了，佢忽然諗起當年觀音菩薩送過三條救命毫毛畀自己，即刻用手一摸，果然腦後三條毫毛仲係好堅挺。於是孫悟空將三條救命毫毛搣落嚟，變成個金剛鑽，喺瓶底鑽咗個窿。噉樣一嚟，陰陽二氣都漏晒出去，瓶裏面當堂陰涼晒。

孫悟空變成隻蟲仔捐翻出嚟，現出本相哈哈大笑話：「你哋個陰陽二氣瓶穿咗窿，而家淨係識放屁，裝唔到人啦！」講完，就一個筋斗飛返去搵唐三藏了。

返到去之後，孫悟空將三個妖魔嘅情況同師父講咗，然後叫埋豬八戒做幫手，一齊去獅駝洞挑戰佢哋。大魔王聽講孫悟空嚟到，就披掛整齊，手提大刀出嚟迎戰。佢兩個刀來棍往打咗幾十個回合，一時之間難分勝負，豬八戒喺旁邊睇唔過眼，舉起九齒釘耙就過嚟幫手。

大魔王見雙拳難敵四手，心生一計。佢打打下詐帝擰轉身走人，引孫悟空同豬八戒過嚟追，然後忽然張開血盆大口一啖咬過嚟。孫悟空行得快啲，結果畀佢一啖吞咗落肚，豬八戒見到，嚇到馬上方鞋拉屎走喇。

大魔王以為今次得米啦，得意洋洋噉返翻去洞府。點知三魔王一聽話佢吞咗孫悟空落肚，當堂大吃一驚話：「今次弊

啦，呢個孫悟空唔食得㗎！」佢說話都未講完，孫悟空已經喺大魔王肚裏面打起武上嚟，東一拳西一腳，痛到個大魔王滿地打滾，跪地求饒。

孫悟空見佢認輸，就用毫毛變咗條繩，綁住大魔王個心肝，然後從佢個鼻哥窿度跳出嚟話：「你哋乖乖哋送我師父過山，我就唔為難你，若然唔係，一扯呢條繩，你實當堂冇命！」

三個魔王肉隨砧板上，惟有應承送唐三藏過獅駝嶺。孫悟空見佢哋服軟，就返去通知唐三藏。見孫悟空走咗，個三魔王就同其餘兩個兄弟商量：「向西四百里嘅獅駝國係我嘅城池。等佢哋去到，我哋就可以用調虎離山之計，將唐僧捉返嚟了。」

於是，三個妖魔派一班小妖抬住轎去送唐三藏。孫悟空以為幾個妖怪已經服咗自己，亦都冇作防備，跟住一齊過山。佢哋過咗獅駝嶺，剛嚟到獅駝國城外，就忽然見到三魔王手持方天畫戟，照住孫悟空猛斬過嚟，而大魔王同二魔王亦都纏住豬八戒沙和尚猛打。孫悟空三兄弟掛住同妖魔打鬥，冇留意唐三藏早就畀一班小妖捉走咗咯。

六個人大打出手，呢一場大戰打到天昏地暗，從白天打到夜晚，豬八戒終於支持唔住，畀大魔王一啖咬住豬鬃毛，捉咗返去。沙和尚正想擰轉身走人，亦都畀二魔王用個長鼻捲走咗。

孫悟空見兩個師弟都失手，自己一個打三個唔係路，一

個筋斗就走人啦。點知三魔王係頭金翅大鵬鳥,飛得仲快過佢嘅筋斗雲,一下子追上嚟將孫悟空亦都捉埋。

三個魔王大獲全勝,返到山洞準備將唐僧師徒全部煮晒嚟食。但佢哋又邊有咁容易困得住識七十二變嘅孫悟空呢?孫悟空趁住幾個魔王唔留意,變成隻蟲仔飛出嚟,將師父同師弟放咗。點知佢哋幾個唔小心驚動咗洞裏面嘅妖怪,幾個魔王一擁而上,再次將唐三藏豬八戒同沙和尚都捉晒返去,唯獨孫悟空走甩咗。

三個魔王就商量話:「孫悟空好難捉得住,如果佢成日嚟搞事都唔係辦法。不如我哋將唐三藏收埋,然後對外宣佈話已經將佢食咗喇,噉孫悟空聽咗一定死心。到時我哋再慢慢食都唔遲啦。」

於是,佢哋將唐三藏收喺個櫃裏面,對外放出消息話已經將唐三藏食咗啦。

孫悟空喺外面聽到呢個消息,忍唔住心灰意懶,乾脆飛去雷音寺搵如來佛祖,話既然唐三藏都死咗,不如就請如來收翻自己個金箍,放自己返花果山算喇。

如來佛祖聽完就笑笑話:「你唔使灰心,呢幾個妖魔要我親自出手先得。」

聽佛祖噉樣講,孫悟空忽然諗起太白金星嘅說話,一下就跳起身話:「係啵!太白金星話嗰幾隻妖怪同你有親㗎啵!」

如來解釋話:「我當年修成金身,曾經畀孔雀吞入肚裏

面，然後破背而出。孔雀都算係我生母了，所以我封佢為孔雀明王菩薩。嗰隻金翅大鵬鳥，係同孔雀一母所生，算係同我有啲關係啦。」

於是，如來佛祖叫埋文殊、普賢兩位菩薩，一齊跟孫悟空去到獅駝國，先係派孫悟空落去挑戰，然後如來佛祖同兩位菩薩一齊現身。大魔王同二魔王嚇到當堂腳都軟晒，就地一碌現出原形，原來大魔王係文殊菩薩座下嘅青獅，二魔王則係普賢菩薩座下嘅白象。

唯獨三魔王仲唔肯投降，張開一對巨翼扶搖直上，伸爪就要嚟捉孫悟空。但係如來佛祖早有準備，用手一指，就將大鵬鳥對翼綁住咗。三魔王再都飛唔喐，惟有乖乖皈依，跟如來返去西天做咗個護法。

孫悟空搞掂三個魔王，從洞入面救出唐三藏同兩個師弟，繼續往西而去。

粵語知多啲

「整色整水」—— 呢一回講到太白金星假扮老人報信，孫悟空鬧佢「整色整水」。粵語裏面「整色整水」係形容人裝模作樣，仲有個歇後語叫做「豉油撈飯 —— 整色整水」，指用豉油將飯撈成醬黃色，似乎好好食，但其實都係冇菜冇肉。

亦有解釋認為整色整水係以前做棺材以次充好嘅辦法，整色係調整木料嘅顏色，整水係調整木料嘅紋理。

## 歷史文化知多啲

孔雀明王 —— 呢一回提到如來佛祖曾經畀孔雀吞入腹中，後來喺孔雀後背開咗個窿出返嚟，所以封咗孔雀為佛母孔雀明王菩薩。孔雀明王係佛教裏面重要嘅神明，喺多個佛教流傳嘅地方都受到尊崇。《孔雀明王經》裏面仲記載咗一個關於佛陀前世嘅故事。話佛陀前世係雪山上嘅孔雀王，因為每日誦讀孔雀明王法門，所以生活十分安穩。但係有一日佢掛住玩唔記得咗誦讀，結果畀獵人捉住。好在被捉嘅時候佢急中生智重新誦讀經文，先至終於得以解脫大難。

聽古仔

# 第三十八回
# 比丘國義救小兒

　　話說唐三藏師徒過咗獅駝國，一路繼續西行，轉眼到咗冬天。師徒四人冒住寒風，好不容易又嚟到一座城池前面。孫悟空見到有個看守城門嘅軍士喺度瞌眼瞓，就走上去搖醒佢問下呢個係咩地方。嗰個軍士一睇孫悟空個樣，嚇到成個跪低猛咁叩頭話：「雷公爺爺！雷公爺爺！」

　　孫悟空哈哈大笑話：「我唔係雷公，我哋係東土大唐嘅和尚，去西天取經嘅。勞煩你話我知，呢度到底係咩地方？」

　　軍士嘅先定落心嚟，對孫悟空話：「我哋呢度叫做比丘國，而家改咗叫做小兒城咯。城入面係有國王嘅，你哋要往西去，就要繼續倒換關文啦。」

　　唐三藏師徒都覺得個城嘅名好古怪，唐三藏話：「反正我哋都要倒換關文，乾脆就入到城裏面再問下啦！」佢哋穿過三層城門入到城中，見到街上人人衣着整潔，面容清秀，市面上人來人往，都十分繁華熱鬧。但係唔知點解，家家戶戶門口都掛住個大鵝籠，用五色帳幔遮住。唐三藏好奇怪，就問：「徒弟，你哋知唔知呢度點解家家都掛個大鵝籠啊？」

　　孫悟空話：「等我去睇下咪知囉。」講完，佢搖身一變，變成隻蜜蜂仔，飛入鵝籠裏面睇下咩回事。點知唔睇猶自可，

一睇嚇一跳，只見每個鵝籠裏面都裝住一個五六歲嘅男仔！孫悟空打探清楚，就返落嚟話畀唐三藏知。唐三藏滿心疑惑，又唔敢亂咁問，惟有一路行到驛館住落，準備第二日上殿倒換關文。

等到唐三藏食完齋飯之後，佢就忍唔住問個驛丞話：「貧僧今日見到城裏面每戶人家都掛個男仔喺個籠度，唔知係點解呢？」

驛丞原本點都唔肯講，耍手兼擰頭嗽話：「長老，唔好問，唔好理，小心說話啊！」但唐三藏就好固執嗽一定要問個究竟。最後驛丞無奈只好低聲答話：「長老你有所不知啊。三年前，有個老道士帶咗個美貌女子嚟獻畀國王，佢自己就做咗國丈。國王對個女子寵愛到不得了，搞到身體越來越差。嗰個老道士就話佢有海外祕方可以製藥畀國王醫病，但要用一千一百一十一個小兒嘅心肝嚟做藥引先有效！所以國王就叫家家戶戶將男仔掛喺籠裏面，等道士嚟收取佢哋嘅心肝。所以我哋呢度先畀人叫做小兒城啊！」

唐三藏聽完嚇到成身都軟晒，當堂流眼淚大鬧：「呢個昏君，點可以為咗貪戀美色，害咗咁多小兒嘅性命㗎？！」

沙和尚喺旁邊就話：「師父，呢個國丈咁殘忍，好可能係妖怪啵！我哋聽日上殿去睇睇就知啦。」

孫悟空亦都同意：「悟淨講得啱，聽日老孫陪師傅你上朝，如果呢個國丈確實係妖怪，我就捉咗佢。」

唐三藏好高興，話：「係嗽就最好啦。不過你要想辦法保

住班細路先得啵。」

孫悟空笑笑話：「呢層就容易啦！」講完，孫悟空一個筋斗跳上半空，念一句「唵淨法界」，將城隍、土地、社令、真官，仲有五方揭諦、四值功曹、六丁六甲、護法伽藍全部叫晒過嚟，叫佢哋先將啲細路送走保護起身。

一眾神祇護法聽咗，馬上施展法力運送孩童。一陣大霧過後，全城鵝籠裏面嘅細路就全部唔見晒了。

第二日一早，唐三藏上殿去見國王，孫悟空就變成隻蟲仔，匿喺唐三藏頂帽上面一齊上殿。

嗰個國王果然身體瘦弱，病到無晒精神。勉強喺關文上用印之後，佢正想問唐三藏點解要去西天取經，忽然聽到侍衛來報：「國丈到！」

跟住，一個鶴髮童顏嘅老人家就行咗入嚟。佢戚住條龍頭拐杖，正係國丈。見國丈嚟到，國王就打發唐三藏走先。

見唐三藏走咗，國丈對國王話：「陛下，大事不妙了！尋晚一陣陰風，將全城嘅小兒連同鵝籠都颳走晒啊！」

國王一聽，又嬲又失望，當堂面都青埋，話：「今次真係天絕寡人啊！」

點知國丈卻寬慰佢話：「陛下無需擔心，而家有咗唐三藏，仲好過一千小兒啦。食咗唐僧肉，可以長生不老啊！」

國王一聽，馬上轉憂為喜，吩咐羽林軍圍住驛館，準備捉拿唐三藏。

佢哋唔知呢一番對答，已經畀變成蟲仔嘅孫悟空聽到

晒。孫悟空即刻飛返去驛館，將師父變成自己個樣，佢自己就變成唐三藏，坐喺度等士兵嚟捉自己。

國王嘅士兵嚟到，見唐三藏仲淡淡定坐喺驛館裏面，馬上就拉佢去見國王。

去到大殿之上，孫悟空問國王：「陛下搵貧僧有咩事呢？」

國王話：「寡人得咗個病，國丈話要長老嘅心肝做藥引先醫得好，所以請長老過嚟咯。」

孫悟空笑住話：「心肝就容易啦，我有好多個，唔知陛下要咩色嘅呢？」

國丈喺旁邊見呢個唐三藏咁老定，都有啲疑惑，大喝話：「和尚，我就要你個黑心！」

孫悟空哈哈一笑，即時攞把刀劏開心口，一下子跌咗七八個心出嚟，有紅心、白心、黃心，五顏六色咩都有，就係冇黑色。

國王眼見一地都係心肝，嚇到面青口唇白，癱喺張龍椅上猛咁話：「收起身，收起身！」

孫悟空忍唔住現出本相，大鬧話：「我和尚都係一片好心，唯獨陛下你呢個國丈有個黑心！等我攞佢個心出嚟畀你做藥引！」

國丈果然係個妖怪，一眼認出孫悟空正係五百年前大鬧天宮嘅齊天大聖，知道今次弊喇，於是駕起雲霧就要逃走。孫悟空邊度肯放過佢？一個筋斗追上去，舉起金箍棒就打！

國丈惟有舞起支蟠龍拐杖迎戰，喺半空之中同孫悟空大打出手。

兩個人你來我往打咗二十幾個回合，國丈招架唔住，虛晃一拐，化作一道寒光飛落後宮，將個妖后帶出宮門，然後一齊逃走咗。

孫悟空見趕走咗妖怪，就按下雲頭，落嚟對國王同百官講清楚情況。國王嗰先知道自己被妖怪所迷，差啲害咗滿城嘅細路。

孫悟空叫國王接唐三藏過嚟休息，又搵個土地出嚟問清楚妖怪嘅去向，然後帶埋豬八戒就去追個妖怪。

佢兩個追到妖怪屋企門口，按照土地教嘅辦法叫開洞門。只見裏面花團錦繡、環境清幽，門上寫住「清華仙府」四個大字，望落真係好似個神仙洞府一樣。孫悟空入到裏面，只見個妖怪正抱住個美人喺度傾偈。孫悟空懶得同佢廢話，舉棍就打，豬八戒亦都一齊過嚟幫手。

嗰隻妖怪喺只有一個孫悟空嘅時候都打唔贏，而家嚟多個豬八戒就更加搞唔掂，惟有化作寒光走人係啦。孫悟空兩個喺後面窮追不捨，追得一陣，只見前面一陣祥光閃耀，將妖怪化成嘅嗰道寒光罩住咗。孫悟空定眼一睇，原來係南極仙翁。孫悟空上去行咗個禮問：「壽星公，乜咁得閒嚟幫我降妖啊？」

壽星公笑住話：「妖怪的確喺我呢度。我想請兩位饒佢一命，佢係我座下嘅白鹿啊！」

講完，壽星公將道寒光放翻出嚟，個妖怪就地一碌，果然變翻一隻白鹿。豬八戒又返轉頭將個美人一耙打死，原來係隻白面狐狸精。

降伏咗妖怪，佢哋一齊返去比丘國見國王。國王知曉咗前因後果，羞愧到不得了，再三拜謝孫悟空，請佢救翻一國嘅細路。

孫悟空笑笑話：「救人就容易啦，啲細路原本就係老孫搬走嘅。」講完，佢念動咒語，請一眾神仙護法將一千幾個細路原封不動送返嚟，城裏面嘅百姓個個都激動到不得了，蜂擁過嚟認領細路，真係皆大歡喜。

事後，唐三藏師徒喺比丘國停留咗成個月，家家戶戶都要請佢哋食齋，最後唐三藏心急要去取經，無論如何都要告辭，國王先至帶住全城百姓，依依不捨送佢哋繼續上路。

粵語知多啲

「傾偈」 —— 聊天，粵語稱為「傾偈」。關於呢個詞嘅出處，有研究者認為「傾」字出自古漢語，係傾談、聊天之意，呢個字喺粵語裏面可以單獨使用，例如「傾一傾」、「傾掂佢」等；而「偈」字出自梵語，原本係頌詞、詩文嘅意思，後來引申為言語之意。亦有人認為「傾偈」嘅本字應該係「謦欬」，

原本係「咳嗽」或者「談笑」嘅意思。不過呢個詞太過生僻，所以簡化成「傾偈」。

## 歷史文化知多啲

壽星公 ── 呢一回裏面嘅妖怪係壽星公座下嘅白鹿，而呢位壽星，則係中國民間最熟悉嘅神仙之一。壽星原本係星名，又稱為南極老人星，後來逐漸演變成仙人嘅名稱，成為神話故事裏面嘅福祿壽三位仙人之一，又被稱為南極仙翁，象徵健康長壽。佢嘅形象係一位腦門隆起，手持拐杖，慈眉善目嘅老人。因為大家都追求健康長壽，所以民間對於呢位神仙十分重視，喺日常生活中，我哋經常可以見到佢嘅畫像。

# 第三十九回

# 無底洞唐僧守心

　　唐三藏師徒喺比丘國救咗一千幾個細路，功德圓滿，開開心心繼續向西方進發。比丘國嘅百姓一路送咗佢哋二十幾里，咁先依依惜別返回城中。

　　師徒四個一路曉行夜宿，不知不覺冬去春來，又過咗一年了。呢一日，佢哋嚟到一座高山下，只見山路崎嶇，山上叢林茂密，唐三藏見到就同班徒弟講：「大家要小心睇路，我怕密林深處有妖精要出嚟啊！」孫悟空笑住答話：「師父你唔好生人唔生膽喇！」講完佢就舞起條金箍棒開路。好不容易終於行到個平坦嘅地方，唐三藏話要休息下，叫孫悟空去化齋。

　　孫悟空一走，唐三藏就聽到有把女聲猛咁喺度叫「救命，救命啊！」唐三藏順住聲音搵過去，只見有個美貌女子上半身畀人綁咗喺樹上，下半身埋咗喺土裏面。佢一見到唐三藏，就流晒眼淚嘅話：「長老，小女子喺山上遇到強盜，佢哋搶完我啲財物，又要搶我返去做壓寨夫人。但係幾個大王講唔掂數口，所以將我綁咗喺呢度，已經五日五夜啦，長老救命啊！」

　　唐三藏肉眼凡胎，睇唔出呢個女子係妖怪，即時就叫豬

八戒同沙和尚過嚟解救個女子。好在呢個時候孫悟空正喺天上睇住，見到一股妖氣遮蓋住師父頭上嘅祥光，即時從半空中跳落嚟喝住豬八戒，然後對唐三藏話：「師父，呢個女子係妖怪嚟㗎。呢啲事老孫當年仲係妖猴嘅時候都做唔少，係搵你笨㗎！」

唐三藏雖然唔係好信，但之前撞過咁多次板，亦就聽從孫悟空嘅勸告，留低個女子，上馬離開啦。

個女妖眼見到手嘅肥肉走咗去，梗係唔忿氣啦，又再施展法術，將聲音傳到去唐僧耳仔裏面：「師父啊，如果你連人命都唔救，嗽取經拜佛嚟又有咩用呢？」

唐三藏聽佢咁講，都係忍唔住返轉頭，將個女妖放咗出嚟，然後帶埋佢一齊落山。孫悟空見唐三藏咁心軟都無咩辦法，諗住費事佢又念緊箍咒，所以亦就唔再反對。

一行五人行咗二三十里後，天色已晚，見到前面有亭台樓閣若隱若現，似乎有住宿嘅地方。行近一睇，原來係座禪院。禪院嘅前座爛爛殘殘，但係再行入啲，後座又金碧輝煌，寫住「鎮海禪林寺」五個大字。

唐三藏覺得好奇怪，就問出嚟迎接嘅喇嘛點解禪院前後差別咁大。喇嘛答話：「我哋寺廟嘅前面畀啲山賊霸佔咗，所以咪爛融融咯，後座係另外化緣新修建嘅。」講完，就招呼唐僧幾個住落。

點知到咗夜晚，唐三藏忽然間覺得唔舒服，頭暈腳軟，周身冇力，惟有喺禪寺裏面住多幾日。等到第三日，唐三藏

嘅身體好翻啲，就吩咐孫悟空去打水嚟飲。孫悟空去到後廚，見到有幾個和尚喺度偷偷哋流眼淚，就走上去問佢哋咩事啦，嗰幾個和尚答話：「老爺，你哋嚟住咗三日，我哋寺廟已經唔見咗六個和尚啦，全部都係畀妖怪食剩棚骨。」

孫悟空一聽當堂成個跳起，嬲爆爆噉返去同唐三藏話：「師父，你救返嚟個女妖呢幾日晚晚害人，已經害死咗六個和尚啦。既然你而家身體好啲了，就等我今晚去降服隻妖精啦！」

唐三藏聽講話寺廟中死咗人，唔敢再諸多意見。於是孫悟空叫豬八戒沙和尚保護住唐僧，自己搖身一變變成個和尚仔，喺廟裏面一邊念經，一邊等個女妖過嚟。

到咗二更時分，一陣陰風吹過，個女妖果然就嚟到孫悟空面前，話要帶孫悟空去玩。孫悟空跟住佢一路去到後花園，女妖正要喺手，孫悟空一抹塊面現出本相，大鬧話：「無恥女妖，睇下我係邊個？」講完，舉起金箍棒就打過去。

呢個女妖亦都唔係等閒之輩，佢曾經喺靈山偷食香花蠟燭，道行不淺。佢見孫悟空打到埋身，亦都舞起雙股劍招架，兩個喺後花園大打出手。

打得幾十個回合，女妖眼見打唔過孫悟空，於是詐帝走人，然後偷偷用隻繡花鞋化成自己個樣，暫時抵擋住孫悟空，自己就飛落去將唐三藏攝上雲頭，飛返去自己嘅洞府喇。

孫悟空殺得性起，一棍打過去，結果女妖唔見咗，淨係得隻繡花鞋留喺地上。佢知道中計，趕返禪房一睇，師父果

然唔見咗。呢下真係激到佢暴跳如雷，大鬧咗豬八戒同沙和尚一餐，然後就上山去搵師父。

去到山上，孫悟空將土地同山神叫晒出嚟打聽消息，土地同山神見佢發晒爛鮓，嚇到口窒窒噉話：「嗰個妖精唔係我哋呢座山上㗎，佢住喺南邊一千里嘅陷空山無底洞。」

孫悟空問清楚情況，就同兩個師弟一齊趕到陷空山，搵到個無底洞。孫悟空入去一睇，果然深不見底，竟然有成三百里咁深。孫悟空叫兩個師弟守住洞口，自己駕起祥雲就落去救唐僧喇。

落到去洞底，只見裏面竟然既有日光又有花果樹木，環境十分舒適。孫悟空搖身一變，變成隻烏蠅飛入去睇下咩情況。一睇之下，佢發現個女妖居然正喺度安排宴席，話要同唐三藏成親。

孫悟空心諗：「呢度環境咁好，師父唔知會唔會動心呢？我都係問清楚先。」於是飛埋去同唐僧打招呼。

唐三藏聽到徒弟嚟到，馬上低聲叫孫悟空救自己。孫悟空笑住話：「師父，個妖精又唔係想食你，係想同你成親啵，你都唔會有性命之憂，仲可以過上快活日子，使乜我救啊？」

唐三藏一聽就心急啦：「悟空，你唔好亂講，我自幼修行，點可以破戒？我打死都唔會同佢成親㗎啦。」

孫悟空見師父咁堅定，就教咗佢個辦法。商量好之後，唐三藏就依照孫悟空嘅計策，大聲叫個女妖：「娘子，娘子！」

女妖一聽唐三藏叫自己，歡喜到不得了，馬上趕過嚟問

咩事。唐三藏就話坐得氣悶，叫女妖帶自己出去花園行下。行到出去，只見樹上有一青一紅兩個桃。唐三藏摘咗個紅桃遞畀女妖，女妖鬼死咁開心，接過嚟諗都唔諗就一啖咬落去。點知都未咬到，個桃已經咕嚕一聲碌咗入佢肚裏面喇。

原來，呢個桃正係孫悟空變嘅。佢入到女妖肚裏面，左一拳右一腳就施展開，痛到個女妖幾乎暈低，惟有聽孫悟空支笛，乖乖哋將唐三藏送翻出去無底洞外面。

豬八戒同沙和尚兩個接到師父，孫悟空就從女妖口裏面跳翻出嚟，舉起金箍棒就打過去。女妖舞起雙劍抵擋，兩個人你來我往從地下打到上半空，一時之間難分勝負。豬八戒喺旁邊睇到，忍唔住叫埋沙和尚一齊上去幫手。

女妖見佢哋三個一齊上，又使一招金蟬脫殼，留低隻繡花鞋變成自己個樣，自己飛翻落去又再將唐三藏捉走咗。豬八戒喺後面一耙打落去，又係打到隻繡花鞋。

孫悟空見師父又畀妖精捉咗，梗係火滾㗎啦，惟有再次飛落無底洞救師父。佢落到去，一路搵師父一路周圍睇，點知畀佢發現後堂香煙繚繞，台面有個金漆牌位寫住「尊父李天王之位」，另一個寫住「尊兄哪吒三太子位」。

孫悟空一睇就開心啦，原來個妖精竟然同故人係親戚！佢一下子將香爐牌位全部攞走晒，就飛上去南天門搵玉皇大帝告狀了。

玉帝聽孫悟空告托塔天王李靖養咗個女喺下界為妖，就叫太白金星去審理清楚。佢兩個搵到李天王，李天王一聽孫

悟空話自己有個女喺下界為妖，當堂發火話：「我只有三個仔一個女，個女先至得七歲，點會下界為妖，孫悟空你分明係誣告！」

講完，就叫天兵出嚟綁住孫悟空，話要斬佢頭。太白金星喺旁邊猛咁勸李天王，但係孫悟空就好老定，任由天兵綁住自己，話自己打官司從來都係先輸後贏嘅。

李天王舉起斬妖刀就要斬孫悟空，點知哪吒三太子出手擋住，對李天王話：「爹，你唔記得咗啦？三百年前有隻金鼻白毛老鼠精，喺靈山偷食香花寶燭，如來佛祖叫我哋父子捉住佢。當時因為我哋饒過佢性命，佢就拜咗父王為父，拜孩兒為兄，改名叫地湧夫人。」

李天王恍然大悟，嘽嘽聲過嚟幫孫悟空鬆綁。呢個時候輪到孫悟空發爛鮓咯，話要上凌霄殿再搵玉帝告狀，嚇到李天王面都青晒。最後得太白金星出面，話救人緊要，孫悟空嗽先放過李天王。

於是，李天王同哪吒三太子帶住天兵天將浩浩蕩蕩殺到去陷空山，衝入無底洞，將裏面大大小小嘅妖怪都殺個清光。女妖本來仲喺度逼唐三藏成親，忽然見哪吒三太子殺到，仲邊度敢反抗，又能乖乖哋畀哪吒用縛妖索綁住，捉返去向玉帝覆命喇。

孫悟空將唐三藏救翻出嚟，多謝過李天王父子，就整理好行裝，繼續上路喇。

## 粵語知多啲

「搵笨」 ── 呢個詞喺粵語裏面係佔人便宜，呃到人嘅意思。除咗「搵笨」，仲有個類似嘅講法叫做「搵老襯」，意思亦都同「搵笨」差唔多。老襯，喺粵語裏面指畀人整蠱嘅蠢人，據講出自《鬼才倫文敍》嘅作者襯叔，因為呢本書好多整蠱人嘅橋段，有人覺得呢本書會教壞人導致有人受騙上當，所以就將嗰啲畀人搵笨嘅人叫做「老襯」喇。

## 歷史文化知多啲

繡花鞋 ── 呢一回裏面妖精用繡花鞋化身成自己，幾次整蠱到孫悟空師兄弟。繡花鞋，係中國傳統女性嘅重要穿着之一，有好悠久嘅傳統。例如廣府地區嘅童謠《落雨大》，就有「阿嫂出街着花鞋」嘅句子。相傳喺春秋時期，晉國嘅晉獻公稱霸之後，下令宮中女子鞋面都要繡上十種花果紋樣，全國女子出嫁嘅時候亦都要着繡花鞋作為婚禮用鞋，而後來呢啲繡花鞋就被稱為「晉國鞋」。

聽古仔

# 滅法改名變欽法

　　話說唐三藏過咗無底洞一關，一路繼續西行，不知不覺又到咗夏天。呢一日佢哋正喺度趕路，忽然路邊行出一個老婦人，拖住個細路仔，對唐三藏大聲話：「和尚，唔好再行啦，前面有個滅法國，國王許願要殺一萬個和尚啊！呢兩年已經殺咗九千九百九十六個，就差四個啦。你哋去到死梗㗎！」

　　唐三藏一聽嚇咗一跳，馬上叫孫悟空過去問清楚咩回事。孫悟空行埋去一睇，原來個婦人同細路係觀音菩薩同善財童子變化而嚟，即時下拜行禮。觀音菩薩見消息傳到，亦就飛上雲端離開，唐三藏噉先知道係菩薩傳信，即時向天禮拜，猛咁叩頭。

　　送走觀音菩薩之後，唐三藏就對孫悟空話：「悟空，前面個國王要殺和尚，噉點算好啊？」

　　孫悟空笑住話：「之前咁多妖魔鬼怪我哋都唔怕，呢個國王只係個凡人，師父你使乜驚呢？等老孫去打探下消息先啦。」

　　於是，孫悟空一個筋斗飛到去滅法國城裏面，搵咗個客棧，變成隻飛蛾飛入去打探情況。佢見到店小二將客人嘅衣物、頭巾都收起晒，靈機一動，將啲衣物頭巾一次過攞晒返

去，一行四人打扮成普通客商嘅模樣，就去滅法國投宿喇。

去到客棧住落，老闆娘過嚟問佢哋做咩生意，孫悟空口爽爽話自己幾個係做馬匹買賣嘅，手頭大把銀兩，叫老闆娘好好招呼。結果佢呢番說話畀外面嘅盜賊聽到，一班盜賊漏夜就過嚟打劫。

啱好呢一晚唐三藏怕畀人發現自己係個和尚，就叫埋幾個徒弟，搵個大櫃匿咗起身。結果一班盜賊連人帶櫃，加埋馬匹行李一齊搶走晒，嚇到唐三藏喺個櫃裏面揣揣震。

好在班盜賊聲勢太大，驚動咗官軍，結果大隊人馬殺到，班盜賊見勢不妙一哄而散，淨係留低個大櫃同匹白馬。總兵唔知櫃裏面有人，於是吩咐手下將個大櫃搬返去總兵府，準備第二日向國王彙報。

唐三藏喺個櫃裏面呻到樹葉都落：「弊啦弊啦，聽日去見到國王，我仲唔人頭落地？」

孫悟空安慰佢話：「師父你放心，老孫一定保你平安。」

講完，孫悟空趁住夜色捐出大櫃，飛到入王宮，先用眼瞓蟲搞到皇宮內院同文武百官全部瞓着晒，然後用毫毛變出幾千個小孫悟空，每人攞住一把剃刀，幫滅法國上上下下都剃咗個光頭。

第二日，國王一覺瞓醒，發現自己變咗個光頭，再出嚟一問，三宮六院、文武百官全部變晒光頭，嚇到佢三魂唔見咗七魄，心諗自己一定係殺得和尚太多，遭天譴喇。

雖然國王同一眾朝臣都變晒光頭，但朝政仲係要打理

嘅，所以大家都一面無奈噉上朝議政。國王聽講話守城官軍沒收咗個大櫃，就叫侍衛打開嚟睇睇。一打開，豬八戒第一個跳出嚟，然後唐二藏孫悟空沙和尚依次行出嚟，睇到滿朝上下眼都大晒。

唐三藏向國王講明，自己係東土大唐派去西天取經嘅和尚，希望國王唔好再傷害僧人喇。國王驟然間變成個光頭，正係六神無主，聽唐三藏噉講，當堂表示話要悔改，並且要拜唐三藏為師，然後大排筵席接待唐僧師徒。

唐三藏見國王改過自新，梗係高興啦，仲幫滅法國改咗個名叫做「欽法國」。宴會之後，師徒四人倒換好關文，就告別國王，繼續西行。

又行得一段時日，師徒四個行到一座山前，忽然颳起一陣大風，唐三藏話：「悟空，呢陣風有啲得人驚，不如你去睇下前面有冇危險啦。」

孫悟空跳上半空一睇，果然見到有個金眼鋼牙利爪嘅妖怪坐喺山邊，左右仲有幾十個小妖。孫悟空心諗：「次次都係我去打，今次要八戒辛苦下先得。」

於是，佢返去見到唐三藏，就話前面有人喺度佈施齋飯。豬八戒一聽有得食，即時自告奮勇，變成個肥和尚就去化緣。結果佢行得一陣，就同班大小妖怪撞到正。

呢個妖王叫做南山老妖，佢見豬八戒肥頭大耳，又聽講佢係取經人嘅徒弟，就想捉佢嚟食。只不過豬八戒話晒都係天蓬元帥下凡，要食佢邊有咁容易？佢舞起九齒釘耙就打，

妖王亦都不甘示弱，攞出條鐵棍同豬八戒打過。

孫悟空知道豬八戒喺前面同妖怪作戰，就偷偷哋變成隻蟲仔飛到埋去，對豬八戒大叫話：「八戒，唔使驚，老孫嚟幫你。」

豬八戒本來已經有啲手忙腳亂，忽然聽到救兵到，當堂成個精神翻晒，嗰把釘耙舞到天花亂墜，打到南山大王節節敗退，終於落荒而逃喇。

豬八戒打咗個勝仗，返去向師父邀功，而南山大王返到洞府，條氣就好唔順。佢手下有個小妖就話：「大王，小人有個分瓣梅花計，只要將唐僧幾個徒弟引開，唐僧仲唔係手到拿來？」

南山大王一聽猛話好計，馬上依計行事，派咗三個小妖打扮成自己個樣，過去將孫悟空三兄弟都引開，然後自己就親自出馬，將唐三藏捉咗過嚟。

孫悟空佢哋三個打退咗妖怪，返嚟發現唔見咗師父，嗰先知道中計，於是一路搵到去個妖怪嘅洞穴，只見門口寫住「隱霧山折嶽連環洞」幾個大字。豬八戒上去一耙打爛個大門，孫悟空就喺外面大叫：「妖怪！快啲放返我師父出嚟！」

南山大王一聽佢哋咁快搵到過嚟，嚇咗一跳，佢之前連豬八戒都打唔過，而家嚟多個孫悟空就更加搞唔掂啦。佢正喺度揗雞，個小妖又出嚟建議話：「大王，不如我哋攞個食剩嘅人頭骨出去，話唐三藏已經畀大王食咗，嗰佢哋三個冇咗師父，自然就走人㗎啦。」

南山大王聽咗，就叫小妖攞一個人頭骨出去畀孫悟空佢哋，話唐三藏已經畀自己食咗，叫佢哋唔好再搵人啦。孫悟空三兄弟一時之間信以為真，將個人頭骨搵地方埋咗，大喊咗一餐，然後就返轉頭去山洞為師父報仇。

南山大王諗唔到佢哋三個唔肯走，仲打到上門，惟有帶住一班小妖出嚟迎戰。但係呢個時候孫悟空佢哋滿腔怒憤，簡直生人勿近，南山大王邊度打得過？佢眼睇招架唔住，就一邊叫小妖上前抵擋，一邊自己走返入洞，叫人用石頭塞實個洞口，唔畀孫悟空佢哋入去。

三師兄弟打死晒啲小妖，見個洞門被塞到實晒，於是孫悟空就變成隻蟲仔飛入去打探情況。入去一睇，原來師父仲未死。孫悟空怕喺洞裏面打鬥會傷到師父，於是攞出一拃眼瞓蟲，將洞裏面嘅妖怪全部搞到瞓着晒，然後就帶住唐三藏出洞喇，順便仲救咗一個畀妖怪捉返嚟嘅樵夫。

返到出去之後，孫悟空叫豬八戒同沙和尚護住唐僧，自己就返入去山洞裏面，見到個南山大王仲喺度瞓覺，於是將佢綁到實一實，用條鐵棍挑住行出嚟。

豬八戒見孫悟空捉住咗妖怪，都唔問咁多咯，一耙就鋤落去，將個南山大王當堂打死咗，原來係隻花皮豹子精。

然後，師徒四個將救出嚟嘅樵夫送咗返屋企同老母親團聚，個樵夫臨別嘅時候話畀唐三藏知：「前面再行唔到一千里，就到天竺國啦！」

唐三藏聽咗十分高興，多謝過樵夫，就上馬繼續趕路喇。

## 粵語知多啲

「口爽」 ── 呢一回講到孫悟空貪「口爽」，話自己大把錢，結果引嚟盜賊光顧。所謂「口爽」，就係指貪一時威風，逞「口舌之利」，所以亦都被稱為「貪口爽」。喺粵語裏面仲有個類似嘅講法，叫做「下巴輕輕」，同樣都係形容人冇作仔細考慮就亂講嘢，或者隨便作出承諾。

## 歷史文化知多啲

打擊佛教 ── 呢一回講到「滅法國」嘅國王要殺和尚，而喺中國歷史上，亦都有過打擊佛教嘅時期，歷史上稱為「三武一宗滅佛」，分別係北魏武帝、北周武帝、唐武宗同埋五代周世宗時期。喺呢幾個時期，都係由皇帝親自推行打擊佛教嘅政策。不過中國歷史上嘅滅佛活動，主要針對嘅係大量人口進入寺廟導致生產人口不足，以及部分寺廟聚攏大量財富、宗教活動引發鋪張浪費等具體問題，而且維持嘅時間都唔長，對於宗教本身並冇造成太大影響。

聽古仔

## 第四十一回

# 勸善甘霖救萬民

唐三藏師徒四人離開隱霧山又行咗幾日，好快就見到前面有座城池。唐三藏問孫悟空：「悟空，前面係咪天竺國啊？」

孫悟空擰頭話：「未到未到。如來嘅大雷音寺喺座大山上面，所以叫做靈山大雷音寺，冇城池嘅。呢度最多都係天竺國嘅外郡，仲有好遠路㗎。」

佢哋行到入城裏面，見到一堆人聚喺度睇嘢。豬八戒行埋去睇下咩回事，誰不知佢個樣嚇到周圍嘅百姓鬼殺咁嘈：「有妖怪啊！有妖怪啊！」

唐三藏怕徒弟再嚇親人，於是走上去對領頭嘅官員話：「貧僧係東土大唐去西天取經嘅和尚，唔知呢度係咩地方呢？」

有個官員答話：「我哋呢度係天竺外郡，叫做鳳仙郡。因為連年乾旱，所以郡侯叫我哋嚟出榜招法師求雨。」

孫悟空一聽就笑喇：「求雨就容易啦，翻江倒海、呼風喚雨，對老孫嚟講都係碎料咋！」

嗰幾個官員一聽好高興，馬上去通報郡侯。郡侯聽到後即刻親自出嚟迎接唐僧師徒，當街對唐三藏行禮話：「下官係鳳仙郡郡侯上官氏，本郡已經三年冇落雨啦！懇請大師幫我

哋求雨，救救一郡嘅百姓啊！」

講完，就邀請唐三藏返去郡衙休息，設齋宴款待佢哋。孫悟空食飽飯，就請唐三藏喺堂前焚香誦經，自己念起咒語，將東海龍王敖廣叫咗過嚟，請佢幫手落雨。

敖廣答話：「小龍降雨都係奉天宮御旨，大聖想救濟鳳仙郡嘅百姓，要去天宮請一道降雨嘅聖旨，嗽小龍先可以奉旨行事㗎。」

孫悟空聽佢講得有道理，就吩咐豬八戒同沙和尚保護好唐僧，自己一個筋斗飛上去天宮，搵玉帝求旨降雨。

去到西天門，護國天王過嚟迎接，問孫悟空嚟天宮有咩事。孫悟空就將鳳仙郡三年唔落雨嘅事講咗，護國天王話：「嗰個地方冇雨落㗎！我聽聞係因為郡侯冒犯天地，畀玉帝怪罪，立咗米山、麵山、黃金大鎖，要搞掂呢三件事，先至可以落雨啊！」

孫悟空聽到一頭霧水，就走去入拜見玉帝問個究竟。玉帝話：「三年前十二月二十五，朕出行視察，鳳仙郡嘅郡侯上官正將齋天嘅供品撒落地喂狗，仲口出污言穢語，所以朕立下三件事，要等呢啲事了斷先可以降雨。孫悟空，你自己去睇下三件事搞掂未啦。」

於是，孫悟空跟住幾位天師一齊去到披香殿，只見有一座十丈高嘅米山，下面有隻雞喺度啄米；有一座二十丈高嘅麵山，下面有隻狗仔喺度食麵；仲有一個鐵架掛住把黃金鎖，下面有盞油燈喺度燒個鎖頭。天師解釋話：「玉帝吩咐，

等隻雞食完米山，隻狗食完麪山，油燈燒斷鎖頭，就可以落雨喇。」

孫悟空一聽成個跳起話：「哇，噉搞法，幾時先搞得掂啊？鳳仙郡啲人都餓死晒咯！」

天師笑住話：「大聖你又唔使咁緊張，呢件事其實好簡單，只要鳳仙郡守一念向善，驚動上天，呢三件事就會馬上解決㗎啦。」

孫悟空聽咗，就返落去鳳仙郡，將玉帝同天師嘅說話講翻畀郡守聽。郡守恍然大悟話：「哎呀，我嗰日正好同老婆嗌交，發起火上嚟推倒供台，將素齋潑去喂狗，之後一路都內心不安，唔知點算好。原來係因為呢件事而令到我滿城百姓受苦，我真係難辭其咎，懇請大師指點迷津啊！」

孫悟空就教佢開設道場，請僧人道士一齊誦經，全城男女老幼一齊燒香，祭告上天。然後，孫悟空又返上去天宮求見玉帝。護國天王見到佢，即時笑住話：「大聖，唔使去見玉帝啦，我哋已經接到消息，鳳仙郡一郡向善，米山麪山已經捵咗，金鎖亦都斷咗，你去搵天尊派雷部去降雨啦。」

果然過得一陣，玉帝亦都接到報告，於是下旨為鳳仙郡降雨。呢一場大雨落咗大半日，鳳仙郡嘅百姓三年未見過雨水，見到咁大一場雨，個個感動到流晒眼淚。唐三藏都好感慨，稱讚孫悟空話：「悟空，你呢一場功德，救濟萬千百姓，比之前喺比丘國搭救一千幾個細路，更加難得啊！」

為咗感謝唐僧師徒，郡守留佢哋住咗半個月，仲建造咗

一座寺院紀念唐三藏四師徒，唐三藏幫佢起咗個名叫做「甘霖普濟寺」。

離開咗鳳仙郡，唐三藏師徒又行咗一段日子。呢一日遠遠見到有座城池，一問先知呢度係天竺下郡，叫做玉華縣，城主係天竺皇室宗親，稱為玉華王。

入城之後，只見呢度市集繁華，樓台處處，比起大唐嘅長安都不遑多讓。唐三藏一行去到會館住落，就去拜見城主。城主聽聞唐三藏佢哋從東土大唐嚟到天竺，都十分驚訝，唐三藏就話路途艱險，好在得三位徒弟扶持，然後請孫悟空三兄弟過嚟拜見城主。

但係三師兄弟形容古怪，一個尖耳猴腮，一個肥頭豬耳，一個黑口黑面，嚇到個城主面青青，叫人擺開齋菜招待唐僧師徒，自己就走返入後堂喇。

城主有三個仔，個個都生得神高神大，孔武有力，平時最喜歡操練武藝。呢個時候見到老竇面青青嘅走返入嚟，就問城主發生咩事，城主答話：「有個東土大唐嚟取經嘅和尚，帶住嗰三個徒弟好似妖魔鬼怪嘅樣，嚇親人啊！」

三位王子一聽，馬上攞起家生就衝出嚟，要搵孫悟空佢哋晦氣。豬八戒正喺度食飯，見二王子攞住把釘耙，就笑住話：「王子，你嗰把釘耙最多做我個孫咋！」講完，將自己把九齒釘耙攞出嚟戙喺地下，即時金光萬道，瑞氣千條，睇到二王子眼都大晒。

而孫悟空見到大王子攞住條齊眉棍，亦都將自己條金箍

棒攞出嚟，迎風一晃，變成碗口粗丈二長，一嘢插喺地下就對大王子話：「呢條棍送畀你啦。」大王子走上嚟想搦起條金箍棒，點知就好似蜻蜓撼石柱一樣，邊度搦得哪？

最後剩低個三王子使條烏油棍想嚟打沙和尚，畀沙僧一手劈開，攞出自己嘅降妖寶杖，亦都係霞光閃閃，光輝奪目。

三位王子睇到擘大個口得個窿，齊齊跪低行禮，表示心服口服，請孫悟空三兄弟展示下武藝。

孫悟空帶頭跳上半空，一條棍舞到天花亂墜，睇到大家拍晒手掌。豬八戒同沙和尚見到，亦都忍唔住跳埋上去，喺半空中各使兵器耍翻一路，全城百姓見到，個個都忍唔住叩頭燒香，頂禮膜拜。

佢哋三個舞完一輪，就返落嚟休息，三位王子興奮到不得了，馬上去稟告城主，要跟孫悟空三兄弟學習武藝。

於是，孫悟空三兄弟分別收咗三位王子做徒弟，仲傳授神力畀佢哋，等佢哋可以攞得起自己嘅神兵。不過三位王子始終係凡人，所以城主召集鐵匠，按照孫悟空佢哋兵器嘅式樣，打造三件兵器畀三位王子使用。

於是呢一晚，孫悟空佢哋嘅三件兵器就留喺鑄鐵場，畀鐵匠做樣板。呢三件兵器都係仙家至寶，平時收喺身邊就唔多覺，但係呢個時候放喺鑄鐵場，就霞光萬道，瑞氣冲天，百里之外都睇得到。

正好附近有個妖怪，住喺豹頭山虎口洞。呢一晚，佢遠遠見到鳳仙郡滿天嘅霞光瑞氣，飛過嚟一睇，見到原來係三

件兵器喺度發光。妖怪睇到流晒口水，於是運起法術將三件
兵器全部偷晒返去。

## 粵語知多啲

「碎料」—— 呢個詞喺粵語裏面係指小事、輕而易舉，
粵語裏面仲有個「濕濕碎」嘅講法，亦都係類似嘅意思。不過
呢個「碎」字，有研究者認為應該係個「嗉」字，指雞嘅「嗉
囊」，亦就係食道上暫時存放食物嘅空間。呢個嗉囊好細，容
量有限，所以粵語形容好少，就叫做「雞嗉咁多」。而「濕濕
碎」嘅「碎」，亦都應該係呢個「嗉」。

## 歷史文化知多啲

求雨儀式 —— 古人普遍認為雨水係由天上嘅神明控制
嘅，而乾旱等自然災害則係神明對人間不滿。古代中國係農
耕社會，對於降雨有好強嘅需求，所以古代上至帝王，下至
地方官員紳士，都會舉辦同參加求雨儀式。歷史上，仲發生
過好多次臣下以乾旱為由勸諫皇帝嘅故事。例如宋神宗年
間，因為朝廷推行新政導致部分地區百姓生活困苦，正好當

時遇到乾旱，於是守城嘅官員鄭俠就向宋神宗獻流民圖，講述百姓生活艱難，並且話只要宋神宗停止新政，如果三日唔落雨就可以殺咗自己嚟作為懲戒。宋神宗畀佢打動，暫停咗部分新政政策，結果真係馬上落雨。呢件事對於北宋嘅政治都造成咗好大影響。

## 第四十二回

# 猴王大破釘耙宴

話說孫悟空佢哋三個嘅兵器晚上畀個妖怪偷走咗，工場嘅工人第二日起身一睇，發現神兵失竊，嚇到鼻哥窿都冇肉，馬上走去向王子同孫悟空三兄弟報告。孫悟空諗咗下就問王子：「我哋呢三件兵器乃係神兵，普通人攞唔走嘅，附近有冇咩山林妖怪呢？」

王子答話：「喺城北方向有座豹頭山，裏面有一個虎口洞，有人話裏面有神仙，又有人話裏面有妖怪。」

孫悟空一拍大髀話：「唔使問喇，一定就係呢個妖怪偷嘢！等老孫去探一探。」講完，佢吩咐豬八戒同沙和尚保護好師父，自己一個筋斗就飛去豹頭山喇。

去到之後，孫悟空遠遠一眼望過去，果然見到有妖氣盤旋，然後又聽到有人講嘢。孫悟空行近一睇，原來係兩隻狼頭妖怪。於是孫悟空搖身一變，變成隻蝴蝶，跟住兩個妖怪，聽下佢哋講乜。

只聽到其中一個妖怪話：「我哋大王真係好彩，上個月先得咗個美人，尋晚又得咗三件寶貝，聽日仲要開釘耙宴，連帶我哋都有着數。」

另一個就話：「係囉，大王畀二十兩銀我哋去買豬羊，我

啲打佢幾兩斧頭，買件衫過冬都好啊。」

孫悟空聽完，現出本相喝一聲「定！」使個定身法將兩個妖怪定住咗，然後喺佢哋身上搵到兩個腰牌，一個寫住「刁鑽古怪」，另一個寫住「古怪刁鑽」。

孫悟空將兩個腰牌帶返去玉華縣，叫豬八戒變成刁鑽古怪，佢自己變成「古怪刁鑽」，沙和尚變成個賣豬羊嘅客商，一齊趕住豬羊就走去虎口洞。

行到半路，佢哋遇到個小妖落山送信，孫悟空叫佢攞封信嚟一睇，先知道原來呢個虎口洞嘅洞主係隻黃獅精，寫呢封信係要去請「九靈元聖」過嚟參加釘耙宴。孫悟空睇完就放咗小妖落山，師兄弟幾個繼續趕住豬羊去虎口洞。

去到之後，黃獅精見買到豬羊返嚟，就帶沙和尚入去收錢，仲得意洋洋嘅話要帶佢參觀下三件神兵。孫悟空同豬八戒都跟住一齊行，誰不知豬八戒見到自己件兵器就忍唔住喇，一步跳埋去攞起個釘耙，照住黃獅精就兜頭打過去。孫悟空同沙和尚見佢出手，亦都各自攞返自己嘅兵器，追住黃獅精嚟打。黃獅精見勢頭唔對，攞出一把四明鏟，同佢哋三個廝殺起身，但係佢一個點打得過三個呢？惟有賣個破綻，落荒而逃係喇。

孫悟空佢哋亦都唔去追趕，只係打死晒啲小妖，放火燒咗山洞，就飛返去玉華縣報捷喇。

城主同三位王子見佢哋攞翻兵器得勝而回，更加佩服到五體投地，不過城主聽講話個妖怪走甩咗，就有啲擔心日後

會有麻煩。孫悟空就話：「城主你放心，我老孫會好人做到底嘅！而家嗰個黃獅怪一定係去搵九靈元聖幫手，我幫你搞掂埋佢先走啦！」

果然畀孫悟空估中，黃獅精打咗個敗仗，就走到去東南方嘅竹節山九曲盤桓洞，搵佢阿爺九靈元聖幫手。九靈元聖聽黃獅精講完，擰擰頭話：「嗰個尖嘴猴腮嘅和尚就係五百年前大鬧天宮嘅孫悟空，你唔應該惹佢㗎。好啦，既然你咁有孝心，今次我就幫你去搵佢哋算賬啦。」於是，佢帶齊手下幾隻獅子精，一齊趕到嚟玉華城，喺城頭挑戰。孫悟空帶住豬八戒、沙和尚一齊出去迎戰。一邊係七隻獅子精，一邊係三個取經人，兩邊你來我往，各顯神通，打到飛沙走石，天昏地暗，嚇到城裏面嘅人大氣都唔敢出。

打咗半日，豬八戒第一個頂唔住，劫到手軟腳軟，畀對面嘅雪獅精、猱獅精一鎚打低捉咗起身，而沙和尚眼睇亦都漸漸招架唔住了。孫悟空見到嗰嘅情況，搵出毫毛變成一百幾個小孫悟空，圍住幾個妖精猛打，終於捉住咗兩隻獅子精，其他嗰啲就落荒而逃喇。

孫悟空捉咗兩隻獅子精返嚟，叫城中士兵將佢哋綁起身，準備第二日去換翻豬八戒返嚟。而嗰邊廂九靈元聖就同黃獅精佢哋商量話：「聽日你哋去對付孫悟空同沙和尚，我就偷偷飛入城，將唐僧同城主捉返去九曲盤桓洞。」

到咗第二日，黃獅精帶住其他幾隻獅子精又過嚟挑戰，孫悟空同沙和尚出去迎戰。呢邊雙方正係殺得性起，嗰邊九

靈元聖偷偷哋駕起黑雲飛到城樓上面，張開血盤大口就咬。原來，呢個九靈元聖係隻九頭獅子，九個頭有九把口，一口一個擔住唐三藏、城主、三位王子，連埋豬八戒，就飛返去九曲盤桓洞喇。

孫悟空見師父畀人捉咗去，噉先知道中計，急起上嚟又用毫毛變出成千個小孫悟空，一擁而上打到幾隻獅子精氣都咳晒，終於打死咗黃獅精，又活捉埋其他幾隻。

返到城裏面，孫悟空安慰咗城主夫人一番，然後叫人看好幾隻獅子精，自己就帶住沙和尚飛到去竹節山救人。九靈元聖聽講孫悟空上門挑戰，又聽手下講黃獅精畀孫悟空打死咗，發起火上嚟就衝出門口，九個獅頭一齊張開大口，追住孫悟空來咬。

孫悟空畀佢打咗個措手不及，擋得一把口擋唔住其餘八把口，結果畀九靈元聖將佢同沙和尚一齊擔咗入山洞。九靈元聖嬲孫悟空打死咗黃獅精，叫小妖將孫悟空綁起來用柳棍猛打。不過孫悟空銅皮鐵骨，用棍打佢等於幫佢搲痕啦，等小妖打到劫晒，孫悟空使個遁法就走咗出嚟，一棍打死咗幾隻小妖。佢正想幫其他人鬆綁，點知豬八戒心急，大叫話：「喂，大師兄，我手腳都綁到腫晒啦，你解我先啦！」

結果佢咁一吵，就驚動咗九靈元聖，又衝出嚟捉人。孫悟空冇計，惟有自己一個人走先。

出到去之後，孫悟空將竹節山嘅土地搵過嚟，問佢呢個九靈元聖究竟係咩來路。土地答話：「嗰個九曲盤桓洞，原本

叫做六獅之窩，有六隻獅子精。兩年前九靈元聖嚟到，啲獅子精就拜佢做阿爺。呢個九靈元聖係隻九頭獅子，想要治佢，一定要搵到東極妙岩宮嘅主人先得。」

孫悟空聽咗心諗：「東極妙岩宮嘅主人係太乙救苦天尊，佢座下正係有隻九頭獅子。哈，搵到主人嘅就好辦喇！」

於是，孫悟空一個筋斗飛到去東天門，入去妙岩宮搵太乙天尊。太乙天尊聽孫悟空講自己嘅九頭獅子下凡作怪，馬上派人去獅子房叫獅奴過嚟問話，結果發現個獅奴瞓到豬頭噉，叫咗半日先醒。大家一問先知原來佢偷咗一樽太上老君嘅輪迴瓊液飲醉咗，所以畀隻九頭獅子走甩下凡。

太乙天尊聽完，梗系應承幫孫悟空收翻隻獅子啦，於是就帶住獅奴同孫悟空一齊去到竹節山九曲盤桓洞，叫孫悟空先去挑戰，引九靈元聖出嚟。

孫悟空去到山門前面破口大罵，九靈元聖聽到，又衝出嚟要咬孫悟空。孫悟空今次有咗防備，邊會畀佢咬到？佢一個翻身跳上山崖上面，笑住話：「妖怪你仲咁大膽？你主人嚟啦！」

跟住太乙天尊行上嚟念咗句咒語，大喝話：「元聖兒，我嚟啦！」

九靈元聖見到主人駕到，仲邊度敢發惡？惟有趴喺地下猛咁叩頭，旁邊嘅獅奴仲衝上嚟打咗佢一身，然後幫佢裝上錦鞍，畀太乙天尊就騎住返去妙岩宮喇。

孫悟空多謝過太乙天尊，就入去山洞將唐三藏、玉華城

主、三位王子同埋豬八戒沙和尚救翻出嚟。回城之後，又將捉住嘅幾隻獅子精都殺埋。

城主見妖怪都被清除晒，十分歡喜，大排筵席款待唐三藏師徒。孫悟空三兄弟仲各自收咗三位王子為徒，傳授咗佢哋一身武藝，噉先告別城主，繼續趕路去大雷音寺。

## 粵語知多啲

「打斧頭」── 呢個短語喺粵語裏面係中飽私囊嘅意思。據講以前打鐵，有比較高要求嘅客戶都會自己提供材料。而嗰啲貪心嘅打鐵佬喺打鐵嘅時候，就會喺鋒刃處用客戶提供嘅好材料，後背處就用自己嘅普通材料，咁樣就可以將客戶嘅好材料留為己用，而客戶又唔容易發覺。所以粵語就用「打斧頭」，嚟形容類似嘅中飽私囊嘅行為喇。

## 歷史文化知多啲

太乙救苦天尊 ── 呢一回提到嘅妖怪嘅主人，係太乙救苦天尊。呢位太乙救苦天尊，又稱為東極青華大帝，喺道教神話裏面有好高地位。相傳太乙救苦天尊同南極長生大帝

係玉皇大帝嘅左右手，因為大慈大悲，只要有人喺苦難之中念誦佢嘅名號，佢就會去救苦救難，所以喺民間有好高嘅知名度。佢嘅民間形象一般係一位慈眉善目嘅道士，座下係一頭九頭獅子，亦就係呢一回裏面嘅「九靈元聖」喇。

# 第四十三回
# 四木下凡降牛精

唐三藏師徒離開咗玉華城，繼續向西天進發。一路平穩噉行得五六日，佢哋又見到前面有座城池，行近之後見到城外市集喧鬧繁華，而路人見到佢哋幾個奇形怪狀，紛紛過嚟圍觀。唐三藏緊張到出咗一身汗，急急腳向前行，好不容易見到前面有座「慈雲寺」，馬上就入去打齋休息喇。

入到慈雲寺，裏面嘅僧人聽講唐僧一行從東土大唐過嚟，都非常熱情。方丈仲向佢哋介紹：「呢度係天竺國外郡金平城，只不過如果要去靈山，我哋未行過都唔知仲有幾耐先到啊！」寺裏面嘅僧人，都話過兩日就係元宵節喇，叫唐三藏喺城裏面過埋節先走。唐三藏見對方咁有心，就決定住多兩日。

到咗元宵節呢一晚，唐僧師徒跟住寺裏面嘅僧人遊玩咗一番，又掃過佛塔，僧人就建議話：「大師，不如我哋入城睇金燈啦。」

於是，唐僧師徒就同寺中僧人一齊入到金平城裏面欣賞花燈。喺城中，果然係花燈處處，百姓都興高采烈，熱鬧非凡。行咗一陣，佢哋嚟到金燈橋上，只見有三盞金燈，好似水缸咁大，玲瓏剔透，異香撲鼻。唐三藏就問：「呢盞燈用嘅

係咩燈油啊？點解咁香嘅？」

僧人解釋話：「呢個油叫做酥合香油，一兩油就要二兩白銀，一斤就要三十二兩白銀，三盞燈要一千五百斤燈油，總共要四萬八千兩，加埋雜費就成五萬兩，淨係點三晚㗎咋。」

孫悟空聽咗覺得奇怪：「咁多燈油，三晚點燒得盡？」

僧人又解釋話：「每逢元宵當晚，就會有佛爺現身收晒啲燈油。只要佢收咗，就會保佑本地五穀豐登㗎啦。」

佢哋都未講完，就聽到半空之中忽然颳起大風，跟住見到有三位佛身嚟到金燈旁邊。唐三藏睇到好興奮，馬上走上去橋頭跪拜，孫悟空一睇發現唔對路，大叫話：「師父，呢幾個係妖怪啊！」但係說時遲那時快，佢已經嚟唔切拉翻師父轉頭，唐三藏早就同啲燈油一齊，畀妖怪捉走咗咯。

孫悟空真係激鬼氣，只好馬上叫豬八戒同沙和尚返去慈雲寺睇住行李馬匹，自己一個筋斗就追咗上去。追咗半晚，前面嘅妖風忽然唔見咗，原來已經嚟到一座高山之上。孫悟空跳落山崖一睇，只見有四個人趕住三隻羊喺山坡上行緊，口裏面大叫：「開泰！開泰！」

孫悟空再認真一睇，原來呢四個人正係年月日時四值功曹，佢攞出金箍棒跳上去喝問：「你哋幾個，唔好好保護我師父，喺度扮鬼扮馬做咩啊？」

四值功曹嚇咗一跳，馬上行禮解釋話：「大聖，恕罪啊！我哋係嚟報信嘅。呢座山叫做青龍山，裏面有個玄英洞，洞裏面有辟寒、辟暑、辟塵三個大王，都係千年嘅妖精。佢哋

最鍾意食酥合香油，所以假扮成佛身去金平府呃香油，今日認得你師父係聖僧，所以順便捉返去準備食咗佢啊！」

孫悟空搞清楚狀況，就搵到去玄英洞門前大叫：「妖怪！快啲放翻我師父出嚟！」

三個妖王接到小妖報告話有人殺到上門，嚇咗一跳，走去一問唐三藏先知原來佢個徒弟就係當年大鬧天宮嘅孫悟空。三個妖王唔敢怠慢，一齊披掛整齊，各自手執兵器，帶住一班山牛精、水牛精，就出嚟迎戰。

孫悟空見佢三個出嚟，舉起金箍棒就打過去，三個妖王亦都不甘示弱，刀槍並舉一齊殺過去，同孫悟空打個難分難解。呢一場大戰雙方勢均力敵，從早上一路打到天黑，始終不分勝負。個辟塵大王見打咗咁耐都打唔贏，於是舉起令旗一揮，手下嗰班牛頭怪一擁而上，圍住孫悟空猛打。

孫悟空見對方人多，心諗：「我都搵返兩個幫手先得。」於是一個筋斗飛上雲端，走返去搵豬八戒同沙和尚喇。

三個師兄弟會合之後又嚟到玄英洞，孫悟空話：「你兩個等下先，我入去睇下師父咩景況。」講完，佢搖身一變變成隻火焰蟲，飛入山洞裏面搵唐僧。

入到去，只見班妖精一個二個瞓晒覺，孫悟空轉咗兩圈，就見到唐三藏被綁喺條柱上面。佢飛埋去解開繩索，準備帶師父出去。點知撞正個妖王叫手下小妖嚟巡邏，嗰啲小妖見到孫悟空帶住唐三藏走人，即時一個二個大呼小叫，驚動咗三個妖王，一齊追過嚟要捉佢哋。孫悟空打低幾隻小妖，

但眼見對方越來越多人，都唔顧得唐三藏喇，舞起金箍棒就衝出洞外面同豬八戒沙和尚會合。

三個妖王手提兵器追到出嚟，就遇上孫悟空三師兄弟。正所謂仇人見面分外眼紅，雙方正好係三個對三個，即時大打出手。又打咗大半日，三個妖王見仲係不分勝負，又叫班小妖過嚟幫手。豬八戒一下子手忙腳亂，第一個畀妖精捉住咗；沙和尚見豬八戒被擒，唔敢戀戰掉頭就走，結果又係畀一班妖精一擁而上捉住，剩低孫悟空見到勢頭唔對，一個筋斗就走咗去。

孫悟空見一時之間打唔過，乾脆飛到上西天門，去天宮班救兵。去到西天門，咁啱遇到太白金星，孫悟空將唐僧喺金平城畀妖怪所捉，自己三兄弟去玄英洞又鬥唔贏三個妖王嘅事講咗一次。太白金星就話：「呢三個妖王係千年嘅犀牛精，因為犀角有貴氣，所以稱為大王。要降伏佢哋，要搵四木禽星先得。」

於是，孫悟空上到凌霄殿，就請玉帝派四木禽星出手幫手。原來所謂四木禽星，係指二十八宿裏面嘅角木蛟、斗木獬、奎木狼同井木犴。佢哋四個接到玉帝聖旨，就跟住孫悟空一齊下凡到青龍山。

去到玄英洞口，孫悟空一棍將洞門打穿個大窿，大鬧話：「偷油賊！快啲放翻我師父出嚟！」

嗰三個妖王聽講孫悟空又嚟挑戰，心諗呢隻馬騮竟然仲唔死心？於是又帶住一班小妖就出嚟迎戰啦。佢哋出到

嚟啱啱排開陣勢，就聽到四木禽星齊聲大喝話：「孽畜！咪喐手！」

四木禽星係牛妖嘅剋星，三個妖王唔敢抵抗，對手下班小妖大叫話：「弊啦弊啦，大家各自走佬罷啦！」講完，現出原形，張開四蹄就搏命走人。其他嗰啲小妖一個二個亦都現出原形，滿山亂咁跑。

眼見啲牛精四圍咁走，孫悟空佢哋幾個兵分兩路，斗木獬、奎木狼兩個將啲小妖打死嘅打死，活捉嘅活捉，然後就入山洞去解救唐僧師徒。而孫悟空就同井木犴、角木蛟一齊追住三個妖王唔放，從青龍山一路追到去西洋大海。嗰三個妖王畀佢哋追到氣咳，一頭捐咗落海。

井木犴同角木蛟叫孫悟空喺岸上看守，以防妖怪走甩，佢哋兩個就一路追到入海中，同三個妖王大打出手。孫悟空喺岸上等咗一陣，見鬥木獬同奎木狼趕到，叫佢兩個睇住岸上，自己分開水路就殺埋落海。

嗰三個妖王本來已經手忙腳亂，而家見到孫悟空又殺到，唔敢再抵擋，用頭上隻角分開水路落荒而逃。佢哋呢一場大戰早就驚動咗西海龍王敖順，佢聽講孫悟空同兩大星宿喺度降妖，亦派太子摩昂帶埋水兵出嚟幫手，一擁而上將三個妖王攔住。

井木犴第一個追到上嚟，發起惡上嚟現出本相，一啖就咬死咗辟寒大王，孫悟空喺後面大叫「唔好殺，要捉生嘅！」嘅先救翻辟暑同辟塵兩個。

降伏咗妖怪之後，孫悟空將兩個妖王連同辟寒大王隻角一齊帶返去金平城，同四木禽星一齊喺雲頭上面現身，滿城官民見到都紛紛設案跪拜。

之後，四木禽星割咗兩隻犀角落嚟，就返去天宮覆命喇，孫悟空將剩低嘅一隻犀角留畀金平城鎮庫，然後又吩咐府縣官員以後唔好再收取燈油錢喇。嗰啲負責進貢燈油嘅人家開心到不得了，個個都拉住唐僧師徒要請佢哋食飯。最後食到豬八戒心滿意足，噉師徒四人先收拾行李，繼續上路。

## 粵語知多啲

「走佬」——粵語裏面形容「落荒而逃」嘅詞語有好多，例如呢一回裏面提到嘅「走佬」，就係「落跑」嘅意思。除此之外，仲有「着草」、「潛水」、「棚尾拉箱」、「冇鞋拉屐走」、「契弟走得摩」等等，都係類似嘅意思。

## 歷史文化知多啲

犀牛——呢一回裏面提到嘅三隻妖怪都係犀牛精，據太白金星講，因為犀角有貴氣，所以稱大王。中醫一向認為犀

角係貴重嘅藥材，有清熱、涼血、解毒等功效。而喺世界上一啲地方，犀角則係勇武同社會地位嘅象徵。所以捕獵犀牛一直都十分盛行。到咗現代，犀牛因為被濫捕而成為珍稀動物，所以根據《瀕危野生動植物種國際貿易公約》，犀角亦都被參與公約嘅國家列為咗禁止交易嘅物品。

# 第四十四回

# 玉兔下凡挑聖僧

　　離開咗金平城，眼睇住離西天大雷音寺越來越近，唐三藏師徒加緊腳步繼續趕路。行咗大半個月，佢哋嚟到一座大山腳下。喺山中行咗一段路，就見到有座寺廟，山門上寫住「佈金禪寺」四個大字，仲有個「上古遺跡」嘅牌匾。

　　唐三藏見到就話：「佈金，唔通呢度係舍衛國？」

　　豬八戒覺得好奇怪，問唐三藏：「師父，我跟咗你咁多年，都未見過你認得路，點解今日忽然間識路嘅？」

　　唐三藏解釋話：「我喺經書上睇到嘅，話有位長者為咗請佛祖講經，向舍衛國嘅太子買莊園，太子話除非有滿園黃金我先肯賣，結果呢位長者真係鋪到滿園黃金，噉先請到佛祖嚟講法。呢間佈金寺，可能就係出自呢個故事喇。」

　　佢哋入到禪寺，寺廟裏面嘅僧人招呼佢哋住落，跟住就有位上百歲嘅老和尚行出嚟同唐三藏相見。佢聽講唐三藏師徒來自東土大唐，一路之上降伏咗唔少妖魔，就對唐三藏行咗個禮話：「舊年今日，我喺園裏面忽然聽到女子啼哭，過去一睇，見到有位端莊美貌嘅女子。佢話自己係天竺國嘅公主，係喺月下賞花嘅時候畀風颳過嚟嘅。我怕佢畀人侵擾，所以將佢鎖喺個空房裏面，對外宣稱話係我捉到妖精。今日大師

既然嚟到，就請大師辨明真假，救濟良善啊！」

唐三藏聽咗，應承老和尚入城之後一定會幫手留意，然後第二日就入去天竺國嘅都城喇。

入城之後，唐三藏師徒嚟到會同館，同驛丞通報，準備面見國王倒換關文。驛丞就話：「正好我哋公主娘娘要喺十字街頭拋繡球招駙馬，我哋國王應該仲未退朝，大師你而家過去就正好喇。」

唐三藏聽咗好高興，叫豬八戒同沙和尚喺會館休息，自己就帶住孫悟空去見國王。佢哋行到街上面，只見滿大街嘅人都喺度大呼小叫話：「去睇拋繡球啦！」

孫悟空就提醒唐三藏話：「師父，佈金寺嘅老和尚唔係話佢嗰度有個天竺公主咩？我哋去睇下呢個拋繡球嘅公主係咩回事咯。」唐僧點頭話好，佢哋師徒兩個就跟住人羣一齊去睇拋繡球喇。

點知呢位拋繡球嘅公主原來真係個妖精，前一年佢趁國王帶公主去賞花，將個真公主攝走咗，自己取而代之假扮公主，就係想等唐三藏過嚟，招唐三藏為夫婿，採集唐三藏嘅元陽真氣，修成太乙上仙。呢個時候，個假公主喺樓台上面，遠遠見到唐三藏過嚟，馬上就將個繡球對準唐三藏掟過去。

唐三藏正喺人羣裏面一路逼一路行，忽然畀個繡球打中頭頂，打到佢頂僧帽都幾乎跌埋，佢伸手去扶，結果個繡球就碌咗落佢嘅衫袖裏面。周圍嘅人睇到，紛紛大聲起哄：「繡球打中咗個和尚啊！」

唐三藏正係唔知點算好，門樓上面嘅太監、宮娥已經紛紛走到嚟對佢行禮話：「貴人，請入朝堂賀喜啦！」

唐三藏見到嗰嘅情形，當堂面都紅晒，埋怨孫悟空話：「最衰都係你，睇咩拋繡球啊，而家睇出事啦！」

孫悟空笑住話：「師父，人地個繡球打中你，關我咩事呢？嗰啦，你即管入朝見駕，我返去會館等你。如果公主真係要招你做駙馬，你就同國王講，要叫幾個徒弟嚟吩咐一聲，然後叫我哋三個過去，到時我自然會辨別真假㗎啦。」

唐三藏冇計，惟有跟住公主一齊入宮去見國王係啦。入到王宮，國王聽講公主搵咗個和尚做駙馬，本來都唔係幾高興，但係公主話：「父王，開講有話嫁雞隨雞嫁狗隨狗，今日既然繡球打中聖僧，就係我哋前世嘅緣分，小女願意招佢為駙馬。」

國王聽咗，嗰先轉憂為喜，吩咐欽天監選好日子，準備幫公主完婚。唐三藏梗係再三推辭啦，但係國王就發起嬲上嚟，話唐三藏如果唔肯做駙馬就將佢推出去斬。嚇到唐三藏猛咁岌頭話：「好好好，既然係嗰，貧僧仲有三個徒弟喺會館，請陛下召佢哋過嚟，貧僧吩咐佢哋倒換關文，唔好誤咗取經大事。」

國王聽佢嗰講，就吩咐將孫悟空三師兄弟召過嚟大殿見面。佢哋三個上到大殿，國王見佢哋個樣咁得人驚，都嚇咗一跳，後來聽孫悟空解釋取經呢件事嘅來龍去脈，嗰先放落心嚟，下令設宴款待，籌備婚禮。

呢下就輪到唐三藏緊張啦，佢搵到個左右無人嘅時機，責問孫悟空：「你隻馬騮係咪存心要害我？而家個國王真係要招我做駙馬，點算啊？」

孫悟空笑笑口話：「師父你放心，到時安排喜宴，公主一定要出嚟嘅，我一睇就知佢係咪妖邪啦。」

唐三藏又話：「如果係妖邪都仲好辦，如果唔係嘅我點算啊？」

孫悟空拍晒心口話：「師父你放心，到時我哋三兄弟一定大鬧皇宮，帶你出去就係啦。」

到咗喜宴當日，國王就叫假公主出去見唐僧，但假公主話：「女兒聽講駙馬有三個徒弟，惡形惡相，不如父王先打發佢哋走，然後再辦喜宴啦。」

於是，國王就將唐三藏師徒叫上殿，幫佢哋倒換關文，然後就請孫悟空佢哋三個繼續上路。孫悟空詐帝應承，出咗大殿，一個屈尾十變成隻蜜蜂飛返轉頭，神不知鬼不覺嘅留咗喺唐三藏身邊。

假公主以為孫悟空佢哋走晒，就出嚟同唐三藏相見。點知孫悟空早就喺旁邊㪭到實晒，一眼睇穿呢個公主身上微微有妖氣顯現，知道必定係個冒牌貨，於是現出本相，大喝一聲：「孽畜！你喺度做公主仲未心足，仲想呃我師父？」

假公主見畀人拆穿西洋鏡，發起爛渣上嚟攞出一條短棍對住孫悟空就猛打過去。孫悟空梗係唔怕你啦，亦舞起金箍棒迎戰，兩個從地下打到上雲端，睇到國王同滿朝文武目瞪

口呆。唐三藏就安慰國王話：「陛下唔使驚，呢個公主係假嘅，等我徒弟捉住佢就知道係何方妖邪喇。」

孫悟空同假公主打咗半日，一時之間未分勝負，佢急起上嚟，將金箍棒向上一拋，叫一聲「變！」即時變成幾百條金箍棒，打到假公主手忙腳亂，擰轉身化作一道清風就走咗去。

孫悟空一路追趕去到西天門，眼見個妖精仲想走，孫悟空就大喝一聲：「看守天門嘅諸位，幫我擋住個妖精，唔好畀佢走咗去！」西天門上護國天王聽到，即刻帶住手下將帥趕嚟將假公主攔住。假公主冇計，惟有轉過頭又同孫悟空再打過。不過佢始終唔係孫悟空對手，打得十幾個回合就招架唔住，向南邊嘅山頭落荒而逃。孫悟空追到過去，一時之間搵唔到個妖精，於是將土地叫出嚟帶路。佢哋一路行到一個山洞前面，土地話畀孫悟空知：「移開兩塊大石頭，就係妖精藏身之處喇。」

個妖精見畀人搵到，只好硬住頭皮出嚟同孫悟空繼續打，但呢個時候佢已經手軟腳軟，眼睇住就要畀孫悟空一棍打死，只聽到有人叫話：「大聖，棍下留情啊！」

孫悟空收棍一睇，原來係太陰星君帶住姮娥仙子駕到。佢對孫悟空話：「呢個妖邪係我廣寒宮舂仙藥嘅玉兔，私自出宮下凡，而嗰位天竺國公主原本係蟾宮裏面嘅素娥仙子，因為當年打咗玉兔一掌，所以玉兔念念不忘，搵機會下凡嚟報仇㗎。」講完，用手一指假公主喝到：「孽畜，仲唔歸正？！」

只見假公主就地碌咗一下，就現出玉兔原形，乖乖哋行

翻過去跟係太陰星君身邊。孫悟空又請太陰星君帶埋一眾仙子去到天竺國，將事情嘅經過講返畀國王聽。

國王見到神仙駕到，馬上帶住滿朝百官一齊望空禮拜，滿城百姓亦都紛紛焚香拜祭。

之後，唐三藏帶國王去到佈金寺，將真公主接翻出嚟，兩父女相見，忍唔住抱頭痛哭。

國王對唐僧師徒十分感激，連日設宴款待佢哋，豬八戒就最開心了，放開肚皮連食五六日。

最後唐三藏心急趕路，於是堅決辭別咗國王，繼續向靈山進發喇。

粵語知多啲

「舊年」 —— 喺粵語裏面係「去年」、「上一年」嘅意思。呢個用法喺古漢語裏面頗為常見，例如著名詩句「海日生殘夜，江春入舊年」，「歌舞留今夕，猶言憶舊年」等等。呢個用法喺《西遊記》原著裏面亦都可以見到，可見喺明朝嘅時候呢個用法仲係比較普遍。到咗現代，呢個用法喺多種方言裏面得以保留，但係普通話就一般用「去年」。

歷史文化知多啲

　　拋繡球 —— 喺好多文藝作品中，都可以見到拋繡球選夫婿嘅橋段。喺古代，相傳確實有啲地方有拋繡球選夫婿嘅習俗，當女子到咗適婚年齡，就會叫求婚嘅人聚集喺繡樓下面，女子拋出繡球，邊個得到繡球邊個就可以娶女子為妻。據傳繡球源自於古代兵器「飛砣」，後來逐漸演化為男女間表達愛情嘅方式。不過古代婚姻講究「父母之命，媒妁之言」，拋繡球呢種選夫婿方式，實際上並唔盛行。

聽古仔

# 第四十五回

# 八十一難取真經

　　唐三藏師徒離開咗舍衛國都城，繼續向靈山進發。一路上只見蒼松翠柏，風景優美，而且所到之處經常見到僧人出入，家家戶戶都齋僧，睇到唐三藏讚歎不已。

　　又行得幾日，佢哋見到前面有一片高樓，氣勢巍峨，景致非凡，唐三藏忍唔住話：「悟空，呢處真係個好地方啊！」

　　孫悟空喺旁邊偷笑話：「師父，平時去到啲假佛地你就喺都要下拜，而家到咗真地方，你仲唔落馬？」

　　唐三藏一聽，嗽先知道原來自己已經到咗靈山腳下，嚇到佢即時從馬背上跳落嚟。行到樓閣門前，佢正想入去禮拜，就見有個童子出嚟迎接。孫悟空火眼金睛一睇，對唐僧話：「師父，呢位係靈山腳下玉真觀金頂大仙，嚟接我哋㗎。」

　　唐三藏連忙上去行禮，金頂大仙就招呼唐僧師徒入觀休息。第二日，唐三藏沐浴更衣，穿戴整齊，按照金頂大仙嘅指引，沿住靈山山道一路攀登。行咗五六里，只見前面有條河，河面上有條獨木橋，牌匾上寫有「凌雲渡」三個字。唐三藏行到埋去，只見嗰道橋淨係得一條圓木，又窄又滑，佢邊度敢行上去？正喺度猶豫，就見到有條渡船撐咗過嚟，船上個艄公大叫話：「上船，上船！」

唐三藏好高興，正想上船，點知行近一睇，條船竟然係無底嘅，佢即時打起退堂鼓，驚疑不定噉望住條船。孫悟空認得個艄公正係接引佛祖，都費事理唐三藏咁多了，直接就拉咗佢上船，又叫八戒沙僧嘟嘟聲跟上嚟。唐三藏一踩上去，就「呼嘭」一聲跌咗落水，艄公一手將佢拉翻起身。等艄公撐開條船，大家竟然一眼就睇到水下面有個死人。孫悟空對唐三藏話：「師父，嗰個就係你啦，你已經脫去凡胎，可喜可賀啊！」

　　過咗河之後，師徒四個一路向前，終於嚟到大雷音寺門前。只見呢度古樹森森，到處都係奇花異草，猿猴白鶴，彩鳳青鸞，一派世外桃源嘅景象。

　　山門前嘅金剛見唐三藏師徒嚟到，馬上入去稟告如來佛祖。如來聽咗好高興，叫齊座下菩薩、金剛、羅漢、揭諦、伽藍一同上到大雄寶殿，然後請唐三藏師徒四個入嚟相見。

　　見面行過禮之後，如來佛祖就對唐三藏話：「你哋東土南贍部洲佛法不昌，眾生皆苦。我有三藏真經，分別係《法》一藏、《論》一藏、《經》一藏，係修真之徑，正善之門，你既然山長水遠嚟到，我就交畀你帶返去啦。」

　　講完，如來佛祖就吩咐阿儺、伽葉兩位尊者設齋宴招待唐僧師徒，然後再帶佢哋去領取真經。

　　呢一餐齋宴認真豐盛，全部都係仙品仙果仙餚，連豬八戒都食到心滿意足。然後，兩位尊者就帶唐三藏師徒入到藏經寶閣領取真經啦。

藏經閣裏面琳瑯滿目擺滿晒各種經書，阿儺、伽葉兩位尊者帶住唐三藏師徒睇咗一次，然後就問唐僧話：「聖僧從東土遠道而來，有咩好嘢帶嚟畀我哋呢？」唐三藏一聽，喉心度打咗個突，答話：「弟子遠道而來，冇準備啵！」

兩位尊者笑住話：「哎呀，白手傳經，後人餓死啊！」

孫悟空一聽就發火啦，大聲話：「師父，我哋去搵如來告狀，叫佢親自傳經畀我哋。」

兩位尊者聽咗就話：「算了算了，你哋快啲嚟接經啦。」講完，就將一卷卷經書遞畀唐僧師徒。師徒四個打包好經書，就拜別兩位尊者，一路落山喇。

點知藏經閣裏面有位燃燈古佛，見到阿儺、伽葉兩位尊者傳畀唐三藏嘅係無字經書，唐三藏攞返去都冇人識睇，於是就叫座下白雄尊者去將無字經書搶翻返嚟，等唐三藏再嚟求有字真經。

結果唐三藏佢哋行得冇幾遠，只覺得一陣香風吹到，半空之中伸出一隻大手，將馬背上嘅經書搶走咗。孫悟空一個筋斗飛上去就追啦，白雄尊者怕畀佢誤傷，捵低經書就飛走咗，經書散落一地。唐三藏佢哋一睇，只見經書上面一隻字都冇，豬八戒就話：「一定係阿儺、伽葉兩個嫌我哋冇送禮，所以畀啲白紙嚟呃我哋，我哋返去搵如來告狀！」

於是，師徒四個又返上去靈山大雷音寺，搵到如來佛祖投訴阿儺同伽葉。如來聽咗就笑住話：「佢兩個嘅事我知道，真經唔可以輕傳，唔可以空取，所以傳咗無字真經畀你哋。

無字真經其實係好嘢嚟㗎，不過你哋東土冇人識得啫。」講完，如來就吩咐阿儺同伽葉將有字真經傳畀唐三藏。

去到藏經閣，阿儺同伽葉仲係問唐三藏攞禮物，唐三藏無法子，惟有將唐王所賜嘅紫金缽送畀佢兩個，噉先將有字真經攞到手。

取到真經之後，唐三藏師徒上殿拜謝如來佛祖，如來就安排八大金剛將唐三藏師徒送返去東土。八大金剛施展法術，帶住唐僧師徒就一路飛返去大唐喇。

唐三藏佢哋走咗之後，如來佛祖又叫觀音菩薩將唐三藏一路之上經歷嘅災難一一列明。觀音菩薩將本賬簿攞出嚟一數，發現唐僧師徒一路上經歷咗八十次劫難，仲差一次先夠九九歸真之數。於是，如來馬上叫揭諦趕上去搵八大金剛，叫佢哋幫唐三藏再補多一難。

八大金剛接到如來旨意，即刻將唐三藏師徒放翻落地，正正就落喺通天河邊。師徒四個剛想搵船過河，就見一隻大白黿探個頭出嚟問：「聖僧，我等咗你幾年啦。」原來呢隻正喺當年孭唐僧佢哋過通天河嘅老黿。

於是，唐三藏師徒企上老黿後背，又請老黿再次孭佢哋過河。老黿一路往東岸游過去。就快到岸邊嘅時候，佢忽然問唐三藏：「聖僧，之前你應承幫我問佛祖，我幾時可以修成人形，唔知佛祖點講呢？」

唐三藏一聽，心諗：「弊啦！唔記得咗添！」但出家人不打誑語，佢惟有照實對老黿講自己唔記得問。老黿一時火滾，

即刻潛返落水底，搞到唐三藏師徒全部跌晒落水。好在呢個時候離岸邊都唔遠，師徒四個爬翻上岸，將浸濕嘅經書放喺岸邊石頭上面曬乾。

結果曬乾之後，有幾頁經書黐咗喺石頭上面，大家都唔敢用力撕落嚟，搞到唐三藏好鬱悶。孫悟空就話：「天地不全，經書受損正係應咗天地之數啊！」

於是，師徒四個又去到陳家莊休息咗一晚，然後八大金剛又嚟繼續接佢哋返去大唐喇。

返到長安城，唐三藏馬上去拜見唐太宗。太宗見唐三藏終於返嚟，驚喜萬分，請佢哋師徒四個上到大殿，將經書一一交接，又問起唐三藏一路之上嘅遭遇，聽到佢十分感慨，讚歎話：「御弟此行一十四年，真係千辛萬苦，功德無量啊！」

然後，唐太宗大排筵席，招待唐三藏師徒，又請唐三藏帶住真經去雁塔寺講經。唐三藏就話：「陛下想將真經流傳天下，可以將原本珍藏起身，然後謄抄副本，噉樣先方便流傳啊！」

唐太宗聽咗覺得好有道理，於是又吩咐喺城東修建一座謄黃寺，專門用來謄抄經書。

嚟到雁塔寺，唐三藏正準備登台講經，忽然聞到香風繚繞，八大金剛喺半空中現身，傳召唐三藏師徒一齊返去西天。唐太宗君臣見到金剛現身，連忙望空禮拜，唐僧師徒四人連同白龍馬，就又跟住八大金剛，一路返到靈山大雷音寺喇。

去到之後，八大金剛將佢哋帶到去如來佛祖座前，如來

對唐三藏話：「唐玄裝，你前世原本係我徒弟金蟬子，因為唔聽說法，輕慢大教，所以轉世到東土。而家你取得真經，功德圓滿，我封你為旃檀功德佛。」

然後又對孫悟空幾個話：「孫悟空，你因為大鬧天宮，畀我壓喺五行山下。而家扶持唐三藏取經，有始有終，修成正果，我封你為鬥戰勝佛。豬悟能，你原本係天蓬元帥，因為調戲仙娥被貶下凡，一路保護聖僧有功，但係凡心未定。念在你挑擔有功，我封你做淨壇使者。」

豬八戒一聽就話：「佛祖，佢哋都成佛，點解我就得個淨壇使者啊？」

如來解釋話：「你咁食得，以後禮佛嘅貢品你都可以受用，係咪幾好呢？」繼而又對沙和尚話：「沙悟淨，你原本係捲簾大將，因為打爛琉璃盞被貶，而家保護聖僧有功，我封你為金身羅漢。」

最後，如來對白龍馬話：「你原本係西海龍王個仔，犯咗不孝之罪。好在皈依我門，一路馱住聖僧西行有功，我准你脫去馬身，封為八部天龍馬。」跟住，揭諦就將白龍馬推入個化龍池度，白龍馬入去碌一碌出返嚟，就變成咗一條金龍。

孫悟空忽然諗起樣嘢，對唐三藏話：「師父，而家大家都成佛咯，你快啲念個鬆箍咒，等我除低個金箍砸爛佢啦！」

唐三藏笑住話：「之前因為你難管，嗽先用呢個辦法，而家你都修成正果了，頭上仲點會有箍呢？」

孫悟空伸手一摸，果然頭上嘅金剛箍已經唔見咗咯。

就係嗽，唐三藏師徒四個從東土大唐，經歷一十四年，九九八十一難，終於取得真經，修成正果。正所謂「經傳天下恩光闊，五聖高居不二門」，唐三藏師徒堅定一心，不畏難辛，排除萬難嗽取回真經，普濟眾生嘅故事，從此之後亦流芳百世喇。

### 粵語知多啲

阿儺、伽葉 —— 喺《西遊記》裏面，因為佛教嘅好多名稱都源自於梵文，所以有好多名嘅讀法都同平時唔同。例如呢一回兩位傳經嘅尊者，阿儺、伽葉，普通話讀「ā nuó」「qié shè」，喺粵語裏面應該讀成「a no⁶」「ga¹ se³」。類似嘅例子仲有之前介紹過嘅六字真言咒、「般若」等詞語，亦都唔可以按一般嘅讀音來讀。

### 歷史文化知多啲

《西遊記》嘅原型 —— 呢一回講到唐三藏西天取經功德圓滿。《西遊記》裏面唐僧取西經嘅故事，源自於唐朝玄奘法師取經嘅真人真事。當時因為佛教經義混亂，所以玄奘法師

決心去天竺學習原著經文。佢從長安出發經西域去印度，途中確實經歷過多次危險，最終將大量佛經帶返大唐，並長期從事經書翻譯工作。由玄奘口述、弟子辨機整理嘅《大唐西域記》，又稱為《西域記》，係玄奘西行取經行程嘅重要記錄，後來成為研究印度、尼泊爾、巴基斯坦等地古代歷史地理嘅重要文獻，亦都係《西遊記》小說嘅原型。

聽古仔

責任編輯：馮孟琦

裝幀設計：麥梓淇

排　　版：肖　霞

責任校對：趙會明

印　　務：龍寶祺

## 全粵語西遊記（音頻精選版）

原　　著：吳承恩

改　　編：李沛聰

繪　　畫：李卓言

出　　版：商務印書館（香港）有限公司

　　　　　香港筲箕灣耀興道 3 號東匯廣場 8 樓

　　　　　http://www.commercialpress.com.hk

發　　行：香港聯合書刊物流有限公司

　　　　　香港新界荃灣德士古道 220-248 號荃灣工業中心 16 樓

印　　刷：永經堂印刷有限公司

　　　　　香港新界荃灣德士古道 188-202 號立泰工業中心第 1 座 3 樓

版　　次：2023 年 10 月第 1 版第 1 次印刷

　　　　　© 2023 商務印書館（香港）有限公司

　　　　　ISBN 978 962 07 5900 0

　　　　　Printed in China